홍대앞 새벽세시

홍대 앞 새벽 세 시

초판 1쇄 인쇄 2009년 5월 20일
초판 1쇄 발행 2009년 5월 25일

지은이 성기완
펴낸이 김진수
펴낸곳 사문난적

편집 하지순
영업 김하늘
기획위원 함성호 강정 곽재은 김창조 민병직 엄광현 이수철 이은정 이진명

출판등록 2008년 2월 29일 제313-2008-00041호
주소 서울시 마포구 합정동 362-3번지
전화 편집 02-324-5342, 영업 02-324-5358
팩스 02-324-5388

ISBN 978-89-961311-6-8 03810

홍대앞 새벽세시

성기완의 인디문화 리믹스

성기완 지음

그게 벌써 10년쯤 됐지?

아마도 '웹진' 이라는 단어가 처음 등장하던 때였던 것 같다. 시 쓰는 함성호 형, 김소연 씨 등등과 어울려서 교보문고에서 나오던, 지금은 중단된 웹진 '펜슬' 을 만들었었다. 재미난 일이었다. 당시에 교보에는 시 쓰는 김연신 선생님이 높은 자리에 계셨다. 한 달에 두어 번, 우리들은 모여서 회의를 하고 원고와 이미지들을 모았으며 새로운 글들을 써나갔다. 그때 나는 '편의점에서 너를 보았다' 라는 꼭지를 연재했다.

한때 편의점에서 아르바이트 하는 후배를 잠깐 도와준 일이 있다. 편의점은 물건들의 재빠른 휴게소이자 종점이고 재빠른 사람들이 그 재빠른 물건들의 운명을 소비하는 곳이다. 지금은 시골 구석구석, 심지어 강원도 백담사 입구에도 편의점이 있다. 본문에서도 묘사되겠지만 편의점은 세계화의 최말단 지점들이다. 그 안에 진열된 기하학적인 형태의 수많은 물건들은 스스로를 반복하고 복제하다가 분리수거되는 비인간적인 운명을 지금도 이어가고 있다. 10년 전에 쓴 이야기지만, 이야기는 여전히 현재진행형이다. 몇몇 원고는 뜯어고쳐 거기에 현재성을 부여했다.

10년 전쯤은 서울 홍대 앞 근처에 '인디'라는 단어가 식수되던 때이기도 하다. 지금도 내가 기타를 치고 있는 밴드 3호선버터플라이 역시 그 무렵에 시작한 인디 밴드다. 나는 홍대 앞의 '인디'라는 낱말과 함께 나의 30대를 보냈고 그만큼 잊혔거나 자랐다.

클럽에서 공연을 하거나 놀고 나온 후, 새벽 세 시에 나는 물건들과 겹치는 수많은 사람들을 봤다. 그들의 운명은 비닐봉지의 그것이나 다를 바가 없었다. 순간적인 사운드에 몸을 맡긴 뮤지션이나 순간적인 소비에 활용되는 물건들, 그 공간을 누비는 수많은 젊은 눈동자들을 봤다. 그걸 꼭 덧없다고 할 필요도 없고 잘났다고 할 필요도 없다. 우린 매일 그렇게 살고 있다. 편의점에서 너를 보았고 홍대 앞에서 너를 만났다.

마침 2009년, 10년 만에 다시 '인디' 라는 단어와 함께 홍대 앞 뮤지션들에 관한 관심이 늘어나고 있는 시점이어서 책 출판이 우연찮다. 이 책이, 당시에는 구호나 소수의 바람이었지만 이제는 넓은 대역의 문화적 스펙트럼의 일부로 자리 잡아가고 있는 홍대 앞 인디 문화의 현주소를 다시 한 번 되짚는 작은 계기가 되었으면 한다.

교보 웹진에 연재하던 편의점 이야기와, 홍대 앞에서 만난, 혹은 함께 세월을 보낸 뮤지션들의 이야기가 다른 이야기가 아니라는 것을 깨달았다. 물건의 이야기, 편의점의 이야기, 우리들의 이야기, 음악의 이야기를 교차시키면서 한 시대의 문화적 그림의 일부를 글로 그려보려고 했다. 이것은 일종의, 일인칭 시점으로 쓴 성장 소설일 수도 있다.

책의 출판을 허락해주신 사문난적 김진수 형께 감사의 말씀을 전한다. 어려운 가운데서도 백담사 만해마을로 떠나 책을 최종 정리할 수 있도록 여비를 보태주신 점, 감사하고도 미안하다. 이 책이 모종의 도움이 될 수 있기를 빈다. 또한 이 글들을 기억하여 책의 형태로 이끌어낼 수 있도록 제안해주신 함성호 형께도 감사하다는 말씀을 전한다. 열림원에서도 보던 하지순 씨가 편집을 맡아준다니 미더울 따름이다. 역시 감사의 말씀을 전한다.

2009년 5월

성기완

차례

책 머리에 4

홍대 앞에서 너를 만났다

홍대 앞에서 너를 만났다 11
클럽, 탈권위의 디아스포라 27
홍대 앞 46
홍대 족보 칠개 파 61
현진에게 — 한때의 니가 널 사용한 흔적, 뿌옇게 하기 72
크라잉넛, 주름잡다 86
별, 사운드의 그래픽 100
달파란, 비닐의 삶과 테크노 108
황신혜밴드, 그림자를 발에 꿰매다 116
데이트리퍼와 트랜지스터헤드, 노이즈의 사색 124
곤충스님윤키의 이색적인 '관광수월래' 133
다시 떠올려본 카우치 사건 144
비보이, 길과 패밀리 158
조윤석, 새로운 관계의 상상가 167
서울전자음악단, 자유를 향한 외침 179
아마추어, 그리고 더 멀리 190
킹스턴 루디스카, 잔치 스카의 탄생 209
복숭아, 느슨한 전체 223
장기하와 얼굴들, 찌질이 세대의 거울 242
휘루, 넌 날았구나 넌 살겠구나 267

편의점에서 너를 보았다

새벽 세 시, 형광등 불빛 23

바코드와 유통기한 42

비닐봉지 52

감시 카메라 67

종이컵의 가벼움 81

컵라면 1 96

코카콜라 103

콘돔 111

캔과 포스트 잇 120

컵라면 2 — 컵라면은 드릴이다 128

편의점 닷 월드 136

폭주족의 허기 151

컵라면 3 — 컵라면과 땡땡이 162

신용카드 175

편의점의 효리 187

길 200

휴대폰 속의 음악 217

편의점 DJ 아르바이트 236

당신/달콤함의 이름 258

KORG

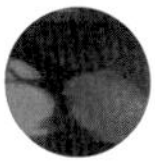

홍대 앞에서 너를 만났다

기억하니. 우리는 그날 디지비디(DGBD)에서 공연이 있었어. 3호선버터플라이 3집 앨범 발매 기념 공연. 2004년 4월 30일, 그리고 31일, 그렇게 이틀이었던 거 같아. 공연이 있는 날 홍대 앞의 저녁 풍경은 내게 늘 색다르게 보여. 기분 좋은 긴장감이 내 몸에 푸른색 오존 불빛 비슷한 전류를 방전하는 것 같은 날. 일부러 약간 실없는 농담을 하며 웃음 짓는 날. 디지비디에서 공연을 할 때면 우리는 그 근처에 있던, 뭐더라, 아, 스푼이라는 이름의 라면집에서 라면을 먹거나, 주먹밥을 곁들이기도 했지. 거기 너도 있었니? 카프카와 함께? 공연이 있는 날, 우리는 클럽에서 주는 맥주를 마시거나 때로는 소주를 사다가 한 모금 마시면서 몸을 지상에서 3센티미터 정도 띄우는 연습을 하지. 아니면…… 그래. 공연 전에는 특히 많은 담배를 피워. 연기를 마시는 일은 우리에게 중요하지. 리허설을 마치고 나면 그 연기가 고파. 클럽 바깥의 공터로 나와서 시원한 바람을 쐬기도 해. 그날이었나, 나는 경천이한테 유치찬란 뽕남방을 빌려 입고 검은색 안경을 썼었지. 경천이하고 산에 형은 참 인연이 깊은 거 같아. 상아는 뭘 입었었나? 기억나지 않아. 어쩌면 상아는 평소에 자주 신던 빨간색 하이힐 샌들을 그날도 신었을지 몰라. 정확하진 않아. 2집 발매 기념 공연은 쌈지 2층에 있는 공연장에서 했고. 광나비는 그때나 지금이나 상아의 팬이지. 얼마 전 경화를 만났어. 신문사의 새끼 기자가 되어 있더군. 그때 나는 2집 앨범 타이틀 곡인 〈오! 사일런스(Oh! Silence)〉를 연주하다가 손가락이 약간 마비되는 경험을 했어. 후주로 이어지는 대목에서 딜레이를 걸고 너무 황홀했는데, 그때 왼손이 말을 듣지 않는 이상한 순간이 찾아왔었지. 아마도 그 이후, 나는 무대에서 가능한 한 공허한 느낌으로, 몸에 힘을 빼고 공연하려고 노력했던 거 같아.

디지비디를 그냥 드럭이라고도 부르니? 주차장 골목 바이더웨이 건너편 조폭떡볶이에서 이가자 미용실 쪽으로 가다 보면 코너에 있는 홈 바의 지하가 클럽 디지비디야. 예전에 디지비디 자리에는 단명한 하우스 클럽이 있었지. 달파란의 결혼 피로연을 그 클럽에서 했던 거 같아. 안은미 씨가 플로어에서 빙글빙글 돌며 춤을 췄고. 그 인테리어를 디지비디는 그대로 이어받았을 거야. 디지비디 이전 그 하우스 클럽의 주인, 무용하는 친구였는데, 장마철에 한강에서 익사했어. 그 친구는 지금 곱창전골 하는 원용이의 고향

후배였어. 그 친구가 원래 예전 드럭 맞은편, 작은 건물 2층에서 막걸리집을 했었지. 거기서 현진이를 만난 적도 있어. 아, 맞다. 현진이가 처음 날 거기로 데려갔었나? 현진이는 그때 어어부 프로젝트를 하고 있었고 지금도 마찬가지지. 지금처럼 열심히 그림을 그리지는 않았지만 앨범 재킷 같은 건 많이 하던 때였고. 현준이가 3호선버터플라이에서 베이스를 치던 때, 현준이랑 경록이랑 그 막걸리 집에서 새벽까지 마시다가 나와서 부스스 일어나는 푸른 아침 공기를 마시며 누군가와 시비가 붙었던 여름날도 있었지. 막걸리집에서 여름 내내 그 주인은 축구선수들이 주로 입는 짧은 바지를 입고 슬리퍼를 신고 있었지. 다리가 무용하는 사람다웠어. 기억하니 현준아? 너의 베이스가 불을 뿜던 쌈지에서의 공연, 왜 그랬는지 그때 경현이가 색소폰 솔로를 했었어. 3호선에 다녀간 멤버들은 참 많아. 상우는 말할 것도 없고 효준이 현준이 규형이, 샐리, 그리고 데이브, 휘루…… 여전히 홍대 앞에서 보이는 친구들이 많지.

디지비디를 처음 문 연 사장의 한 사람은 석문이 형이었지. 그 형이 일명 드럭아저씨였고. 사실 드럭은, 다들 알겠지만 극동방송에서 클럽 스카 쪽으로 오다가 보면 오른쪽으로 돌아 올라가는 약간 가파른 언덕의 코너 건물 지하에 있던 클럽의 이름이었지. 지금은 그 자리에 스컹크라는 펑크 클럽이 자리 잡고 있고, 그 위층에는 천하라는 일본식 주점이 있고. 한때 드럭은 지금 천하 자리의 그 1층을 숍 겸 뮤지션들 대기실 겸 노닥거리는 공간으로 쓰기도 했었지. 크라잉넛 하고 노브레인이 주름잡던 시절이었어.

내가 홍대에서 처음 무대에 섰던 곳은, 거의 17~8년 전, 지금 이리 카페 근처에 있던 '기그(Gig)' 라는 클럽이었어. 이 클럽에 관해 아는 아이들은 많지 않을 거야. 거기서, 나는 방위로 군대 가기 전 철성이 정훈이 대환이 병준이와 함께 스쿨 밴드 '야간 비행' 의 2기 멤버를 꾸려서 기념 공연을 했지. 병준이 하고는 그 이후에 '토마토' 라는 밴드를 같이 했었고, 나는 여러 이유 때문에 그 밴드를 관두고 말았지. 기그의 주인은 드럼 치는 형이었어. 그 형은 기자 하다가 미국으로 간 규진이 형의 친구였고. 그 클럽에 처음 갔던 것도 아마 규진이 형과 함께였을 거야. 기그에는 하우스 밴드처럼 매일 무대에 서는 팀이 하나 있었는데, 아름다운 세상이었나? 카멜(Camel)의 노래, 〈스테이셔너리 트래블러(Stationary Traveller)〉를 자주 커버하던 팀이었지. 그 팀의 기타리스트는 스윕 피킹을 잘했었어. 그때만 해도 아직 너바나의 얼터너티브 록이 보여주는 원시성이 본격적으로 떠오르기 이전이었고 그보다는 잉위 계열의 메탈스러운 테크니션들이 많았었어. 그 기타리스트와 규진이 형, 그리고…… 또 누구더라, 함께 우짜집에 가서 짜장면을 먹었던 생각이 나. 우짜집에서는 우리도 공연 끝나고 자주 뒷풀이를 했었어. 한 장의 사진을 보여줄게. 이날도 무슨 공연이었는지 3호선 공연을 끝내고 우짜집에서 왁자한 뒤풀이를 했었어. 우짜집 사장님은 경상도 사투리를 쓰는 분이었지. 윤석이 형이 이 동네 구의원인가, 시의원인가에 출마했을 때 우짜집 사장님과 함께 자전거를 타고 돌면서 유세를 했었어. 윤석이 형의 출마 포스터에 붙어 있었던 사

윤식
규영
남윤
SangAh
;상혁
KIWAN
공곽 *_*
:김인수
galois
TOTO

진이 기억나. 자전거와 하얀 와이셔츠 등이 등장하는. 우짜집 사장님은 가끔 와우산에 있는 배드민턴 장에 모습을 드러내기도 하셨지. 와우산 중턱쯤에 형태 형 작업실이 있었나? 형태 형도 와우산 공원에서 본 적이 있었던 거 같아. 내 기억엔. 황신혜밴드에는 새마을 시스터즈가 있었고 장기하와 얼굴들에는 미미 시스터즈가 있나? 그 형이 도시락 할 때의 작업실은 연남동 철길 근처였던 거 같고. 형태 형이 만든 묘한 뽕라운지 음악이 쌈지 3층의 갤러리에서 울려퍼지던 기억도 나. 그날도 아마 3호선버터플라이의 공연이 있던 날이었을 거야. 우짜집은 지금 없어졌고, 그 자리엔 고등어회를 파는 술집이 들어섰어. 거기서 더 내려가면 지금 설탕빠가 있고 설탕빠의 주인 경성이는 종로 나비에서 처음 만났고 그건 일우의 소개였지. 일우랑 태동이 형이랑 병무랑 태환이랑 동식이랑 성실이, 재인이랑 이다 동인을 하던 때, 우리는 예술가에서 놀았어. 예술가 정선이 누나는 그 이전에 그 맞은편에서 두 바퀴로 가는 자동차라는 술집을 했었고. 거기서 김정환 선생님을 처음 봤던 거 같아. 그때 나는 술 먹고 한참 잔 깨고 지랄할 땐데, 거기서도 지랄하다가 이인성 선생님한테 혼났었지.

사실 그 당시에는 예술가에서 놀던 문인하고 다른 곳에서 노는 뮤지션하고 그렇게 자주 어울리지는 않았어. 물론 나는 그 두 그룹을 오가며 놀았고. 3호선버터플라이 이전, '99'라는 밴드를 할 때 상아는 기용이랑 상우랑 허클베리 핀이라는 밴드를 했었지. 그 친구들을 데리고 예술가에 갔던 적이 있어. 현준이도 같이 간 적이 있었나. 후줄근하긴 마찬가지였지만 두 그룹의 분위기는 달랐어. 기타를 메고 우울한 표정으로 들어오는 뮤지션들을 시인들이 신기하게 쳐다봤던 기억이 나. 그때 나는 강아지 문화예술이라는 인디레이블의 멤버였고 때는 1990년대 후반이었지. '인디'라는 말이 여기저기서 등장하던 때였고 지금처럼 대중적이지는 않았어. 허클베리 핀이나 코코어가 놀던 클럽은 저쪽, 지금은 아파트 단지가 들어선, 산울림 소극장에서 서강대교 쪽으로 나가는 좁다란 길 오른편에 있던 스팽글이었어. 3호선이 처음 결성되었을 때 나와 상아와 상우와 효준이는 그 클럽에서 오후에 연습을 하곤 했지. 오후의 곰팡이 냄새들, 오후의 어둠, 신맛이 나는 전기기타 소리와 얻어맞는 듯한 드럼 소리가 우리의 오후와 함께했어. 스팽글에서 처음 볼빨간의 공연을 봤을 때는 어찌나 웃었던지. 스팽글에서 더 저쪽 지금 문지문화원 사이 있는 쪽으로 가면 푸른굴양식장이라는 클럽이 있었어. 푸른굴양식장의 두 여주인이 아직도 생각나. 예뻤었는데. 푸른굴양식장은 마스터플랜이 되었고 새롬이랑 소희랑 한별이랑 밴드 '99'를 할 때 거기서 공연을 많이 했어. 산울림 소극장에서 홍대 쪽으로 오다가 우회전해서 내려가는 길쯤이었나 아니면 그 다음 블록이었나, 길에서 현진이를 마주쳤던 거 같아. 현진이는 그 이전에도 본 적이 있지만, 그때 현진이는 《오픈 더 도어》라는 인디 컴필레이션 앨범에 실려 있던 나의 노래 〈라면을 끓이며〉의 리믹스 버전을 들었던 모양이야. 아마 그 앨범에 어어부의 음악도 들어 있을 거야. 내 음악을 잘 들었다고 했나. 아니면, 내가 어느 잡지에

다가 쓴 어어부 앨범의 리뷰를 잘 봤다고 했나. 왠지 기분이 좋았었지. 현진이는 지금 공사가 한창인 철길의 동교동 쪽 사이드였을 거 같은데, 그쪽에서 살았어. 원용이랑 친하게 지내던 때였지. 거기서 지금의 연남동 쪽으로 이사 왔던 게 언제였더라. 현진이 누나 현희 씨는 상수도에 자주 다녔지. 상수도는 지금 블루스 하우스 가는 쪽에 있는 클럽이었는데 음악이 제일 쿨했던 거 같아. 현준이랑 상수도에 자주 놀러다니던 시절, 우리는 블루 데블에서 하루 저녁의 동행을 시작하곤 했지. 블루 데블에서 현숙이 누나가 키우던 검둥이, 아니, 사실은 누군가의 개라고 했는데, 유 앤 미 블루, 또…… 자우림의 전신이었던…… 그 밴드의 드러머는 시력이 아주 나빴었어. 블루 데블에서 무크지 이다의 창간 기념 공연을 했었나. 현숙이 누나는 재정난으로 블루 데블 문을 닫고 말았지. 이사 가던 날, 나도 이삿짐 나르는 일을 도와줬어.

이야기가 길어졌지만 디지비디는 맨 처음 블루 데블을 하던 현숙이 누나가 드럭 하던 석문이 형하고 조인해서 만들었던 클럽이었지. 그러다가 킹스턴 루디스카의 매니저를 하고 있는 국진이와 지금 사장님에게로 바통이 넘어갔나? 디지비디에서 조금 조폭떡볶이집으로 올라오다 보면 있는 쌍고동쌍나팔 골목으로 들어가면 피드백이라는 클럽이 있었어. 거기서 잠도 공연을 많이 했었어. 잠의 소희는 나의 예전 밴드 '99' 에서 베이스를 쳤고 지금은 혼자 브라질 풍의 음악을 하고 있는 보사노바 여가수가 됐지. 소희의 얼굴은 그때나 지금이나 하얘. 대일이가 주인이었던 옛날 피드백에서 공연을 하던 3호선버터플라이는 피드백이 지금 NB 맞은편 할렘 쪽으로 옮겨간 이후에도 자주 공연을 했어. NB에서 소희와 춤을 추던 때에는 지금처럼 지나치게 사람이 많지는 않았었어. NB 안쪽 놀이터 근처에는 명월관이 있었고 아, 그거보다 훨씬 이전, 발전소가 있었다. 발전소였나 황금투구였나. 황금투구는 스카 건너편 쪽이었나. 그 둘은 만날 헷갈려. 아무튼 거기에 민우랑 몇 번 같이 갔었지. 민우랑은 건너편 스카에도 자주 함께 갔었고. 스카의 성환이는 마돈나 노래에 맞춰 허슬류의 춤을 기가 막히게 추지. 황금투구에서 코너를 돌아 지금의 조폭떡볶이 포장마차 근처 쪽으로 가면 곰팡이가 있었고 곰팡이의 주인은 형태 형이었고 현진이가 서빙을 하던 때도 있었을 거야 아마.

내가 홍대에서 두 번째 무대에 섰던 클럽은 드럭이었어. 그때는 이미 토마토라는 이름의 밴드가 활동을 그만둔 후였는데, 과 후배인 영삼이가 군대 가기 전이었을 거야. 나는 아직도, 그때의 장면들이 담긴 비디오테이프를 가지고 있어. 그 테이프에 보면 고등학교를 갓 졸업한 크라잉넛 친구들이 우리가 섹스 피스톨스의 〈아나키 인 더 유케이(Anarchy in the UK)〉를 부를 때 헤드뱅잉을 하는 장면이 등장하지. 홍대 근처에 드럭이라는 클럽이 있다는 걸 내게 알려준 아이는 불문과의 윤석이였어. 드럭은 원래 레게바였다고 해. 맞아. 1990년대 초의 한 몇 년, 여기저기 레게바들이 생겨나던 시절이 있었지. 그 시절은 신촌에 있던 록 카페들이 정점을 찍고 내려오던 시기였고 홍대 주변에 새로운 클럽들이 생기던 때와 겹쳐.

록 카페 시절, 나는 코다에도 갔었고 레드 제플린에도 갔었고 이대 쪽에 있던 올로올로에도 갔었지. 레드 제플린에 많이 갔었어. 코다에서는 지금의 곱창전골 주인인 원용이가 서빙을 봤다던데, 아마도 마주친 적이 있겠지. 우드스탁은 조금 나중에 생겼나? 거기서는 지금 비트볼 레이블 사장인 봉수와 롤리팝 레이블 사장인 준호, 그러니까 볼빨간이 서빙을 보고 있었지. 현준이나 기타 여러 친구들과 거기 가서 많은 음악들을 신청해서 보스 스피커에서 나오는 사운드를 즐기곤 했어. 그때만 해도 발길 가는 곳은 주로 신촌이었는데, 그것이 언제부터 자연스럽게 홍대 쪽으로 흘러갔는지, 사실은 잘 모르겠어.

기억하니. 요즘 3호선 공연은 뜸해졌고 언젠가 공연을 해보니 그 시절 3호선 공연을 보러 오던 친구들은 벌써 사회에 진출한 30대가 되었더라. 인디도 그만큼 늙은 거지. 나는 2008년에 두 번째 솔로 앨범을 냈고 공연하면 꼭 낭송도 하고 아프리카를 갔다 왔더니 킹스턴 루디스카 앨범 발매 기념 공연 뒤풀이 때도 만났던 기하가 하늘만큼 떠 있더라. 놀랐지. 비행기 속에서 휘루의 솔로 데뷔음반 데모를 들었고 글을 써준 다음 아프리카로 날아갔어. 갔다 왔더니, 휘루도 열심히 공연을 하고 있었고.

몇 년 전만 해도 자주 춤추러 갔었지만 이제는 왠지 발걸음이 그쪽으로 잘 가지지는 않고 그래도 가게 될 때 빼지는 않아. 예술가에서 죽치던 문지 사람들은 저쪽 노상주차장 끝자락에 있던 재즈빌이라는 데를 가다가 지금은 샤 지하의 버즈로 자리를 옮겨서 여전히

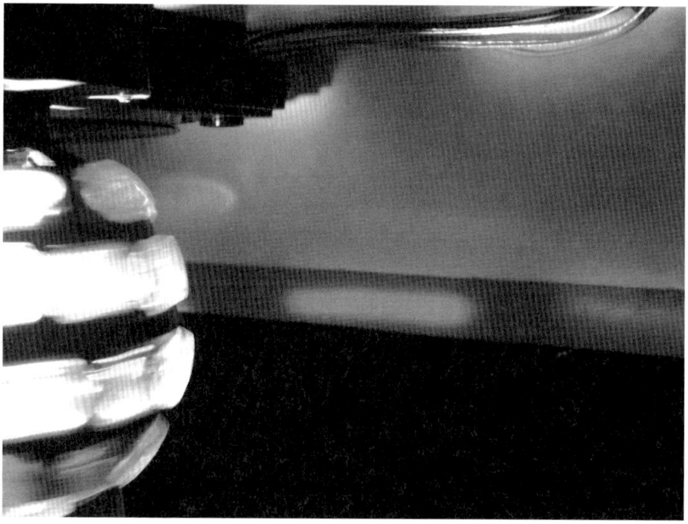

몇 십 년 동안의 금요일 술자리를 하고 있고 나는 거기도 자주 들르고 그 위의 샤에도 자주 가고 샤에 가면 문샤이너나 갤럭시 익스프레스 같은 밴드의 멤버들도 자주 보고 특히 경호는 우리 멤버이기도 하니까, 그리고 데이브도 우리 멤버였지, 휘루도 우리 멤버였는데. 그 모든 친구들이 함께 공연을 하면 참 좋겠다는 생각도 해.

나는 여전히 솔로 공연이나 3호선 공연을 쌈지나 상상마당이나 클럽 타나 무대륙이나 디지비디나 그 어디에서도 하라면 할 기세야. 유주가 치는 베이스는 단순하지만 남윤이와 함께하는 솔로 밴드가 기형도의 〈가수는 입을 다무네〉를 할 때 코러스와 함께 섞여 나오는 그 멜로디들이 나쁘지 않았어. 병승이와 춥을 할 때도, 3호선을 할 때도, 내 솔로 연습을 할 때도 합주실 '디엠지(DMZ)' 를 참

오랫동안 이용해오고 있어. 이번 일요일에도 다섯 시부터 두 시간 동안 거기서 합주를 할 생각이야. 가끔 하는 낭송 공연을 도와주는 낭독 소녀의 다리는 참 예뻐. 사이에서는 동희와 뭔가를 해볼 작정이고 천하에서 홍석이 형하고 안주 시켜놓고 술 마실 때 편하고 여전히 사람들 앞에서 깔깔대고 웃고 나는 벌써 마흔이 훌쩍 넘은 나이에도 기타를 메고 다니지만 가끔은 그게 쑥스럽고 젊은 애들이 그렇게 하는 모습을 보면 한 10여 년 전 홍대 근처에서 처음 기타를 메고 어슬렁거리던 때가 생각나, 즐거운 개판 치던 그때. 상상마당에서 '2008, 서울 젊은 작가' 낭송회를 할 때 킹스턴의 철욱이가 불어준 트럼본이 여전히 내게는 가장 따뜻한 트럼본 색깔이고 지금은 핑크 버튼이 된 무경계에서 랩톱을 놓고 공연할 때 채현이가 치던 박수가 받아본 제일 열광적인 박수였고 그때 함께 라디오 푸룻이라는 테크노 유닛을 하던 태효는 지금은 어디에 있을까, 빵에서 우리는 헤어졌지, 디제이가 되어 한국 일본을 왔다갔다 한다지, 라디오를 잘린 이후에는 곱창전골에서 일주일에 두 번, 일당 3만 5천 원에 밤 아홉 시부터 새벽 세 시 또는 네 시까지 판을 돌리고 있고, 신청곡이 너무 많은 날은 지쳐,

그렇게, 홍대 주변이라는 공간과

거기서 만난 사람들은 그때는 치명적이지 않았지. 그러나, 나도 모르게, 아마도, 우리들은 어떤 예감을 했을지도 몰라. 우리들은 우리가 모르는 예감을 자주 하는 편인 거 같아. 홍대 앞에서 너를 만났어.

새벽 세 시, 형광등 불빛

너를 보았다, 편의점에서. 그 수많은 너, 너, 너를. 새벽 세 시, 클럽 앞의 편의점은 황토색 국물을 들이켜는 사람들로 조금 붐빈다. 형광등 특유의 푸른빛으로 빈틈없이 균일하게 반짝이는 실내의 대기는 플라스틱 재질이다. 마치 모든 슬픔을 디지털 코드로 박제화하려는 야심을 지닌 듯한 이 무표정한 공기는 냉정하다. 거의 엄숙할 지경이다. 그 안에서 서로 힐끗거리며 왔다갔다 하는 너, 너, 너, 수많은 너는 모두 하루살이다. 누가 널 알아주랴. 누가 널 재워주랴. 너는 다시 클럽에 들어갈지도 모르고 우연히 만난 사람과 자러 갈지도 모르고 그냥 집에 갈지도 모른다. 그러나 너는 하나같은 너, 진열대에서 손님을 받으려고 기다리는 수많은 물건들처럼 외롭다.

편의점은 하루 종일 물건들의 잠을 재우지 않는, 물건들의 유곽이다. 너는 물건들이다. 니가 물건들을 고르는 것 같지만 실은 물건들이 너를 고르는 것이다. 니가 창녀를 고르는 줄 알지만 그건 오해다. 실은 창녀의 강한 생활의 눈빛이 널더러 날 고르라, 고 해 너는 그 창녀를 고르는 것이다. 물건들이 너를 본다. 물건은 너를 택하여, 예쁜 일회용의 비닐 옷을 벗어 던지고 우물우물 흉하게 씹히거나 후루룩 더럽게 마셔지고 똑 분질러지며 북 찢어지고 휘리릭 넘겨진 다음 죽어버린다. 그러나 너의 빈자리는 또 다른, 바코드가 약간 바뀐 또 다른 너에 의해 채워진다. 그러니 아쉬워하지는 말아라.

분리수거용 쓰레기 비닐에는 그렇게 죽은 너의 이빨자국 난 한

귀퉁이와 찢어발겨진 스타킹처럼 아무렇게나 던져진 포장지들이 밤새 말없이 쌓인다. 쓰레기통은 '분리' 한다. 너와 너를 감싸고 있던 포장을. 뜯겨져 나간 후 너의 화장은 완전히 무의미하다. 차라리 너는 사용되기 전이 아름다웠지만 너의 운명은 사용되는 것. 울지 말 것. 니가 사용되기 전이라면 누가 너의 맛을 알겠니. 보아라. 진열대에는 아직 그런대로 예쁘게, 물론 필사적인 원가 계산 뒤에 입혀진 옷을 입고 너는 껌을 짝짝 씹고 있다. 백화점의 물건들에 비해 너는 싸구려로 입혀진다. 너는 거추장스러운 걸 싫어하지? 간편하게 벗을 수 있어야 손님들이 편하지. 그것도 서비스의 하나라는 걸 너는, 아니 너의 주인, 너의 제조자들은 너무 잘 알고 있다. 이 편의점에서는 말이다. 미국과 한국과 홍콩과 일본, 그리고 대만 등지에만 있고 유럽에는 없다는 이놈의 편의점은 양키의 똥물이 세계 어느 구석으로 흘러 들어가는지 잘 보여준다. 24시간 켜져 있는 불빛은 월스트리트의 자본이 이 동네 구석쟁이에까지 와 눈을 부릅뜨고 돈 돌아가는 걸 감시하고 있다는 표시다. 구멍가게 할아버진 졸려서 자지만 월스트리트는 졸려도 자지 않는다. 편의점은 월스트리트의 최전방 국경 초소다. 뉴욕의 '구중심처' 와는 너무 멀리 떨어져 있어 통신도 거의 두절되어 있다. 그러나, 잊지 말라. '거의' 두절되어 있다는 걸. 비행기에서 내려다본 불빛처럼 반짝이는 작은 점일 뿐인 이 초소의 상황은 약간의 시간차를 두고 매일 그곳으로 보고된다. '그곳' 으로 말이다. 자, 나는 지금부터 그와는 털끝만큼도 상관없는 또 다른 보고서를 만들겠다. 너, 물건들이자 손님들인 너, 너, 너에 관한 보고서를.

새벽 네 시, 초소의 마크가 새겨진 더러운 초록색 옷을 입고 초소를 지키는 아르바이트생이 꾸벅꾸벅 졸다가 클럽이 문을 닫고 난 후 쏟아져 나온 사람들이 우루루 몰리자 잠을 깨고 본능적으로 현금이 들어 있는 계산대에 오른손을 놓는다. 나는 저 뒤편에서 조그만 무언가를 고르느라 진열대에 온 시선을 주고 있다가 클럽에서 나온 아이들의 깨는 옷차림을 감상하느라 고개를 든다. 새벽 네 시, 너를 보았다. 아, 물건들아, 너희에게도 희망은 있니? 아, 나의 아가들아.

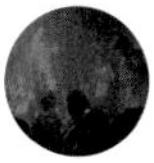

클럽, 탈권위의 디아스포라

1. 힘 : 힘은 늘 이동한다(shift). 하나의 장(field, champs)을 구성하고 있는 지배적 논리는 장을 활성화시키다가 급기야는 장을 억압한다. 그때 사람들은 다른 방식으로 움직일(move) 준비를 하고 힘은 이동하기 시작한다. 이 글은 1990년대 이후 한국에서 진행된 일종의 '장의 이동' 배후에 어떤 힘이 작용하고 있었나를 알아보려는 하나의 시도다. 1990년대의 한국은 수많은 요인들에 의해 기존 장의 질서, 혹은 기존의 '진정성(authenticity)' 을 구성하고 있던 요소들이 와해되던 시기라 할 수 있다. 일반적으로 말해서 사회 전체에서 '권위의 와해' 현상이 나타났다. 물론 1990년대의 이러한 현상은 1980년대의 결과이기도 하다.

2. 묻는 방법 : 묻는 방법을 조금 바꿔볼 필요가 있다. 사람들은 이렇게 묻는다.

"왜 이것을 선택하지 않았느냐?"

그러나 다음과 같은 대답이 나올 경우 이 질문은 무기력해진다.

"이게 그거야."

그러므로 이렇게 묻는 것이 효과적이다.

"왜 이게 그거라는 선택을 했어?"

이 문장에 '미술이라는 말' 을 넣어 대화해보자.

"왜 미술을 선택하지 않았어?"

"이게 미술이야."

"이게 정말 미술다운 미술이라고? 이 천박한 쓰레기 더미가?"

"이게 미술다운 미술이야."

"에이, 너는 사기꾼 아니면 아무것도 모르는 천치에, 소중한 것들을 헌신짝처럼 버리고 되는 대로 망쳐버리려는 망나니야."

"너는 네가 배운 것 아니면 너에게 돈이 되는 것밖에는 모르는 멍청하고 답답한 기득권자야."

"길바닥에서 천박한 새끼들과 어울리다 뒈져라."

"고마워. 시간이 지나면 너는 내 앞에 무릎을 꿇을 거야."

"고마워. 그렇게 생각하는 걸 보니 너 역시 속물이구나. 너도 언젠가는 휘어잡고 싶은 거냐?"

"그렇기도 하고 아니기도 해. 나는 어쨌든 너의 바깥이야. 꺼져."

"그럼 다시 한 번 묻자. 도대체 너는 왜 이게 미술다운 미술이라고 생각하는 선택을 한 거야?"

3. 아버지를 죽여라 : 문화적으로 본다면 1980년대적인 반체제 문화의 흐름을 주도한 것은 청년문화였다. 특히 대학생들의 문화는 반체제 문화의 주요 저변이었고 거기서 권력이 나왔다. 마당극이라든가 집단 창작, 집체극, 걸개그림 등의 민중문화의 내용들조차 대학생들의 '문화적 실천' 속에서 구체화되었다. 반면 독재권력의 문화는 기존 질서의 문화, 어른들의 문화였다. 박정희가 정권을 잡은 1960년대 이래로 20년 넘게 권력을 독점해온 이들은 주류 사회, 공직자들의 사회, 재벌 간부들의 사회, '어른의 사회' 를 구성하고 있었다. 어떻게 보면, 1980년대의 문화는 어른의 문화를 젊은이들의 문화가 해체시키겠다는 구도를 띤다고 할 수도 있다. 다시 말해 1980년대의 반체제 문화 속에는 일종의 '부친살해' 욕망이 들어 있었다. 특히 이론가와 예술가, 지식인 집단에게 이 욕망은 구체적인 작품이나 저작 속에서 실천되었다. 예를 들어 아버지가 떵떵거리고 있는 기존의 문단 바깥에서 '무크지 운동' 같은 것이 펼쳐졌다. 기존의 '장' 은 관제 예술의 장이었고 그 안에서 노는 아버지들, 선생님들은 어용 예술인들이었다.

결과적으로, 아버지는 완벽하게 살해되지 않았다. 1987년 6월 항쟁을 통해 독재권력이 무너지고 새로 치러진 대통령 선거에서 당선된 사람은 슬쩍 얼굴을 바꾼 가해 세력 출신이었다. 그는 당선되기 위해 '보통 사람' 이라는 협잡에 가까운 개념을 등장시켰다.

이 아버지는 강할 수도 없었고 그러려 하지도 않았다. 당시의 대통령은 '물태우' 라는 별명을 지니고 있었다. 기존 권력은 해체되지는 않았지만 물질의 상태를 물의 상태로, 다시 말해 '고체' 에서 '액체' 로 바꾸어 존재했다. 그런데 의외로 이 상태가 서구 탈산업화 사회의 구조에 한 발 다가간 꼴이 되었다. 권력은 몸속에 스며들었고 물처럼 흘러다니거나 보이지 않게 존재하기 시작했다. 너와 나 모두 참여하고 있는 것일 수도 있었으며 그 상태에서 서로를 조롱할 수도 있었다. 또한 다소간 그 존재에 대해 망각한 상태에서 마음대로 놀 수 있었다. 망각은, 뒤에서 다시 언급하겠지만 약간은 의도적인 것이었다. 그것은 일종의 '와해' 였다. 이 상태라면 젊은 이들은 그저 약간 더 자유로울 수 있었다. 좌파의 메카인 소련도 붕괴했다. '카운터' 도 무너져 내리고 있었다. 그래서 약간은 '니힐리즘' 적인 시기였다. 이런 1990년대에 사람들이 붙잡은 개념 중의 하나가 '얼터너티브' 였다. 끝없는 교체와 이탈의 운동성이 흐름을 주도했다. 예술가들은, 공간적으로도, 기존의 장에서 이탈하여 얻을 수 있는 '피난처' 를 원했다. 일종의 문화적인 '디아스포라' 가 시작되었다.

4. 다른 물을 찾아서: 1987년 6월 항쟁, 그리고 1988년 올림픽을 기준으로 남한의 청년들이 놀던 물의 구도가 조금씩 달라지기 시작했다. 기존의 놀이 문화와 유흥장소를 특징 짓는 것은 궁극적으로는 법적으로 엄격하게 적용되도록 되어 있는 확연한 '구분들' 이었

다. 춤을 추는 나이트클럽이 따로 있었고(이 업소들을 운영하기 위해서는 특수한 허가를 정부로부터 받아야 한다), 차를 마시며 음악을 듣는 음악다방이 따로 있었으며, 술을 마시는 술집은 또 따로 있었다. 1980년대 초중반의 '주점' 들은 반체제 문화 청년들이 낮 동안의 투쟁의 피로를 풀면서 운동가 등을 불러젖힘으로써 동지애를 확인할 수 있는 공간이었는데, 술김에 이어지는 급진적인 토론의 장소이기도 했던 이런 대학가 주점들이 그나마 통합적인 공간으로 쓰였을 뿐, 그 이외의 지역에서 청년들은 자신들의 놀이 자체를 확연한 법적인 구분의 치수에 맞춰 재단해야 했다. 그래서 생긴 것 중의 하나가 아마도 서양 사람들 누구도 이해하지 못할 한국 특유의 '차수 문화' 가 아닌가 싶다. 1차, 2차, 3차…… 계속되는 유흥공간의 원정을 통해 놀이의 질이 밤이 깊어갈수록 저질로 치닫는다. 그나마 1980년대 초반까지 존재하던 '야간통행금지' 때문에 심야의 유흥을 완벽하게 즐기려는 사람들은 거의 어쩔 수 없이 집 바깥에서의 '잠자리' 를 택해야만 했다. 놀이 공간들의 쓰임새가 독재권력에 의해 엄격하게 구분되고 독재권력의 깡패들인 말단 경찰들에 의해 매우 철저하게 감시당하고 있었으므로(더구나 그들은 감시해주는 대가를 받기도 한다), 사람들은 혈중 알코올 농도의 상승에 비례하여 더 격렬한 흥분상태를 보장해주는 공간을 찾아 이동한다. 아직까지도 한국의 법은 기존의 이러한 틀을 유지하고 있다.

그러나 민주화가 되면서 이러한 기존의 놀이 문화의 '물' 이 큰 변화를 맞았다. 그 최초의 가시적인 형태가 이른바 '록 카페' 였다.

 록 카페는 사실상 불법이었다. 왜냐하면 록 카페는 술도 마시면서 테이블 사이에 마련된 작은 스테이지에서 춤도 추고 새로 나온 신선한 록 음악들도 감상하는 일종의 복합 공간이었기 때문이다. 그러나 민주화 이후 공권력은 대중의 이러한 자발적인 위법에 칼을 들이댈 만큼 권위도 없었고 기존 권력집단의 장악력이 해이해지면서 약간은 안일하고 방관적인 태도를 보이기까지 했다. 이러한 틈을 타 이른바 '복합 놀이 공간' 같은 것이, 약간의 촌지를 공권력에 쥐어주면 영업을 해낼 수 있었다. 거기에 '술 먹다가 자연스럽게 홍이 나 몸을 흔드는 손님들을 어쩌란 말이냐' 하는 하소연도 일정하게는 받아들여졌다. 다 민주화된 사회 속에서 일어날 수 있는 일들이었다.

5. 일렉트로닉 카페(Electronic Cafe): "번역하면 전자 찻집이라고도 할 수 있을 것이다. 1988년 봄, 3월경에 오픈한 것 같다. 극동방송국과 주차장 사이. 3년가량. 1991년까지 운영했다. 네트워크가 활성화되기 시작하면서 네트워크를 예술과 연결지어 실험적 공간을 만들고자 하는 생각을 안상수 교수와 하게 되었다." (금누리, '무서운 아이들' 전시회 카탈로그)

1980년대 후반. 아직 대중적인 클럽은 아니었다. 그러나 홍대 앞이라는 공간이 하나의 독특한 문화적 분위기를 형성하기 시작한다. '일렉트로닉 카페'는 상당히 공헌을 한다. 대학교인 '홍대'와 문화적 공간으로서의 '홍대 앞'이 구분되기 시작하는 시기도 이때라 할 수 있다.

6. 안상수 : 상상가이자 지역운동가이기도 한 조윤석은 이 시기에 안상수(홍대 시각디자인과 교수)의 역할이 매우 중요했음을 토로한다.

"홍대 주변은 안상수 선생 이전과 이후로 나뉜다고 봐도 돼요. 그 전에는 추억과 낭만이 흐르는 화사한 데이트 장소? 뭐 그 정도였죠. 당시에는 아날로그적인 것, '회화'에 주도권이 있었다고 봐요. 그런데 그 이후로는 디지털, 디자인, 뭐 그런 것이 주도하게 되었죠. 분위기도 엘리트들끼리만 놀던 분위기에서 함께 나누는 분위기로 바뀌었고. 안상수 선생이 이끌던 '일렉트로닉' 카페에서 최초의 웹 아트가 벌어지기도 했습니다." (조윤석, 《까사 리빙》 2005년 3월호)

물론 웹 아트가 이루어진 곳은 정확히 말하면 안 그라픽스 사무실이었지만, 일렉트로닉 카페가 홍대 주변 공간의 일종의 '문화적 변용(transfiguration of a space)'을 예견하고 있다는 점은 뜻깊다.

7. 록 카페 : 1980년대 후반부터 '록 카페'라는 것이 존재하기 시작했다. 최초의 록 카페가 어느 곳이었느냐에 관해서는 의견이 많다. 미술가이자 계원조형예술대 교수인 홍성민은 "후에 유행하게 되는 록 바 또는 클럽의 원조인 최초의 클럽은 1989년 최정화가 만든 종로의 '오존'이었다"고 말한다(《WM》 2005년 2월호). 그러나 꼭 오존과 같은 (약간은 기획된) 바들이 록 카페로의 흐름을 이끌었느냐에 관해서는 이견이 있을 수 있다. 사실 1980년대 중반부터 신촌이

 나 대학로 등지에 존재했던 언더그라운드 록 바들이 이러한 분위기를 미리 준비하지 않았나 싶다.

신촌은 1980년대 언더그라운드 록 문화의 한 거점이었다. 이들 1980년대 중반의 록 바들은 일면 1970년대의 음악다방 스타일을 이어받은 곳이기도 한데, 록 마니아들이 모여 즐겨 음악을 신청하고 듣는 마니아 공간이었던 것이다. 이 속에서 음악은 일종의 벽으로 작용했다. 주로 강력한 하드 록이나 웅장한 프로그레시브 록, 또는 지적인 화음을 구사하는 섬세한 포크 록 등이 레퍼토리였는데, 이러한 음악의 사운드는 세상의 남루함과 지루함, 그리고 공포를 차단하고 내면적인 쾌활이나 활력, 또는 안정감을 지켜주는 벽이었다. 그 음악들과 함께 언더그라운드 리스너들과 애호가들이 젊은 날의 시름을 달랬다. 이 공간은 기본적으로 자기폐쇄적인 성격이 강했으나 1987년 6월 항쟁 이후로 그 의미가 변화하기 시작했다. 그런 사람들끼리 모여 서로의 취향을 나누는 교류의 공간으로 열려나가기 시작한 것이고 바로 그 언저리에 이른바 록 카페라는 것의 유행이 있다.

록 카페는 1990년대 초반 대중화되면서 일종의 변종 나이트클럽 비슷하게 변질되어 그 문화적인 의미가 감소했다. 그러면서 신촌보다 상대적으로 상업화가 덜 된 공간이라 할 수 있는 홍대 앞에 새로운 감수성의 클럽들이 생기기 시작했는데, 이들 공간은 보다 목표를 명확히 한 클럽들이었다.

8. 초기 클럽들, 스페이스 오존, 올로올로, 발전소, 곰팡이 : "주장이 좀 들어가 있는 술집을 하고 싶었다. 당시엔 강남에 오렌지족이 많을 때여서, 그런 문화와는 다른 래디컬하고도 자기주장이 강한 공간을 강북에 만들고 싶었다. (……) 내 기억으로는 작가들보다는 평범한 사람들이 제일 많이 왔다고 생각한다. (……) 처음부터 그런 목적(이벤트나 프로젝트 바)을 갖고 시작한 것은 아니었다." (최미경, 같은 책)

"1989년, 1990년쯤 만들어져서 6~7년 동안 했던 것 같다. 정태연이라는 친구가 홍대 앞에서 '슈바빙'이라는 카페를 하다가 이대 앞으로 옮겨 갔는데, 내가 카페의 콘셉트를 제안했다. 술만 마시기보다는 즐겁게 놀 수 있는 분위기를 만들 수 없을까 하는 생각을 했고, 그래서 만들어진 것이 '올로올로'다. 인테리어는 당시 A4라는 인테리어 회사에서 일하는 최정화에게 맡겨졌었다." (고낙범, 같은 책)

9. 최정화 : 1980년대 후반, 1990년대 초반의 문화적 이탈을 구성하는 모든 분위기 속에 최정화가 있다. 그는 클럽의 인테리어 속에 있다. 창고 같은 분위기의 인테리어를 통해 공간적으로 클럽들을 다른 공간과 구분해냈다.

"창고 같은 분위기였다. 차분한 카페라기보다는 거칠지만 이국적인 분위기의 클럽이었다. 이형주 씨 목탄 그림이 벽에 그려져 있었고, 최정화 씨 작품도 있었다. 내 그림도 있었는데…… 당시에 올로는 이국적인 분위기를 많이 지니고 있었던 것 같고, 그래서 그런 느낌을 공유할 수 있었던 사람들, 특히 예술, 문화 관계자들이나 외국인들이 많이 찾아오게 되었던 것 같다." (고낙범, 같은 책)

최정화는 클럽을 구성하는 작은 장식품들 속에 차라리 숨는다. 싸구려 비니루 재질로 장식된 전등의 반짝임 속에, 수도꼭지가 달려 있는 화장실 문손잡이 속에, 병원을 연상시키는 은빛 대야에, 긴 파이프에, 콘크리트 벽에 그를 새겨 넣고 이름을 지워버린다. 그는 예술가라는 칭호 대신 실내장식가, 무대미술가, 영화미술가 등등의 실용적인 이름 속에 자신을 분산시켜 탈신화화한다. 그래서 그는 홍대라는 가장 확실한 미술이데올로기의 발전소 출신임에도 불구하고 효과적으로 아버지를 지울 수 있었다. 그 철저하고도 교묘한 부정(negation) 안에, 그리고 클럽에서 사람들과 어울려 놀던 그의 몸속에 1980년대 후반의 디아스포라가 갖는 문화적 의미의 상당 부분이 숨겨져 있다.

10. "자연스럽게 사람들이 모이는 과정에서"(고낙범): 초기에 클럽을 운영하던 사람들은 하나같이 예술적인 기획의 목적보다는 말 그대로 사람들이 놀고 마시고 즐기는 공간을 생각했다. 그리고 공연조차도 클럽의 일상적인 유지를 위해 존재하는 경우도 있었다.

이런 대안 공간의 특징은, 기본적으로 젊은이들이 와서 노는 곳을 지향하면서도 거기 작가들이 모였다는 것이다. 작가들의 디아스포라의 방향이 일상 속으로 향하는 것이었다. 어쩌면 이 기획 자체에 모순이 들어 있다고 볼 수도 있다. 때로는 의식적인 공연이 클럽의 일상적 운영을 방해하는 경우조차 있었다.

"'오존' 은 우선은 장사하는 곳이었고, 장사가 되고 공간이 존재해야 공연이나 이벤트도 가능하다고 생각했는데, 공연이 방해가 되는 경우가 많아서 적지 않은 마찰이 있었다. 퍼포먼스를 할 때는 손님이 너무 많이 와서 장사를 할 수가 없었고, 사람들이 특별한 공연이 있는 날만 찾는 곳으로 생각하는 경우가 많아서 공연이 없는 날은 사람이 거의 없었기 때문이다." (최미경, 같은 책)

"처음에는 퍼포먼스 바를 하려고 했었다. 의도적인 기획공연이 있는 곳이 아니라 자연스러운 놀이문화와 더불어 예술이 있는 바를 의도했었다. '발전소' 가 1993년 초에 만들어졌지만, 처음부터 이런 이벤트들을 한 것은 아니었다. 발전소가 사람들에게 잘 인식이 안 되는 것 같아서 시작한 지 6~7개월쯤 후에 강태환, 이영란, 원일, 김형태로 이루어진 '발전 9311' 이라는 기획공연을 했다. 발전 9311이라는 대표적인 이벤트 이후에 발전소가 록 카페 분위기로 바뀌어서 나는 1994년도에 그만두게 되었다." (김형태, 같은 책)

당시에는 이 모순의 실천이 가장 매력적인 대안적 예술 행위였다. 작가들은 일상적인 공간 속에 자신의 예술이 녹아드는 것을 통쾌하게 목격했고 어떤 의미로는 그런 방식으로 기존의 예술적인 의미를 훼손시키는 것에서 사디즘적인 쾌감을 느꼈을 것이다. 이 훼손의 당대적 의미는 일종의 망각에 있었다. 누가 등단시키고 누가 뒤를 봐주며 누가 작품을 유통시키는가에 관한 판단을 아예 중

지시키는 일이기도 했다. 이것은 일종의 피터팬적인 발상이기도 했다. 피터팬과 그의 친구들은 후일을 도모하지 않은 채 아빠의 그림자가 존재하지 않는 클럽에 모여 자기들끼리만의 즐거운 놀이 속에 빠진다. 그것은 또한 1980년대의 대립적인 구도 속에서 연약한 작가들이 느낀 공포감을 지우는 이탈적인 방식이기도 했다. 약간의 자기 학대와 훼손을 동반한 이 놀이 속에서 작가들은 만족을 얻고 세상의 무서움에 의해 상실당한 것들을 보상하는 동시에 아버지마저 지운다. 이것이 1990년대적인 클럽으로의 디아스포라가 갖는 목적이기도 했다.

11. 김형태로부터 받은 이메일: 흑백사진은 발전소에서 '발전 9311'이라는 제목의 퍼포먼스를 했는데(1993년 11월), 출연: 김형태, 강태환, 원일. 이영란 사진은 이영란의 물체극 그리고 곰팡이의 각종 퍼포먼스 포스터 모음(원판이 어디 있는지 모르겠고, 웹용 작은 이미지밖에 없네). 김창완 단독공연 95. 4. 28/ 타악기 페스티벌 윤재현, 안기승, 민영치, 남궁연, 구스타 보/ 곰팡이 전경—이동기의 스파이더 맨/ 강태환 독주회/ 안상수 개인전—곰팡이 습격 95. 6. 25~30/ 요시미치 다케이 퍼포먼스.

12. 다소 흥분조의, 과장된 감도 없잖아 있는 90년대 후반의 신문기사 스크랩: "문화 게릴라들의 새로운 해방구/ 행위예술 · 프리재즈 · 국악……/ 암호로 유통되던 소수문화/ 지하실 4평 무대 위에서 숨겨

김창완
곰팡이
FREE
LIVE
1995, 4, 28,
금,오후7;30

타악기 페스티발
KOONG!
KWANG!
13일 윤제현
14일 안기승
20일 민영치
21일 남궁윤
27일 Gustavo
28일 JAM

FREE MUSIC 강태환
'95/5/12/7:30 PM
곰팡이

Project Bar GOMPANG-E APRIL PROJECT-I
PERFORMANCE BY
YOSHIMICHI TAKEI
DANCE/automatical dance 95
1995,4,15,토, PM7:00

진 모습 드러낸다. (……) 김백기의 현대무용 '인생-몸짓', 색소폰 주자 강태환의 '프리뮤직', 고재경의 '팬터마임'이 올해 공연 중 특히 높은 호응을 받았다. 고작 4평의 무대. 그를 둘러싼 몇 안 되는 테이블은 물론 바닥과 계단, 심지어는 무대 모서리에 엉덩이만 간신히 걸치지만 관객들은 열광한다. 구겨 앉아봤자 200명을 넘지 못하는 곳, 딴 데서는 찾아볼 수 없는 풍경이 거기에는 있다. CD가 2,500장, LP가 2,000장 대기 중이다. 특히 유럽의 아트록, 비틀스의 앨범 등은 모두 원반이다. 국악은 송만갑(모노 SP판)에서 김덕수의 최신보《난장》까지 모두 300장. 그 밖에 김민기에서 이정선까지 모두 200장이 항시 준비 중. 그러나 이른바 인기가요나 댄스뮤직은 명함조차 내밀지 못한다. (……) 대학로는 정책 입안자에 의해, 압구정동은 자본의 논리에 의해 가공됐다. 그러나 홍대 앞은 대안문화(alternative)로서 존재해야 한다. 그 중심에 '발전소'가 있다. 카페 주인, 아니 소장 김백기(34. 행위예술가) 씨가 밝힌다. 문화가 특정 소수, 즉 문화귀족주의자만을 위한 암호처럼 향유되는 현실에 대한 반발. 나아가서는 하위 문화(Sub-Culture)가 음지를 박차고 떳떳이 자기 존재를 증명할 수 있는 마당. '발전소'의 자리매김이다. (……) 평일은 보통 80명, 주말이면 300명 선을 유지하니, 그럭저럭 흑자라고 극장 측은 밝힌다. 흥이 오른 관객들은 무대로 올라와 멋대로 즉석 해프닝을 벌이기도 한다.

'발전소'의 꿈은 최근 인터넷을 감염시켰다. 지난 3월 개설된 전용 사이트에는 앞으로의 공연(국악 록 무용 행위예술 실험극) 일정

등 '발전소' 에 관한 정보들이 한 번의 클릭으로 제공되고 있다. (http://www.cityscape.co.kr/cafe/kraftwerk/index.html)

'홍대 앞 발전소 가자' 는 주문을 받은 택시기사가 인근 당인리 발전소로 손님을 모시니, '고충' 이라고." (02-337-7259 한국일보 1997-04-28 (문화) 기획 연재 21면, 장병욱 기자)

바코드와 유통기한

물건들이 서 있거나 누워 있다. 그들 모두는 줄지어 있다. 그들은 공장에서 태어나는 순간부터 일렬로 정렬되어 있다. 라인은 가장 합리적인 상태로 그들을 줄 세운다. 물건들의 어머니는 '줄'이다. 줄의 합리성을 통해 그들은 네모지게, 둥그렇게, 도식적으로 깎이고 포장되어 공장 바깥으로 나온다. 우발적인, 줄로부터의 비껴남은 그들을 기형아로 만든다. 그렇게 된 물건들은 '불량품'의 운명을 타고나 공장에서, 혹은 중간의 어느 줄에서라도 낙태당한다. 그들은 그들만이 모이는 하치장에서 태어나자마자 죽음을 맞는다.

줄의 합리성을 견딘 표시로 줄의 어머니는 너희들에게 문신을 새겨준다. 바코드는 줄의 합리성이 보내는 출생증명서다. 너의 존재는 가능한 한 네가 만들어지는 순간 파악되어야 한다. 나중에 박스 속으로 들어가면서 파악되는 게 아니다. 바코드가 읽히면서 라인의 끝을 빠져나오는 순간, 너는 등록된다. 너는 '하나' 다. 하나. 니가 바로 그 자리에서 만들어져 '하나' 의 숫자를 총량에 더하게 되었다는 것은 얼마나 자랑스러운 일이냐. 너는 둘도 아니고 셋도 아니고 '하나' 다. 너희들 모두가 '하나' 다. 하나 더하기 하나는 둘. 그 하나, 하나의 쌓임이 바로 사장님의 합리적인 재산 증식의 기초고 너희들의 합리적인 세상 돌아다님의 기초다. 그 수많은 바코드들은 다, 하나같이 동일한 메시지를 전하고 있다.

"너희는 하나다. 자, 따라 해봐라. 하나. 불려 나갈 때 이렇게 외쳐라. 하나."

너희는 한 단위의 양적 존재다. 바코드의 신은 자본주의의 가장 위대한 신, 자동적인 양화(automatic quantization)의 신이다. 그 신은 전 세계를 단 한 줄로 세울 수도 있다. 너희들 중에 기형아가 있니? 그 숫자 역시 가능한 한 공장에서 만들어지자마자 카운트할 것. 바코드는 그렇게 말한다. 어디를 가도 바코드를 역추적하면 그들의 출생은 드러난다. 누가, 어떤 라인에서, 언제 너를 창조했는지가 너의 몸에 이미 문신으로 새겨져 있다. 그러니 너는 물건들의 합리적인 '줄' 바깥으로 빠져나갈 생각은 하지 말아라. 끝까지, 너는 그 라인 바깥은 꿈도 꾸지 말아라. 그리고 조용히, 여기 이렇게 누워 있으렴. 이 편의점의 불빛 아래

 말이다.

아가들이 문신을 새기고 손님을 기다리고 있구나. 아름다워, 잠들어 있는 너희들이.

(……) 그 담당 계원들 다음에는 난자삽입 담당이 서 있었다. 병의 대열이 진지했다. 난소는 하나하나씩 시험관으로부터 나와 보다 큰 용기로 옮겨갔다. 병 속에 담긴 복막 조각은 재빨리 갈라지고 그 갈라진 홈에다 상실기태아가 삽입되고 염성 용액이 주입되었다…… 그런가 했더니 병은 벌써 그곳을 통과하고 이번에는 꼬리표를 붙이는 담당의 손에 넘어갔다. 유전, 수정일시, 보카노프스키 집단의 일련번호 — 상세한 기록이 시험관으로부터 병으로 옮겨졌다. 이제 무명이 아니라 명명되고 신원이 밝혀진 가운데 병의 행렬은 서서히 전진했다. (……)

— 올더스 헉슬리, 《멋진 신세계》, 이덕형 옮김, 문예출판사, p. 12

이 합리적인 숫자들의 총합이 계산되는 바로 그 순간이 문신으로 표시되고 있지 않니? 끝없는 줄을 생각해보렴. 끝없는 행진을. 끝없이, 이 형광등 불빛 아래로 들어오고 끝없이 나가는 물건들의 행진을. 그 끝없는 양적 행진의 발을 맞추어주는 행진곡의 악보. 바로 바코드다.

바코드가 출생 증명 문신이라면 유통기한은 식품의 사망 증명 문신이다. 대부분의 식품들은 이미 태어나는 순간 사망 날짜를 통보 받는다. 지금 이 편의점의 불빛 아래 누워 있거나 서 있는 거의 모두는 사망 증명서를 자기 몸 어딘가에 붙이고 있다. 공동묘지의 비석들이여. 영원히 잠들지 못할 이 묘지에 있는 너희들 몇몇의 호적을 들춰본다.

종가집 포기 김치 유통기한 제조일로부터 25일까지 제조년월일 상단에 별도 표기 (상단) 제조일자: 2001.02.06 풀무원 옛맛 두부(찌개용) 유통기한 F1 박재선 A 2001.03.01까지 목우촌 주부 9단 프랑크 소시지 2001.03.10까지 G 이태리안 피자 치즈 2001.11.04까지 냉장요 켈로그 콘푸로스트 유통기한 박선영 X 2001.12.12 스팸 2004.01.10까지(B-6-4) 여재연 B 실속있는 쇠고기면 유통기한 전면에 표기 (전면) 2001.07.06까지 다 3 생산자 김성욱 찹쌀순대 포장일 2001.02.24 유효일 2001.02.25 테이스터스 초이스 오리지날 초이스 유통기한: 병 밑에 표시된 일자까지 (병 밑) 2003.12.20.A 소문난집 국수 샘표 소면 유통기한: 후면 하단 표시일까지 (하단) F1 2002.09.23 오뚜기 쇠고기 스프 유통기한: 하단 표시일까지 (하단) 2002.06.03 B 가루 설록차 유통기한 하면 기재 (하면) 2002.05.29 JANG EUN JUNG

이 공동묘지는 24시간 너희들의 영혼을 밝은 불빛 아래 세우는 규칙을 가지고 있다. 영원한 정오의 태양을 받는 수많은 묘비명이여. 너희들은 바로 그날 이전까지 팔리지 않으면 폐기된다. 태어나면서 정해진 운명이다.

홍대 앞

"'홍대 앞' 이란 이름은 일종의 이미지다. 어딘가 예술적이겠지, 어쩐지 괴짜 같겠지, 멋이 있겠지, 전위적이겠지…… 홍대 앞 풍경은 이러한 기대에 부응한다. 진품 록 클럽과 바가 있다. 음악밴드들이 있다. 미술학원이 많다. DIY 가구를 살 수 있다. 거리미술이 눈에 띈다. 한국 사람이든 외국 사람이든 이상하게 하고 다니는 친구들이 많다. (……) 보수적인 한국에서 '이상하게 하고 다녀도 괜찮은 동네' 는 귀하다. 맘껏 괴짜여도 좋은 동네다." (유재현, 〈홍대 앞 문화란 무엇인가〉, www.honghap.org/bbs/zboard.php?id=archive에서 퍼옴)

1984년, 지하철 2호선 개통 : 지하철 개통 이후 신촌 주변의 '대학가' 는 많은 문화적 변화를 겪는다. 신촌에는 백화점이 들어섰고 이대 앞은 대학문화를 누르고 쇼핑문화가 자리 잡았다. 또한 홍대 앞은 '홍대입구' 역의 개통과 더불어 상대적으로 접근가능성이 높아졌다. "홍대입구는 과포화된 신촌상권이 찾아낸 새로운 파라다이스. 신촌에서 불과 3분 거리인 서강대를 제치고 홍대가 선택된 것은 순전히 지하철역 때문이다." (경향신문 1996-12-28 (문화) 기획연재 31면, 이은정 기자)

홍대거리미술전(1993년): "9월 거리미술전 개최. 전시회 등 거리문화행사에 주민들도 동참. '홍대 앞 거리의 퇴폐–향락풍조를 홍대생의 손으로 몰아냅시다.' 23일 오후 서울 마포구 상수동과 서교동 일대 홍익대 앞 거리에서는 이 학교 미술대학생회(회장 유기호. 27. 회화4) 주최 〈제1회 거리미술전〉이 '향락문화 추방과 주민–학생문화공동체 형성' 이라는 슬로건 아래 막이 올랐다. 미대생 2,000여 명이 틈틈이 함께 만든 작품 500여 점을 설치, 4일 동안 거리를 예술작품으로 수놓게 될 이번 행사에는 특히 주민들과 함께하는 프로그램이 많다. 주민과 함께 홍대 앞 거리문화를 반성해보는 이날 전야제의 종합예술공연은 건전한 청년문화거리였던 예전의 모습(1부)과 지난해부터 일기 시작한 '오렌지족' 들의 향락문화, 청년들의 갈등(2부), 학생과 주민이 함께 공동체를 형성해 극복해 나가는 과정(3부)을 노래와 춤으로 엮어 주민들의 갈채를 받았다. 24일 교문 앞 주차장에서는 미대 1학년생 20여 명으로 구성된 걸

CLUBBERS HARMONY
25. FRIDAY 27th 003.7.25. FRIDAY
THE CLUB DAY
THE CLUB DAY

개그림창작단 '결' 이 주민과 함께 가로 13미터 세로 8미터의 화폭에 대형 걸개그림을 그린다. 걸개그림에는 세계지도 위에 우리 민족이 탈춤을 추는 모습이 그려져 전통문화를 아끼고 세계로 뻗어가는 웅지가 담길 예정. 또 24일 오후 와우관 세미나실에서는 '홍대 앞의 올바른 거리문화 정착을 위한 공청회' 가 주민 상인 대표 학생 구청직원 등이 참여한 가운데 진행된다. 행사 기간 중 홍대 앞 놀이터 건너편에 조성된 '공예의 거리' 에서는 도예과 등 4개 학과 학생들이 주민과 함께 공예품을 만들거나 주민들의 초상화를 그려준다. 이어 폐막식 때 정문 앞 주차장에서는 주민들과 함께 하는 '막걸리 파티' 도 벌어질 예정. 유기호 학생회장은 '홍대 앞이 오렌지족의 온상으로 비쳐져 본의 아니게 홍대생과 주민들이 고통을 받아왔다' 며 '주민과 학생들의 힘으로 이곳 문화풍토를 정화하기 위해 행사를 기획했다' 고 말했다.

주민 김종정 씨(45)는 '이번 행사를 계기로 향락문화를 부추기는 상혼을 뿌리뽑는 데 주민 학생들과 함께 노력하겠다' 고 다짐했다." (세계일보 1993-09-24 (사회) 기획 연재 23면, 함영훈 기자)

클럽데이: "결정적으로 댄스클럽들이 음지에서 양지로 나오게 된 계기는 2001년 시작된 '클럽데이' 였다. 클럽데이는 이 지역 댄스 클럽주들의 모임인 클럽연대와 지역문화운동을 펼치고 있는 공간 문화센터가 함께 탄생시켰다. 매달 마지막 금요일 1만 원짜리 티켓 한 장만 있으면 저녁 일곱 시부터 다음 날 새벽 다섯 시까지 클럽

들을 돌며 마음껏 놀 수 있게 하자는 아이디어가 히트를 하면서 매달 클럽데이에는 6,000여 명 가까운 인파가 몰려든다. 특히 월드컵을 앞두고 문화전략지역을 탐색하던 서울시가 홍대 클럽문화에 주목하고 이 지역을 야간관광명소로 지정하면서 '클럽데이'는 날개를 달았다." (《주간동아》, 2003-06-05(387호), pp. 60~61, 김현미 기자)

클럽 물에서 노는 물고기들 : 클럽은 공연장이기도 하고 모임의 장소이기도 하며 일종의 전시 공간이고 무엇보다도 술판이다. 음악은 모든 것이기도 하고 안주이기도 하며 미술은 데커레이션이기도 하며 그 모든 것은 '분위기'로 작용한다. 그러므로 모든 것이 인테리어이기도 했고 사람들의 관계 속에서, 관계를 위해 봉사하는 서버였다. 1980년대 후반에 등장한 이런 클럽들은, 누구에게나, 다시 말해 예술가들에게나 손님으로 오는 사람들에게나, 기존의 놀이 공간과는 다른 물이었다. 이들 클럽들의 '묘한 분위기'를 당시의 'X세대' 코리안들 중에서 조금 자신을 쿨하다고 생각하는 친구들이 즐겨 찾기 시작했다. 좀 안다는 사람들이나 한국문화는 후져, 라고 판단하는 사람들에게 대안이 되기도 했다. 그러던 것이 1990년대 중반 펑크클럽의 자생과 더불어 보다 어린 세대의 서브 컬처를 견인하게 되었으며 그와 함께 서구의 레이브적인 분위기를 댄스 플로어에 옮긴 DJ 클럽들이(이른바 테크노 클럽) 발전하면서 클러버들을 끌어모았다. 1990년대 후반부터 이런 문화는 점차 대중적인 인지도가 확산되면서 2000년대 초에는 홍대 앞 특유의 클럽

문화로 대중화되었다.

“사실 나는 소위 문화 복덕방을 원하면서 발전소나 곰팡이를 만든 것이다. 일반인들은 문화 예술을 굉장히 가깝게 느끼고, 예술가들은 서로 만나서 정보를 나누고 무엇인가를 만들어내는…… 즉 대안 공간은 무엇을 가져오는 곳이 아니라 거기서 새로운 것이 나오는 곳이다. (……) 곰팡이에서는 서로 모르는 아티스트들이 만나서 파급효과가 꽤 커졌다. 어어부 프로젝트도 곰팡이에서 서로 멤버들이 만나게 되었고…….” (김형태, 앞의 책)

비닐봉지

화이트데이 때 여자친구에게 비닐봉지를 선물하는 놈은 개새끼다. 그는 다음 해 발렌타인데이 때까지 결코 기다리지 않는다. 결혼 예물 목록에 루이뷔통이나 에르메스 핸드백이 오르는 일은 흔하지만 검은 비닐봉지가 그 목록에 올라 있다면 진귀한 일이 아닐 수 없다. 그러나 비닐과 루이뷔통의 공통점은 그것이 프랑스산이라는 것이다. 비닐은 영어보다는 프랑스어 발음에 가깝다. vinyl의 영어 발음은 바이널이고 프랑스 발음은 비닐이다. 일본 사람들은 비니루라고 한다. 비니루는 왠지 비닐스럽다. 때로는 일부러 비닐스럽기 위해 비니루봉지 라고 발음할 때도 있다. 만일 신부 측에서 예단을 보자기가 아니라 검은 비니루봉다리에 담아서 준다고 하면 그건 파혼의 빌미가 될 수 있다. 우리가 카드를 사용하는 이유는 비닐봉지의 가격이 만들어내는 귀찮은 10원짜리 거스름 때문이다. 낭만적인 킬러는 바이올린 케이스에 이탈리아제 베넬리 M4 슈퍼 90 산탄총을 분해해서 넣고 다닌다. 그러나 그 역시 총알들은 검은색 비닐봉지에 넣어 송진 케이스 안에 넣을 수 있다. ROTC 생도나 육군사관학교 생도는 007가방을 들고 다닌다. 이른 아침에 등교하는 ROTC 생도가 선배를 만나 절도 있는 태도로 경례를 붙일 때 반대편 손에 검은 비닐봉지가 들려 있다면 선배는 모욕감을 느낄 것이다. 그렇지만 007가방과 비닐봉지의 공통점이 없지는 않다. 그 둘 모두 손잡이가 있다는 것이다. 화려한 드레스를 입은 여배우가 유명 디자이너의 패션쇼 장이나 대종상 시상식 같은 곳에 깔린 레드 카펫의 먼지를 그 드레스 자락으로 쓸면서 지나갈 때 어떤 핸드백을 들고 있었는지는 뉴스감이다. 만일 그런 자리에서 여배우가 검은 비닐봉지에 자기가 오늘 밤에 쓸 생리대나 오늘 밤 남자친구가 쓸 몇 개의 콘돔을 넣어가지고 입장했다면 그건 가십감이다. 전위예술가라면 그런 짓을 하고서 입을 찡그리며 웃음을 흘릴 것이다. 유명한 여배우가 아니라도, 남자친구와 금요일 저녁 여덟 시에 만날 약속을 해놓고 거울을 들여다보며 불가리 블루 향수를 겨드랑이에 뿌리고 샤넬 20번 립스틱을 입술에 바르고 원피스 안에 입은 캘빈클라인 브라자를 양손으로 몇 번 매만져 가슴매무새를 고친 후 즐거운 비명을 자기도 모르게 지르며 원룸의 문을 딸깍 닫는 20대 중반의 은행 여사원의 손에 구찌 백이 아니라 검은 비닐봉지가 들려 있다면 오후 여섯 시 삼십 분쯤 된 그 시간에 그 여자는 미쳐버렸다

 고 할 수 있다.

벚꽃이 흐드러지는 봄날 오후, 미친년이나 미친놈은 자주, 이상한 물건들을 검은 비닐봉다리에 담아가지고 부담스러운 햇살을 향해 때가 가득 낀 얼굴을 찡그리며 키플링 백팩을 메고 커플 티셔츠를 입고서 거리를 거니는 연인들 사이를 지나 홍대 놀이터 안으로 들어가 공중 화장실을 애용한다. 정신병자들은 자주 검은 비닐을 검은 샤넬 가방으로 착각한다. 트루릴리전 스키니 청바지를 수십만 원에 구입하여 오늘 처음 입고 나온 다리 늘씬한 미녀는 너무 배가 고픈 나머지 배가 조금 불룩해져서 뽀대가 구기는 걸 감수하고 편의점에서 핫바를 사먹고 말았다. 왜인지 모르게 자기 핸드백 안에 구겨져 있던 검은 비닐봉지에 그 핫바의 꼬챙이를 둘둘 말아서 놀이터 공중화장실에 버렸다. 공중화장실의 여자 칸에는 늘 그렇듯 검은 비닐에 싸서 버린 몇 개의 생리대 위로 파리들이 붕붕거린다. 길 건너 안쪽의 다세대 원룸에 사는 며칠 전에 직업과 여자

친구를 동시에 잃은 찌질한 88만원 세대 놈 하나는 쓰레빠를 직직 끌고 나와서 그나마 자기가 좋아하는 라면 브랜드인 스낵면을 사가지고 편의점에서 주는 허연 비닐에 담아가지고 오다가 콜라를 사오는 것을 깜빡한 걸 자책하며 발걸음을 돌린다. 가는 김에 말보로 라이트 한 갑도 살 생각을 한다. 그에게는 버릇이 있는데, 담뱃갑을 싸고 있는 비닐을 구입하자마자 벗겨낸 다음 편의점 쓰레기통에 버리는 것이다. 비닐봉지는 잘 들러붙는다. 그는 그게 싫다. 멋진 바바리코트를 입은 펀드매니저가 단골 바에 들렀을 때 등쪽에 비닐봉지가 붙어 있는 건 겨울철에 특히 심한 마찰운동 때문이다. 길거리에 좌판을 놓고 싸구려 액세서리를 파는 언니의 좌판 한 구석에 얇은 철사로 철된 검은 비닐봉지의 다발이 매달려 바람에 나풀거린다. 철물점에서 빗자루를 샀다. 빗자루를 어딘가에 담아가는 일은 그 길이 때문에 쉽지 않다. 그래도 철물점 주인은 큼지막한 검은 비닐봉지에 빗자루를 담아준다. 못을 사서 비닐봉지에 담아 오다가 못 때문에 많은 구멍이 나면 그 봉지는 다시 쓸 수 없다. 전파사에서 접지가 되어 있는 멀티탭을 구입해서 비닐봉지에 넣어 온다. 구멍가게에서 빠삐코 하나 누가바 하나 비비빅 하나를 사서 검은 비닐봉지에 담아 온다. 전파사나 철물점, 구멍가게 같은 상점의 비닐봉지에는 그 전파사나 철물점, 구멍가게의 이름이 새겨져 있지 않다. 편의점 비닐봉지에는 편의점의 이름이 새겨져 있을 때가 많다. 비닐봉지에 새겨져 있는 이름들은 대규모 독점업체다. 비닐봉지에 자기 가게 이름을 인쇄하는 철물점 주인은 지나치게 자신을 과대평가한 것이다. 아무나 비닐봉지에 이름을 새길 수는 없다. 비닐봉지는 애초에 액체였다. 비닐봉지는 화석연료로부터 만든다. 비닐봉지에는 화석연료 단층의 시대에 살았던 생물들의 유전자가 들어 있다. 비닐화합물, 다시 말해 비닐 컴파운드는 에틸렌의 한 개의 수소원자가 다른 기로 대체된 화합물의 총체다. 사업가가 운영하는 대규모 공장에서 그 비닐들은 찍혀 나온다. 집에서 한 장씩 비닐을 만드는 중요무형문화제 장인은 없다. 비닐봉지는 중요하지 않기 때문이다. 중동에서 전쟁이 나면 비닐봉지의 가격은 오른다. 우리나라의 제7광구에서 석유가 발견되면 비닐봉지의 가격은 많이 내릴 것이다. 비닐봉지의 가격은 전쟁이나 전쟁에 준하는 경쟁이 좌우한다. 그걸 그냥 공짜로 손님에게 주는 것은 불법이다. 그래서 편의점 아르바이트생은 이렇게 말하도록 교육받는다.

"봉지에 담아드릴까요?"

이처럼 비닐봉지를 줄여서 그냥 '봉지' 라고도 한다. '봉지' 하면 비닐봉지다. 비닐봉지는 봉지나라의 대표다. 봉지에 담아주는 일은 불법이다. 봉지에 담아주는 일을 하는 아르바이트생도 있고 봉지에 담아주는 장면을 사진 찍어서 고발하는 일을 하는 파파라치도 있다. 비닐봉지 파파라치들 때문에 편의점 주인은 비닐봉지에 손님의 물건을 담아줄 때마다 무의식적으로 주변을 한 번씩 돌아본다. 그리고 돈을 받지도 않으면서 이렇게 중얼거린다.

"20원입니다."

철물점에 가면 푸른 비닐봉지 다발을 팔기도 한다. 이사 갈 때 그 푸른 비닐봉지는 옷가지들이나 이불 기타 가벼운 물건들을 포장하는 데 쓰이기도 한다. 한 장씩 팔지 않고 상당히 많은 양을 팔기 때문에 이사 가고도 그 푸른 비닐봉지들은 남아서 베란다 한편에서 햇빛을 받으며 조금씩 바래져간다. 같은 비닐봉지라도 '음식물 쓰레기봉투' 나 '일반 쓰레기봉투' 같은 글자들이 새겨져 있는 비닐봉지는 금값이다. 그 봉지들은 리터 단위로 용량이 정확히 표기되어 있다. 10리터나 20리터짜리가 가장 대중적이다. 그 비닐봉지들은 꼴 같지 않게 종이봉투에나 어울릴 '봉투' 라는 다소 고전적인 이름을 가지고 있다. 대형마트에서 비닐봉지는 한 장에 50원이나 한다. 그 비닐봉지를 반납하면 50원을 되돌려 받기 때문에 전문적으로 그것들을 모아다가 반납하는 할머니들이 있다. 할머니들은 비닐봉지를 싫어하지 않는다. 비닐봉지는 가볍고 쉽다. 신속한 망각의 대상이거나 심지어 망각의 산물일 비닐봉지에는 치매에 걸린 할머니의 딱딱하게 말라비틀어진 대변이 들어 있을 때도 있다. 종종 노인들은 그렇게 비닐봉다리에 넣어 둘둘 만 대변을 장롱 깊이 숨기기도 한다. 할머니들은 종이상자를 젊은 아이들처럼 쉽게 버리지 않는 성향이 있다. 그들은 수십 년 된 종이상자 안에 수십 년도 더 된 옛날 사진들을 넣어 평생 여러 번 거쳤을 난리통에도 잃어버리지 않고 잘 보관하고 있다. 그 종이상자 안에 둘둘 만 대변 봉지를 함께 집어넣고 꼭꼭 봉하면 아무리 똘똘한 며느리라도 할머니 방의 장롱에서 퍼져 나오는 악취의 진원지를 찾을 길이 없다. 김치를 담는 투명한 비닐봉지는 두껍다. 김치의 냄새는 대단하여 그 두꺼운 봉지도 뚫고 나온다. 아무리 두꺼운 비닐봉지라도 칼이 들어가면 맥없이 찢어진다. 비닐봉지가 약하지 않다면 우리는 너무나 강하고 억압적인 그것 때문에 시달리다가 자살을 할 수도 있다. 비닐봉지는 굴욕적이다. 미니어처슈나우저와 산책을 나온 언니가 검은 비닐봉지를 손에 들고 있는 것은 있을 법한 어떤 상황을 대비하기 위한 것이다. 그 언니가 그 상황에 대비하기 위해 루이뷔통 가방을 들고 나왔다면 그 언니는 미친년이다. 검은 비닐봉지와 하얀 비닐봉지 중에 하얀 비닐봉지를 선호하는 사람들이 있다. 그러나 내용물이 보인다는 단점을 몹시 싫어하는 사람들은 검은 비닐봉지를 더 좋아한다. 그들은 약국에서 산 무좀약이 담긴 검은 비닐봉지를 들고 지하철을 타도 창피하지 않기 때문에 검은 비닐봉지를 쓴다. 반면 검은 비닐봉지 자체를 창피한 것으로 생각하는 견해도 그에 못지않게 유력하다. 검은 비닐봉지에 화분을 넣어가지고 올 때는 비닐에 흙이 묻을 수도 있다. 비닐에 흙이 묻으면 농촌을 떠올리게 된다. 농촌의 비닐에는 자주 흙이 묻어 있다. 검은 비닐을 밭에 묻어서 온도를 보존하기도 한다. 검은 비닐 안에서 보리가 자란다. 한겨울의 딸기는 비닐하우스 안에서 자란다. 눈이 오면 비닐하우스의 지붕은 무너질 위험이 있다. 비닐하우스의 하얀 비닐은 태양을 빨아들이고 그 위에 덮인 검은 비닐그물은 태양을 거부한다. 시멘트는 비닐에 담겨 있지 않을 경우가 많다. 우리는 그 종이봉지를 '포대' 라고 한다. 쌀포대, 시멘트포대, 염화칼슘

포대, 왠지 포대는 조금 전문적이고 빈티지스럽다. 빈티지 숍에서는 비닐봉지를 거부하고 누런 종이봉다리를 쓴다. 누런 종이봉투는 생태학적인 교육을 받아 지적이고 자부심이 강하다. 포대의 끝은 실로 미싱질하여 막는다. 포대를 개봉하려면 그 실을 북 뜯어야 한다. 비닐봉지에는 실이 들어가지 않는다. 바늘로 비닐봉지를 꿰매는 일은 다이아몬드 칼로 유리를 자르는 일에 버금갈 정도로 어렵다. 바늘이 비닐을 찌를 때 괴로워하는 사람은 없다. 거기서 피가 나지 않는다. 비닐봉지를 사무라이 검으로 내려치는 일은 너무나 공허하다. 그러나 비닐봉지가 늘 가볍고 허약한 것만은 아니다. 한때 비닐봉지는 살인무기로 쓰인 적도 있다. 크메르 루주는 총알을 아끼기 위해 반역자들의 얼굴에 비닐봉지를 씌워 죽였다. 우리는 어려서 반공교육을 받았기 때문에 그런 끔찍한 장면이 담긴 사진이나 그림을 자주 보았다. 어느 책에선가 결박당하고 무릎을 꿇린 채 비닐봉지가 씌워져서 구덩이에 들어가기 직전인 사람들이 줄줄이 그려져 있는 일러스트레이션을 본 적이 있다. 그 그림은 매뉴얼에 실린 사람들의 모습과 선이 비슷했다. 가전제품을 사면 매뉴얼은 꼭 비닐봉지에 담겨 있다. 그 신선하고 독한 비닐냄새는 그 제품이 신품이라는 것을 보장하는 감각적인 장치일 수 있다.

핸드백은 손으로 들고 그것보다 조금 큰 백은 팔이나 어깨에 둘러맨다. 가방을 둘러맨 그 어깨가 아름답다는 노래도 있다. 반면 비닐봉지는 손가락에 낀다. 도배를 마친 도배장이 청년이 큰 비닐봉지를 어깨에 둘러매는 것은 그 안에 벗겨낸 옛날 도배지가 많이

들어 있기 때문이다. 비닐봉지의 손잡이는 쉽게 끊어지므로 세심한 주의가 필요하다. 손잡이와 직각으로는 내용물이 흘러나오지 않게 묶어 매는 작은 직사각형의 매듭용 비닐이 달랑거린다. 그것을 손잡이와 혼동하는 사람들도 종종 있다. 핸드백을 손가락에 끼고 다니는 여자는 손가락에 낀 반지를 잃어버릴 위험이 없지 않지만 비닐봉지를 손가락에 낀 두 아이의 아버지는 결혼반지가 그것 때문에 빠져나올 상황을 상상하기 힘들다. 비닐봉지와 반지의 공통점은 손가락에 껴도 무방하거나 반드시 손가락에 껴야 한다는 것이다.

우리는 비닐봉지를 쓴다. 우리는 비닐봉지를 버린다. 우리는 비닐봉지를 챙긴다. 우리는 비닐봉지를 찢는다. 비닐봉지는 찢어진다. 우리는 비닐봉지를 묶는다. 우리는 비닐봉지를 든다. 우리는 비닐봉지에 물건을 담는다. 우리는 비닐봉지를 산다. 우리는 비닐봉지를 사랑하지 않는다. 우리는 비닐봉지처럼 산다.

홍대 족보 칠개 파

1. 아방가르드와 홍대파 : 미술학교 출신들. 초기 클럽문화를 선도했던 장본인들. 거의 홍대 미대 출신. 어떻게 노는 게 쿨하게 노는 건지 잘 안다. 놀아도 그냥 놀지 않고 전략적으로 논다. 어른들이 노는 꼴도 보기 싫고 1980년대의 운동권과 부친살해의 욕망을 공유하지만 운동권의 반권위도 꼴 보기 싫다. 최정화 같은 사람은 아예 길바닥에서 하는 작업, 예를 들어 인테리어 등등의 작업을 통해 1980년대 후반 이후의 클럽들에 독특한 공간적인 분위기를 설정해 주기도 한다. 곰팡이의 벽에 스파이더맨을 그렸던 이동기…….

이 중에는 클럽에서 놀면서 음악활동을 시작한 축도 있다. '황신혜밴드' 의 김형태, 조윤석, '어어부 프로젝트' 의 백현진 같은 이들은 모두 홍대 출신이거나 홍대에 몸담았던 사람들이다(김형태

 와 백현진은 미대, 조윤석은 건축과). 아지트: 오존, 올로올로, 발전소, 곰팡이(지금 이런 클럽들을 아는 아인 아이가 아님).

2. 뮤지션들과 오방파 : 기존의 록 뮤지션들 중 1980년대의 헤비메탈에 넌더리가 나서 새로운 음악을 모색하던 사람들이 클럽에 모여들기 시작함. 사이키델릭한 체험을 즐기고 펑크적인 미니멀리즘을 이해하는 전문 뮤지션들. 재즈나 아방가르드 음악의 의미와 단순한 록 음악의 에너지 모두를 이해하는 사람들. 록 밴드 '삐삐 밴드'의 멤버였던 달파란(강기영)이나 박현준 같은 뮤지션들이 이에 속한다. 이들은 홍대 쪽으로 클럽 분위기가 옮겨 오기 전, 강남의 바쿨 같은 곳에서 쿨한 클럽에 관한 체험을 하고 강북 쪽으로 넘어온 사람들이기도 하다. 아지트 : 블루 데블 등.

3. 펑크와 또래파 : 1994년 홍대 앞에 문을 연 펑크 클럽 '드럭'에 모이던 친구들. 가장 연령이 낮다. 1980년대 후반에서 1990년대 초반에 이르기까지 청소년기를 보낸 이들은 비교적 한국 자본주의의 성숙의 혜택을 전 세대에 비해 받은 세대. 한마디로 약간은 '누리고 자란' 세대. 자기 방이 있는 친구들도 많았고 용돈도 좀 있었으며 PC 통신 문화의 보급으로 인해 자기들만의 '네트워크'를 지니고 있었다. 그래서 취향이 보다 쉽게 공유되었다.

1990년대 중반의 드럭 분위기는, 뮤지션 따로, 관객 따로가 아니었다. 연주하던 아이들이 내려오면 관객이 되었고 또 관객석에

서 슬램하던 아이들이 올라가면 뮤지션이 되었다. 실제로 구경 왔다가 뮤지션이 된 친구들도 있었다. 펑크 또래집단의 형성. 이들은 그리 위험하지 않게 반항적이었고 귀엽기조차 한 못된 짓들을 했고, 스케이트 보드 같은 것들을 구입할 만한 돈이 있어서 그것들을 재미로 타기도 했다. 상대적으로 아방가르드 예술가들과는 거리감. 그러나 이들은 그런 거 별로 중요하게 생각하지 않았고 그래서 예술가들도 이쪽 클럽으로 견학 오기도 했다. 이들은 또한 점차 체계화되어가는 한국 사회를 억압으로 인식했던 세대. 해줘야 할 것들을 해주지만 부모들은 귀찮은 존재였다. 해주지도 못하고 구박만 하는 예전 부모와는 달랐다. 따라서 자본주의가 누려야 할 체제이면서 동시에 억압이라는 것을 몸으로 체험했던 세대. 점차 드럭은 1990년대 초반의 이른바 '얼터너티브 록' 붐을 타고 등장한 DIY 정신의 젊은 뮤지션들의 집결지로 변해갔다. 아지트: 드럭, 스팽글, 재머스 등.

4. 슈게이징과 쿨파: 발만 쳐다본다. 아무도 모른 척해주길 바라지만 사실은 더 간절히 원한다. 읊조리듯 노래해서 가사가 잘 안 들리지만 사실 더 크게 외친다. 내면으로 통하는 문을 닫는 행위, 또는 닫힌 결과를 음악으로 보여줌으로써 역설적으로 연다. 스니커즈를 즐겨 신는다. 사운드의 레이어와 색감을 중시한다. 맘의 문을 닫고 있기 때문에 잘 인사 안 한다. '옐로우 키친'이 처음 나왔을 때 아이들은 노이즈의 개념을 비로소 음악적으로 이해한다. '우리

는 속옷도 생기고……' 라는 다소 긴 팀 이름을 가지고 있던 친구들도 무대 쪽에 등을 돌리고 연주했다. 이지트 : 빵, 바다비, 공중캠프…….

5. 인디라는 개념과 먹물파 : 먹물파의 속성은 '기웃거린다' 는 것. 머릿속에는 이론들의 칸막이가 쳐져 있고 시선은 마치 서양 민속학자가 아프리카 피그미 족의 움막을 관찰하는 듯. 먹물파는 대개 '사후적' 이다. 일이 벌어지고 나면 정리하는 이론적 청소부들. 그들은 1990년대 초반까지 1980년대를 정리하고 있었으며 1990년대 중반이 되어서야 비로소 '대안적' 이라는 말의 대안적 가치를 인식. 그 중에 록 음악 좋아하던 친구들이 클럽에 드나들기 시작했고 그 안에서 이들은 개념을 개발한다. 1990년대 중반 개발된 말은 '인디(indie)' 라는 개념. 먹물파가 뜨면 신문과 같은 언론매체도 덩달아 입방아를 찧는다. 이리하여 1990년대 중반부터 인디라는 개념이 대중적인 지면에도 어른거리기 시작했다. 아지트 : 설탕빠. 산발적.

6. 힙합과 들이대파 : 힙합의 비트는 느리게 추근대는 비트일 수도 있다. 배기 스타일의 바지와 두꺼운 팔뚝에 새겨진 타투, 농구화, 러닝셔츠. 부비부비. 클럽 엔비에 드나드는 애들은 그 리듬의 물결에 한 덩어리가 되어 천천히 애무받기를 즐긴다. 그러나 힙합은 죽지 않는다. 바로 몸 자체이므로. 정통성이 있다. 따라서 진화의 방향에 거리낌이 없다.

7. 클러버들과 쌔련파 : 힙하고 쿨한 옷차림. 개인주의 마인드. 니가 누구냐고 묻는 것 싫어함. 펑크 애들처럼 그런지하게 노는 거 별로 좋아하지 않음. 홍대 앞의 클럽들이 1990년대 중반 이후로 점차 실제 연주를 하는 록 클럽과 음악을 틀어주는 댄스 클럽으로 양분화되는 과정에서 첨단 일렉트로닉 하우스 음악을 틀어주는 클럽들이 생겨났고, 그에 따라 88올림픽 시절 무렵 인기를 누리던 이진 등의 고전적인 '나이트 DJ'와 조금 다른 DJ 컬처가 등장한다. 한국에서는 귀한 모종의 케미컬들을 가지고 있다는 루머가 나돌기도 하는 재미교포들도 일부 포함. 쌔련파들이 원래 홍대 쪽에서 놀던 파티파와 섞여 전자음악의 미니멀한 비트에 몸을 실었다. 올로올로나 발전소의 분위기에서 이어진 이국적인 분위기. 말없음표, 도돌이표가 지배하는 음악. 아지트 : 상수도, 명월관, 발전소, MI(이상은 모두 없어짐), M2, 조커 레드, 카고 등.

감시 카메라

Y는 사각지대가 있다고 했다. 카운터에서 바라봤을 때 대각선 방향으로 오른쪽 끝부분, 냉장고 있는 곳, 그리고 거기서 직선으로 내려와 있는 컵라면 테이블 안쪽에 움푹 들어간 곳, 그 두 부분이 사각지대다. 잡지가 있는 왼쪽 끝부분에는 둥그런 볼록 거울이 설치되어 있다. 한 꼭지점에는 카운터가 있고 사람의 눈이 있다. 나머지 두 부분의 사각지대에는 감시 카메라가 설치되어 있다. Y는 근무하는 동안 단 한 번도 모니터를 쳐다보지 않은 적도 있다. 반면 어느 날에는 하염없이 모니터를 들여다본 적도 있다. 모니터는 지정된 대로 장면전환을 하고 있다. 화면을 둘로 분할하여 둘을 한꺼번에 보여주었다가, 다시 전체화면 크기로 전환하여 냉장고 쪽을 보여주었다가, 그 다음엔 전체화면 크기를 유지하면서 이쪽 컵

라면 테이블 쪽을 비춘다. 일정한 간격으로 계속되는 반복이다. Y는 손님이 매우 뜸한 어느 새벽, 그 장면전환들을 쳐다보는 것으로 날을 샌 경험도 있다.

이 장면전환들이, 이 프레임들이 의미하는 바는 무엇일까. 손님은 아무도 없고 그저 물건들만이 잠들어 있는 새벽에 모니터를 분할하며 작아졌다 커졌다를 반복하는 그 프레임들의 끊임없는 전환이 의미하는 바는. 그 카메라들은 어떤 면으로는 전적인 허무의 경지를 실천하고 있다. 편의점 모니터에 비치는 신들의 몽타주와 에이젠슈테인의, 예를 들어, 〈전함 포템킨〉의 그 유명한 '계단 신'의 몽타주를 한번 비교해보자. 에이젠슈테인의 몽타주는 의미의 극대화다. 그것은 얼핏 비논리적인 이미지들의 병치들로 보이나 실은 그 비논리적인 병치를 통해 이미지의 의식 내에서의 흐름 자체를 재현하고 있으며 그 재현을 통해 변증법을 실천하고 있다. 그에 의해 의식의 극장 안쪽 깊은 곳의 원리와 역사의 원리가, 다시 말하면 안팎이 한꺼번에 다 제시되고 있다. 이미지의 흐름들에는 애초에 논리가 없다는 것을 그처럼 철저하게 제시한 사람은 그 이전에 없었다. 그러나 이젠 편의점의 감시 카메라를 보자. 저쪽 끝, 다음에 이쪽 끝, 그리고 그 다음엔 화면 분할에 의한 풀숏. 이 숏들은 마치 히치콕의 스릴러처럼 극도로 논리적이다. Y가 근무하는 편의점에서 감시 카메라의 눈이 쳐다볼 수 있는 숏은 이 이상 나올 수가 없다. 그 이상은 필요가 없기도 하다. 그것은 가장 솔직하고 정확한 세 개의 장면이다. 그러나 새벽의 그 감시 카메라가 말해주는 것은 무엇인가? 아무것도 없다. 단지 물건들만을 비추고 있는 것이다. 이 논리적인 흐름의 감시 카메라의 눈은 무의미의 극대치를 보여준다.

케미컬 브라더스는 어느 뮤직 비디오에서 바로 이 감시 카메라의 무의미한, 그러나 논리적인 장면전환과 화면 분할을 이용한 적이 있다(우리나라 밴드 긱스의 뮤직 비디오 하나는 그걸 베껴먹은 것 같다). 화면은 모두 여덟 개로 나뉜다. 화면들 속에는 거리, 집 앞, 집 안 등등이 비추어진다. 케미컬 브라더스의 미니멀한, 그러나 일상적 그루브가 살아 있는 테크노 음악을 배경으로, 일상적인 사람들이 그 여덟 개의 화면 속에서 개미처럼 자기 역할을 하고 있다. 자세히 들여다보면 여덟 개의 화면 자체가 내러티브를 구성하고 있다. 그러나 귀찮아서 그 내러티브를 확인하지는 않는다. 이쪽 화면에서 뭔가를 들고 나간 사내들이 다시 저쪽, 길을 비추고 있는 프레임에 나타난다. 그것을 통해, 아, 이쪽 집과 저쪽의 길이 통해 있구나, 하는 생각을 하게 된다. 그러면 그 두 카메라의 눈 사이에 관계가 생긴다. 아니, 실은 그 관계를 통해 내러티브가 형성된다. 감시 카메라를 장면에 써먹은 카메라는 무수히 많지만 이런 식으로 그 '모니터링 폼' 자체를 이용한 경우는 내 경험으로는 이 밴드의 뮤직 비디오가 처음이다. 뮤직 비디오니까 그런 형식을 따다 쓰는 것이 가능했을 것이다. 단편 영화라도 가능하긴 했겠다. 그런 식으로, 카메라의 눈의 형식과 성격 자체가 화면의 의미와 질감을 규정한다는 점에 대해 인식한 영화 중에 〈시민 케인〉도 있다. 만들어진

지 60년이 지난 이 영화의 서두에, 시민 케인의 성 바깥에서 성 내부를 비추는 몰래 카메라의 질감을 영화는 재현하고 있다. 급격한 흔들림, 무너져 있는 구도, 카메라를 어디엔가 숨기고 있는 듯한, 네모난 화면이 아니라 구석쟁이가 검게 가려져 있는 프레임 등. 그 장면은 이 영화가 극영화이면서 다큐멘터리적인 '환상'을 원용하고 있다는 걸 알려준다. 또 기억나는 영화는 〈파리 텍사스〉다. 이 영화에서는 가정용 8밀리 카메라로 찍은, 밀도가 낮은 화면이 주는 효과를 이용하고 있다. 나스타샤 킨스키의 눈부신 모습이 들어 있는 영화 속의 영화이기도 한 그 장면들은 주인공들의 슬픈 과거를 담고 있다. 요새는 그런 질감을 이용하는 방법이 너무 일상화되어 있다. 마치 홈비디오인 척, 메이킹 필름인 척, 하며 찍는 수많은 광고 화면 같은 것들…….

감시 카메라는 카메라의 일상생활 속에서의 현존이다. 예전에 감시 카메라는 정치적 목적으로 쓰이는 훔쳐보기, 은밀한 구속, 중요한 구역을 관장하는 서치라이트였으나 이제 감시 카메라는 그냥 생활의 일부다. 속도 제한 구역에서 하루 종일 쌩쌩 달리는 자동차들을 내려다보는, 허공에 걸린 눈이다. 아파트 입구에서 하루 종일 들락거리는 사람들을 내려다보는 무료한 방청객이다. 하루 종일 돈을 뽑거나 계좌이체를 하는 사람들을 쳐다보다가 가끔씩 키스를 하는 장면도 목격하는, 피핑톰이다. 감시 카메라는 그게 어디에 붙박여 있는지 모르도록 위장되어왔으나 이젠 거의 완전히 노출되어 있다. 그것이 거기 있다는 사실을 알려주는 일 자체가 감시 카메라가 하는 일이다. 그것이 무엇을 보고 있느냐, 무엇을 찍고 있느냐가 중요한 게 아니라, 그것이 거기서 찍고 있다는 사실 자체가 중요하다. 사실 감시 카메라가 제대로 기능하는지는 아무도 모른다. 편의점에 근무하는 Y는 자기 편의점에 있는 감시 카메라를 한 번도 녹화한 일이 없다고 말했다. 그의 말로는 빈 카메라를 그냥 허공에다가 걸어놓은 것이나 마찬가지다. 그렇지만 그렇게 멍청한 기능을 하는 감시 카메라가 10평 남짓한 조그만 편의점 안에 두 개나 걸려 있다. 그 눈들은 오늘도 영원히 기억되지 않을 장면들을 끊임없이 바라보고 있다.

현진에게

— 한때의 니가 널 사용한 흔적, 뿌옇게 하기

현진아. 2008년 3월 4일, 빈지 눈인지 모를 것들이 스멀스멀 내려서 거리를 더럽히고 있는 초봄의 썰렁한 오후다.

꽤 시간이 흘렀네.

솔로 앨범이 이제야 나오는구나. 벌써 몇 년 전이지? 이 트랙들이 녹음된 2003년 여름부터 2005년 겨울. 겨우내 땅속에 있던 묵은 김치를 꺼내서 먹어보는 기분으로, 나는 열두 트랙, 한 시간 육 분 동안 노래들을 들으며 글로 따라가보려 한다. 노래가 끝나면 저절로 글도 끝나겠지. 넌 그동안 누구와 만나고 어떻게든 헤어졌다. 그리고 다시 누구누구와 만나고. 몇 년 전, 이 노래들을 태어나게 한 어떤 헤어짐의 과정이 기억난다. '계단에 앉아서 당신을 기다렸던 97년 초여름의 빛나던 시간'(《무릎베개》)은 갔어. 그것이 가고 그 빈자리에 노래가 앉았던 거지. 이 노래가 니 입에서 나오던 그 때, 너의 흐느낌은 육질이 홍건했고 이야기는 하이퍼한 순간들의 생생한 다큐멘터리였는데 이제 들으니 먼 날의 흔적같이 느껴진다. 서서울호텔은 헐리고 그 자리에 서서울호텔의 두 배쯤 되는 덩치의 주상복합 비슷한 건물이 올라가고 클럽 MI는 Via로 바뀌었고 해물잔치는 없어지고 그 대지, 혹은 건물 혹은 대지 건물 모두를 양현석이 샀다는 이야기가 들린다. 변했어.

'낙엽이 쌓여 무덤이 된다.

자연유산된 새색시 배처럼'(《깨진 코》)

경주에 갔더니 무덤이 젖 같았는데, 벌써 옛 풍경이다. '어떡해야 잊을 수 있나'(《무릎베개》) 괴로워하던 너, 그래서 노래 불러 잊으려 했던 너, 너 스스로에게도 미안하고 너의 '당신'에게도 미안하고 해서

'미안합니다 미안합니다 미안합니다 정말'(《학수고대했던 날》)

이렇게 노래했건만, 넌 이제 다 잊었을 거다. 나도 기타 들고 너와 함께 이 노래들을 부르던 때가 가물가물하다. 요즘도 공연하니? '막창 2인분에 맥주 13병'(《학수고대했던 날》)이라는 대목을 부를 때 사람들은 웃었지. 지금 들으니 너의 흐느낌은 기화된 정액 같아. 오늘도 당인리 발전소 굴뚝에서 화력발전을 하고 난 후의 하품 같은 연기가 뭉게뭉게 하늘로 솟고 하늘엔 구름이 자욱하다. 구름과 그 하품이 구별되지 않는 어느 하늘의 단계가 있는데, 너의

REM

흐느낌도 그래. 구름 같아.

너의 반성의 시간, 한때 니가 널 그렇게 사용했지. '그것이 사랑이었나?'(《어떤 냄새》). 언제나 그랬듯 나는 니가 널 사용하는 방법들에서 많은 걸 배워. 너는 널 과감하게 사용해. 장르는 문제되지 않고 저작권 따위 역시. 넌 '멀미를 나게 하는 이상한 냄새'를 풍기는 '가스기기 기술 교육원'(《어떤 냄새》) 옆에 있는 한국음악저작권협회에 등록조차 안 했지. 니 고향 화곡동에 있는 그 두 건물에선 같은 냄새가 날 거야. 어쨌든 넌 너를 과감하게 모듈화시켜. 요즘 내가 붙들고 있는 개념이 '모듈(module)'이다. 궁금하면 《문학과사회》 2008년 봄호에 실린 내 글 〈아프로, 호환되는 모듈〉을 보렴. 간단하게 정리하면 모듈은 '전체의 일부분이면서 동시에 독자적 기능을 가진 교환 가능한 구성 요소'를 가리킨다. 모듈은 스스로 존재하면서 전체 시스템에 끼워져. 너는 다양한 너를 모듈화시켜 다시 너에게 끼워. 또는 세상에. 세상과 이질감을 느끼기 위해서라도 세상에 끼워.

'바위산을 포장하여서 내 심장에 가둬버렸지'(《눈물 닦은 눈물》)

반성의 시간은 결국 하이퍼로 귀결된다. 반성의 계절이 깊으면 그렇게 돼. 니가 탁구공처럼 연 '약한'(《목구멍》), 너에게 걸어버린 강한 드라이브, 굉장한 속도감, '함부로 카드를 쓴 순진한 청년이 요릿집 문 앞에서 매를 맞'(《깨진 코》)듯, 넌 널 시속 180킬로미터로 밟아젖히고 너는 너에게 아낌없이 빳다를 맞아. 넌 야구부였지. 그러나 지금 보면, 그것조차도, 그건 마치, 잠깐 사이에 놓친 풍선이 구름 속으로 사라지는 걸 황홀하게 보는 과정이랄까. 그런 거였을 수도 있어.

상승하는 모듈, 구름 속의 삼단뛰기, 하이퍼의 섬광에 너를 과감히 접속시킨 백현진이라는 모듈은 결국 '블러(blur)' 라는 단어를 얻어냈던 걸로 기억한다. 그 단어로 니가 한 몇 년 먹고 살았지.

'선명한 흉터, 뿌연 기억들' (《목구멍》)

뿌옇다는 건 굉장히 정치적이야. 우리 모두 정치적으로 뿌옇기 위해서 예술을 하지. 여전히 니가 연필로 그린 그 증식하는 구름의 모양 속에 함께 증식하고 함께 사라지는 선들을 사랑한다. 마음의 MRI, 그리움의 암세포. 망친 거라도 하나 남는 거 있으면 싸게 팔든가.

'코를 풀고 코를 만지네' (《깨진 코》)

이런 진실. 남아 있는 건 그런 동작들. 아주 일상적이고 미세한 관찰의 흔적들. '서서울호텔 607호실'(《넉의 고향》)이 진짜 있는지 알아보려고 서서울호텔에 갔었다는 니 말이 기억난다. 아무렇게나 갖다 붙이는 것 같아도 얘가 진정 리얼리즘을 추구하는구나 싶었어. 대신 그 선명한 것들을 구름 그림 속에 집어넣어서 맥락을 뭉개지. 그게 바로 뿌옇게 하기야. 좋아. 과감히 이름 붙이자.

뿌옇게 하기.

브레히트의 낯설게 하기가 있다면 하이퍼 리얼한 케이크 조각 같은 일상을 꿈의, 상처의, '유일한 말벗을 잃은 여자'(《어른용 사탕》)가 산 토끼 두 마리의 공간에 놓는 너에겐 뿌옇게 하기가 있어. 뿌옇게 하기는 '원조 마산 아구탕집' 에서 나온 아저씨 네 명에게

'무자비한 강숏을 얻어맞고 턱뼈가 으스러져 피와 침이 범벅이' (《아구탕에서 나온 네 명》) 된 동성애자 앤더슨의 모습을 그린 시대적인 초상화이기도 하지. 그들을 가르는 분명한 선을 지워버리는 화해의 작업이기도 하고. 적극적인 정치적인 의사표명으로서의 뿌옇게 하기. 그건 적극적인 거부의 표현이기도 하지만 거부라는 단어조차 부정적으로 바라보는 시선이 피우는 아지랑이야. 예술은 다 그렇고 그런 아지랑이들이지. 아지랑이가 뭐냐. 있는 거야? 없는 거야? 땅에서 올라오는 거야, 대기를 휘도는 거야. 이명박 정부는 또다시 허리띠를 졸라매라고 하고 그 명분은 딱 하나야. 3만불 시대로 가자고. 2만불 시대가 되면 선진국에 진입한다던 게, 인플레 때문인가, 3만불로 늘었어. 여전히 우리는 선진국의 '문턱' 에 있어. 턱걸이 잘하니? 나는 하나밖에 못했지. 체력장 땐 배치기를 해서 두 개 했고. 계속되는 유보와 계속되는 허리띠 졸라매기, 살바 싸움 하다가 지친 국민들은 그래도 장 속에 숨겨놨던 금붙이를 꺼냈지. 이 끊임없이 음험한 유보의 정치학은 왜 그런지 너무 선명해서 사기야. 3만불. 액수로 나와 있지만, 사기지. 그 사기가 사기라고 이야기하기 위해서라도, 꼭 그것만 있는 건 아니지만, 예술가들은 뿌옇게 해야 해. 구름을 그리다가, 구름을 노래하다가 구름이 되는 거지. 그러나 기본적으로는 니가 너를 잊는 망각의 사용법이기도 했어. 적어도 그때는.

'어떻게 해야 당신을 잊을 수 있나' (《무릎베개》)

예전에, 어어부에 관해서 '진부함은 아픔의 다른 이름이다. 진부함은 일상이고 일상은 미친 것들을 질식시키고 있는, 겨우겨우 억눌러 하루하루 살아가게 하는 비니루다' 라고 쓴 적이 있다. 여전히 넌 'F열 8번 좌석에 앉아서 뒤를 힐끔 쳐다'(《깨진 코》)본다. 이 앨범은 그 동작들의 스냅사진이기도 해. 나머지는 '술을 너무 많이 먹어 기억이'(《학수고대했던 날》) 잘 나지 않는다. 그건 너나 나나 마찬가지겠지. 뿌옇게 하기.

피아노를 누가 쳤더라? 정재일? 그때는 니 마음의 상처를 열 손가락으로 차근차근 짚어내는 듯한 느낌이었는데, 지금 들으니 약간 나른하네. 정재일은 베이스도 쳤지. 자기 음악보다 남의 음악에서 이 친구는 빛을 발하는 것 같아. 그리고 또, 달파란. 어떤 트랙에선가 달파란의 드럼 머신 인코딩이 보이지? 어눌한 어쿠스틱이다가 가끔씩 첨단의 전자음향이나 드럼 머신 필 나는 요소들이 멀리서 자동차가 다가왔다가 지나가듯, 끼어들어. 그것도 이 앨범 듣는 맛이긴 해. 김윤아. 그래, 김윤아도 초대했지. 별 사람들이 다 참여했어 야. 나도 통기타 두 트랙 쳤고, 방준석과 신윤철의 기타가 참 대단해. 지금 들어도 날카롭게 선 날이 허파를 썰고도 남겠다. 어느 곡에서 방준석은 트레몰로 암을 쥐고 엉엉 기타로 우네. 너와 함께. 걔도 뭔 일 있었지. 그 두 사람을 부스에 넣고 권병준이, 지도 그러면서 콘솔을 만지작거렸어. 권병준이 이 작업을 프로듀스했지. 지금은 네덜란드 가 있어. '난 떠날 거야, 이 지옥에서'(《닉의 고향》). 넌 핀란드를 거쳐 러시아를 갔었나? 그냥 러시아를 갔나? 러시아에서 니가 만들어 온 두꺼운 공책을 장영규 씨네 건물 3층니 집에서 넘겨보던 밤과 니가 낙지탕을 만들어주던 밤이 한날이었나? 아니면 다른 날이었나. 다른 날이었을 거야. 그 공책, 진짜 최고였는데, 니가 나중에 고백했지. 낙지탕엔 라면스프를 조금 넣었다고. 그래도 괜찮아.

이 음악들이 한참 녹음되던 때, 너에게서 전화가 왔지. 기타 좀 쳐달라고. 알았다고 하고 김포의 복숭아 작업실에 갔을 때, 오후였어. 아마도 가을로 기억된다. 2004년 가을. 나와 태효가 동행했어. 난 12 스트링 통기타를 들고 갔나? 거기 있는 걸 쳤나? 아무튼 그랬고 태효는 코르그에서 나온 고전적인 아날로그 신시사이저 MS-10을 들고 갔지. 태효가 딱 네 마디 전자 소음을 집어넣었나? 너는 바로 10만 원짜리 수표 몇 장을 내 손에 쥐어주었을 거야. 결제가 참 빨라서 좋았지.

마룻바닥으로 긴 해가 들어오고 먼지들이 휘날리고 까사 어쩌구, 스페인어로 써 있던 하얀 타일이 붙은 부스에 니가 앉아 있었나? 넌 앉아 있었지. 지금 그 부스는 공사로 헐리고 대신 밥을 먹는 식탁이 놓여 있고 여전히 준석이는 그 식탁에서 밥을 먹고 밥을 먹자마자 설거지하고 구니와 또 한 마리, 덩치 큰 잘생긴 개들이 칭얼대지도 않고 순하게 엎드려 있었지. 개들 특유의, 앞발을 겹쳐 그 위에 턱을 놓는 자세를 하고 녹음을 감상하는지 물끄러미 바라보고 있었던 것 같아. 그림자는 길어지고, 너는 녹음해야 할 트랙을 설명했지. 김포도 많이 변했더라. 근처에 어느 틈에 아파트 단지가 들어섰어. 늪 비슷한 웅덩이에 잡풀들이 자라고, 왠지 김포는

축축한 느낌이었는데, 아파트가 그 웅덩이들을 뒤덮으니까 확 바꿔더라. 동네가.

그 하이퍼 이후, 넌 갑자기 니 자신이 미술 전공자라는 걸 새삼 깨달았는지 주로 그림을 그리고 너네 누난 상하이에 가 있고 난 3년 전부터 마이크 잡고 입 놀리기 시작한 게 아직도 생방송으로 떠들고 아프로 모듈의 뿌리 서아프리카에 가기 위해 신분을 속이고 남몰래 알리앙스 프랑세즈를 다시 다니고.

그런데 말이다, 유부남으로 사는 게 왜 이리 힘드니. 유부남이 무슨 죄인이야? 완전 천민 취급받아. 한때 약속 한번 선선히 했다가 이렇게 될 바에야, 유부남 되길 평생 거절하는 게 백 번 낫지. 내 말은, 니가 그때 잘했다고 임마. 결국 유부남 되지 않았잖아.

시간이 더 흘렀다. 이게 웬일이냐. 3월의 함박눈. 너에게 문자 보낸다. 눈송이가 소 눈망울 같다고. 그래. 너도 때론 소 같애. 그날 새벽이 기억나. 모래내 설렁탕 옆 갈치조림집에서 니 정신의 산책이 시작되던 날. 노래들이 끝나서 글도 이만. 우리 모두 이렇게 우리를 사용해. 뿌옇게. 나 같은 유부남으로서는 그게 살아남는 길이기도 하다.

건강해라 내내.

20080304화

너의 친구

기완

종이컵의 가벼움

사람들이 널브러져 있다. N의 좁은 원룸은 여기저기 쓰러져 있는 시체들로 가득하다. 세 구의 시체가 보인다. 나까지 넷. 그러면 둘은 먼저 갔구나. 시체들에게서 술냄새가 난다. 그들은, 그리고 나는, 한마디로 쓰레기다. 나는 부스스 일어나 담배에 불을 붙이며 그 쓰레기들과 어젯밤에 나눈 대화를 떠올린다. 어디까지는 기억이 나고, 그 다음에는 다 악, 악, 소리로밖에는 떠오르지 않는다. 일종의 절규였다. 벌거벗은 CD들이 재킷과 상관없이 오디오 주위를 굴러다닌다. 테이블 위에는 남은 술병의 잔해들. 그리고 그 사이사이에 있는 종이컵들.

종이컵들 역시 사람들처럼 널브러져 있다. 그들도 어젯밤 그 상태에서, 결론을 내지 못하고 정신없이 그냥 잠들었나 보다. 그들은

 술이 조금씩 담겨 있거나 쓰러져 있다. 물끄러미 그들을 바라본다. 정지되어 있는 시간이 말없이 움직임 없이 테이블 위에 놓여 있는 컵들 속에 들어 있다. 우리는 분명히 한동안의 시간을 함께 했었고, 똑같이 지쳤고, 그래서 그렇게 똑같이 엎어져 있다. 그런데 다른 점은, 사람이라는 쓰레기는 또다시 부활하여 움직이는 시체들처럼 느릿느릿 새 술을 향해 전진할 것이지만 그들은 깨어나지 않는다는 것이다. 그래서 사람들은 어젯밤 정도는 그냥 잊어버리고 마는 것이다. 허나 어젯밤을 그대로 담고 있는 그들은 여기서 끝이다. 코팅된 재질과 펄프 사이로 물기가 침투하여 피부병처럼 컵의 표면에 퍼져간다. 어떤 컵은 마시다 남은 술이 담배꽁초와 범벅이 되어 흉하게 일그러져 있다. 이때 종이컵은 무겁게 죽어간다. 나는 부시시 일어나 종이컵을 치운다. 그들은 지금 무겁고, 차갑다. 컵들을 손으로 집는 순간, 그것들이 죽어 '가고' 있는 것이 아니라 벌써 죽어 있다는 걸 알았다. 이렇게 빨리 죽다니. 하긴. '일회용' 이니 오래가면 안 되는 운명을 지니고 태어난 아이들이겠지. 그들이 몇 시간 정도 이상을 버티면 이미 그들이 아니다. 그렇게 되면 종이컵 공장은 오히려 달갑게 생각하지 않을지도 모른다.

애초에 그들을 담아 온 비닐봉다리에 집어넣다가 아직 사용된 적이 없는 종이컵 하나가 테이블 구석에 놓여 있는 걸 발견한다. 다소곳하고 겸손한, 사용된 적이 없는 종이컵을 손으로 들어본다. 이렇게 가벼울 수가. 그 가벼움은, 아직 술이 덜 깬 사람의 눈에는 이 땅의 것이 아닌 것같이 느껴진다. 무게를 줄이고 줄이다 보면

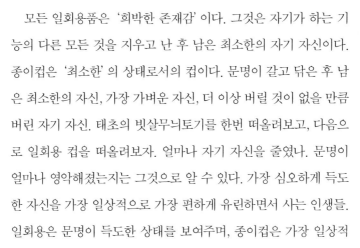

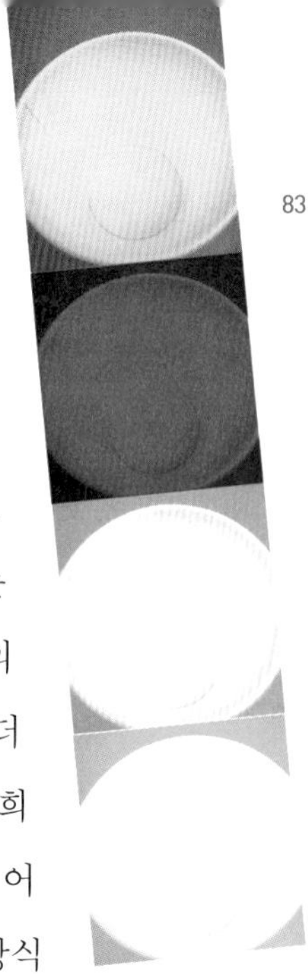

공기가 되겠지. 우주로 퍼져 무의 상태가 되어 버리고자 하는 공기를 지구의 무게가 붙들고 있고, 그것이 공기를 붙들고 있는 사이로 목숨이라는 것이 깃들어 있다. 그래서 목숨은 중력의 절대적인 영향을 받는다. 가벼이 날아오르는 것이 그들의 꿈인 것은, 그리고 꿈으로 그칠 수밖에 없는 것은, 그렇게 마련된 그 뿌리가 지겹도록 목숨의 본거지이기 때문이다. 이카루스를 떠올리지 않더라도, 더 멀리 날아오름은 죽음이다. 가벼움은 '희박함' 의 동의어다. 그것은 존재가 아주 약간의, 어쩌면 최소의 존재감(살)만을 가지고 사는 어떤 방식들을 말해준다. 그런데 지금, 종이컵의 가벼움이 그렇다. 너는 최소한의 너만을 지니고 이렇게 희박하게 있구나.

모든 일회용품은 '희박한 존재감' 이다. 그것은 자기가 하는 기능의 다른 모든 것을 지우고 난 후 남은 최소한의 자기 자신이다. 종이컵은 '최소한' 의 상태로서의 컵이다. 문명이 갈고 닦은 후 남은 최소한의 자신, 가장 가벼운 자신, 더 이상 버릴 것이 없을 만큼 버린 자기 자신. 태초의 빗살무늬토기를 한번 떠올려보고, 다음으로 일회용 컵을 떠올려보자. 얼마나 자기 자신을 줄였나. 문명이 얼마나 영악해졌는지는 그것으로 알 수 있다. 가장 심오하게 득도한 자신을 가장 일상적으로 가장 편하게 유린하면서 사는 인생들. 일회용은 문명이 득도한 상태를 보여주며, 종이컵은 가장 일상적인 그 상징이다. 그 가벼움이 있어야 무거운 기계가 길거리에 서 있을 수 있다. 종이컵 없는 자동판매기를 상상할 수나 있나? 용기의 가벼움은, 기계들의 묵직한 존재감(자판기는, 그 자리에서 물건을 파는 '사람' 의 그것과 거의 동일한 존재감을 가지고 있다)과 같이 간다. 20세기 초 종이컵을 발명한 휴그 무어의 발명 스토리 자체가 그걸 알려준다. 휴그 무어의 형은 생수를 판매하는 자동판매기를 발명한 사람이었다. 그런데 그 안에 들어 있는 도자기 컵이 자주 문제를 일으키자 동생인 휴그 무어가 그 해결에 나섰다. 그는 물에 젖지 않는 '태블릿' 이라는 종이가 있음을 알았고, 그것으로 컵을 만들어 대성공을 거두었던 것이다.

사람들은 그렇게 '희박한' 존재를 창출해놓고 오히려 무게를 그리워한다. 도자기 잔은 진짜 묵직하고 깊이 있는 잔이다. 그것은 굉장히 자기 자신에 충실하기 때문에 때로는 기념할 만할 정도다. 그래서 그 존재감을 음미하면서 차를 마시기도 한다. 유리 글라스 역시 무게 있는 진짜 컵이다. 거기에 아름다운 색깔의 포도주를 담아 건배하면 챙! 하고 맑은 소리가 울린다. 플라스틱 컵만 해도, 그것들보다는 덜하지만, 그래도 웬만큼 자기 자신을 지닌 컵이다. 그러나 그 모든 것들은 날아갈 수 없다. 존재감이 너무 크기 때문이다. 놓치면 깨져버린다. 중력 가속도에 정확히 영향을 받으며 땅으로 끌려간다.

종이컵은 그렇지 않다. 존재감이 너무 가볍기 때문이다. 땅에 떨어져도 그들은 깃털처럼 온전하다. 사용되지 않은 종이컵을, 햇살이 제대로 스미지 않는 어두침침한 원룸에서 보았다. 그 가벼움은 순백의 빛깔과 잘 어울린다. 하얀 양처럼 결백한 이 물건은 사용된 적이 없는 일회용 종이컵. 처음에 편의점에서 종이컵들을 사서 소주 병 위에 모자처럼 씌워주었을 때, 그들은 참 가벼웠다. 순백의 종이로 지은, 날개처럼 가벼운 여섯 개의 포개어진 모자. 맥도날드에서 한 달에 400만 개 이상의 네가 사용되고 한 달에 한국에서 8억 개, 일 년에 거의 100억 개에 달하는 네가 사용되어 가벼움을 잃는다. 가벼운, 아직 사용되지 않은 너를 만지면서, 나는 그 구역에 공기가 희박함을 느낀다. 아주 최소한의 공기만으로 호흡하는, 심장이 약하디 약하여 조그마한 충격에 의해서도 구겨져버리고 마는 가슴을 지닌 연약한 동물이나, 아니면 너무 민감하여 담배연기만 맡아도 죽어버리는 난초를 떠올린다. 너는 난초다. 그러나 한 번 사용되고, 그 가벼움이 유린되어버리고 말면, 너는 끝에는 꼭 이렇게 담배꽁초들과 담뱃재가 음료들과 뒤섞여 걸쭉하고 지저분한 하수구를 연상케 하는 내용물들로 채워진 채 죽어버린다. 금방 죽어버리는 것이다. 너는 씻을 수가 없다. 사람은 죄지으면 죄를 씻고 컵들은 마시다 남은 게 들어 있거나 루주 자국이 있으면 그것들을 씻어내어 다시 쓰지만, 너는, 너의 존재함 자체로부터 네게 묻은 때는, 죄는, 씻어내릴 수가 없는 것이다. 한 번의 타락만으로 죽음에 이르는 너는, 득도한 고승보다도 더, 훨씬 더 가볍다.

크라잉넛, 주름잡다

1. 날것

음악 이야기 말고 사는 이야기를 좀 하자. 그게 크라잉넛에 더 어울린다. 그리고 크라잉넛의 음악을 이해하는 데 더 도움이 된다. 크라잉넛은 한마디로 홍대 근처를 '주름잡는' 아이들이다. 주름잡는 아이들의 일반적인 특징은 줄기차다는 것이다. 크라잉넛도 그렇다. 줄기차다. 한꺼번에 군악대로 군복무를 마친 그들은 군대에 가서도 '크라잉넛' 이라는 이름으로 부대를 주름잡았다. 크라잉넛 아이들은 짱돌같이 작지만 단단한 놈들이다. 잘들 먹고 커서 그런지 체력도 좋다. 잘 먹고 큰 펑크 밴드라? 그렇다. 잘 먹고 잘 자란, 서울의 중산층이 배출해낸 펑크 밴드다. 이상하다고? 그에 관해서는 끝에 가서 말하겠다.

아무튼 그들은 무대에서도 줄기차게 힘을 쏟아내지만 무대를 내려와서도 마찬가지다. 밤새 줄기차게 떠들고 웃기는 몸짓 하고 노래 따라 부르고 술 마시고 깔깔대고 웃으며 논다. 그러다가 거의 아침이 다 되어서야 뿔뿔이 흩어진다. 그들의 공연이 있던 어느 날 밤, 그들과 술을 마신 게 기억난다. 술 마신 다음 날 나는 숙취에 절은 몸을 겨우 추스르며 전날 밤의 술자리를 생각하다가 묘한 느낌을 가진 적이 있다. 마치 내가 새벽까지 이어지는 길고도 긴 공연에 참석했던 것 같은 기분이 든 것이다. 술 먹는 자리에서도 그들은 줄기차게 좌중의 사람들 한가운데에 있었다. 크라잉넛에게는 공연을 할 때의 무대나 공연이 끝난 후의 술자리가 별 구분이 없었다. 아니, 실은 그 모든 '자리'가 전부 무대였다. 그것은 어쩌면 그들의 본능일지도 모른다. 개인적인 성향이야 내성적이든 어떻든 다섯이 모이기만 하면 그 본능이 작동하는 걸 보면, 그들은 밴드운을 타고난 사람들이다. 서로가 서로의 스파크다.

또 하나의 기억. 트라이포트 록 페스티벌이 열렸던 1999년 여름, 나는 그 엄청난 폭우 속에서 MTV의 VJ를 하느라 비를 쫄딱 맞으며 현장을 스케치하다가 크라잉넛 아이들을 만났다.

"야, 니들 잘 만났다. 인터뷰 좀 하자!"

그랬더니 그들은 시키지도 않았는데 이리저리 길길이 뛰며 그들 특유의 장난스러운 '원숭이짓'을 과시했다. 그렇게, 그들의 그런 생기발랄함이 날것 그대로 화면에 녹화되어 방송되었다.

조금 과장해서 말하면 그들에게는 꼭 세상 전체가 무대인 것 같은 느낌이 든다. 생활이 무대이거나 무대가 생활이거나 둘 중 하나겠지만, 확실한 것은 무대 따로 생활 따로가 아니라는 점이다. 레코딩 할 때도 비슷하다. 그들이 저 강남 끝 문정동에선가 드럭의 첫 컴필레이션 앨범인 《아워네이션 1》을 녹음할 때 우연히 거기 들른 적이 있는데, 녹음 부스 안에서도 마찬가지였다. 공연할 때처럼 온통 길길이 뛰고 난리를 뽀개는 것이었다. 그때 녹음을 맡았던 시나위의 기타리스트 신대철 씨도 이렇게 녹음하는 애들은 처음 보았다고 혀를 내둘렀다.

물론 요즘에는 크라잉넛 애들도 20대 중반을 넘겨 예전 같지는 않다. 그들도 이제는 애들이 아니다. 그러나 그 통일성 있는 '원숭이짓' 은 아직도 녹슬지 않고 간간이 나와준다. 그래서 사람들을 감탄하게 만든다. 스튜디오에서도 예전처럼 길길이 뛰지는 않는다. 그러나 여전히, 그들에게는 무대나 생활이나 녹음 같은 것들이 서로서로 연장선상에 있다. 내 생각에는, 바로 이 점이 크라잉넛을 특별하게 만드는 것 같다. 그들이, 그리고 그들의 음악이 살아 있다고 느껴지는 것은 바로 그 '구분 없음' 때문이다. 온통 제조된 느낌으로 점철된 메이저 댄스 가수들의 틈바구니에서 그들이 대중에게 어필할 수 있었던 것도 그 때문이 아니었나 생각한다. 그들은 '날것' 이다.

2. 말달리자

나는 어느 글에선가 그들이 만든 〈말달리자〉를 '1990년대 젊은이들의 송가'라고 쓴 적이 있다. I도-I도의 마이너-IV도-V도를 반복하며 오가는 코드로 이루어진 이 심플한 노래는 자기들 세대의 처지라든가 세상에 대한 감정 같은 것을 날것 그대로 담아 보여주고 있다. 이 역시 생활과 무대의 구분이 없는 그들 특유의 음악하는 방식에서 나왔다고 보는 것이 옳을 것이다. 잠시 노래의 중간쯤으로 들어가보자.

이러다가 늙는 거지 그땔 위해 일해야 해
모든 것은 막혀 있어 우리에겐 힘이 없지
닥쳐
사랑은 어려운 거야 복잡하고 예쁜 거지
잊으려면 잊혀질까 상처받기 쉬운 거야

닥쳐 닥쳐 닥쳐 닥치고 가만있어
우리는 달려야 해 거짓에 싸워야 해
말달리자 말달리자 말달리자~

이 노래의 톤은 절망적이다. 그런데 1990년대는 사실 젊은이들에게 그리 절망적인 시기는 아니었다. 신세대네, X세대네 하는 말

://cryingnut.kr
to by. PaekSungSoon
yright © CRYINGNUT.KR All Rights Reserved

이 나왔고 10대들에게 그들 나름의 느낌의 자유와 그것을 향유할 수 있는 공간이 불충분한 상태로나마 인정되고 어른들에게 이해되던 때였다. 그건 물론 그들이 1980년대 후반의 거품 호황에 힘입어 우리 대중음악 사상 처음 상당한 구매력을 지닌 광범위한 소비 집단으로 부상했기 때문에 가능했다. 시장 내에서 그만큼의 영향력을 행사할 수 있게 되었다는 뜻이다. 그런데도 크라잉넛은 절망적이다. "이러다가 늙는 거"란다. 말하기도 싫은지 자기가 한 말에 대고 '닥쳐' 하고 외친다. '닥쳐'는 자기에게 던지는 말이기도 하고 세상에 던지는 말이기도 하다. 그 '닥쳐'는 단절의 상징으로 보인다.

이렇게 절망과 단절이 1990년대의 대표적인 비주류 노래의 가사의 분위기를 구성하고 있다는 것이 사뭇 놀랍게 느껴진다. 그러나 곰곰 생각해보면 X세대 이후의 자유 공간은 보다 넓은 굴레에 불과할 뿐이다. 오히려 신세대는 그 굴레에 더욱 철저하게 얽혀 있고 더욱 철저한 소비의 노예일 뿐이다. 어쩌면 그들이 얻은 자유란 고작 예쁜 핸드폰을 고를 수 있는 자유일지도 모른다. 크라잉넛이 절망스러워 하는 이유는 거기에 있을 것 같다. 자기들이 이미 그 시스템 안에 굳건하게 자리 잡고 있는 한 요소에 불과할 뿐이라는 인식 말이다. 더 냉소적이고 더 우회적인 방식으로 자신의 삶을 노래하고 그 모든 것을 따지기조차 지긋지긋하다는 듯 '닥쳐' 하고 갑작스레 외치는 모습 속에서 우리는 새로운 세대의 거부의 방식을 읽을 수 있다.

이 노래에서 '말달리자'는 이중의 의미로 쓰이고 있다. 첫째로 말달리는 것은 그들 자신이다. 말달리는 것은 힘을 주체할 수 없는 혈기방장한 젊은이들, 자기들 앞에 무엇이 있더라도 말달려 나아가 그것을 넘을 수 있는 젊은이들의 행동방식이다. 그러나 말달리는 일이 그렇게 긍정적인 것만은 아니다. 그들은 "이러다가 늙는 거지 그땔 위해 일해야 해"라는 명제를 이미 잘 알고 있다. 게다가 그들은 자기들 부모 세대가 말달려온 관성의 연장선상에 있다. 이미 산업화가 진행되어 어느 정도 체계화된 자본주의 사회에서 사는 방법은 간단하다. 그 체계 속으로 들어가 채찍을 맞으며 말달려야만 한다. 그러다가 늙는 거다. 빠져나갈 수 없다. 모든 것을 넘어 '말달리려는' 젊은이에게, 그렇게 채찍을 맞으며 '말달리는' 일은 하나의 좌절이다. 그래서 "모든 것은 막혀 있"고 "우리에겐 힘이 없"는 것이다. 어쩌면 그들은 '말달리는' 사람이기도 하고 동시에 그냥 '말'인지도 모른다.

한 세대 전의 송가로, 예를 들어 〈광야에서〉 같은 노래를 꼽을 수 있을 것이다. 나같이 별로 열심히 살지 않은 386도 "찢기는 가슴 안고 사라졌던 이 땅의 피울음 있다"로 시작되는 이 노래를 들으면 괜히 가슴이 찢어지는 것 같다. 그러나 어쩌면 이 노래는 그들에게는 큰 의미로 다가올 수 없을지도 모른다. 그들은 이미 '광야'에 있지 않다. 그들은 채찍질로 말달려 승진도 하고 종신 보험도 가입하고 차도 사고 집도 사야만 하는 이 진부한 세상 속에 있는 것이다.

크라잉넛의, 함께 '말달리자'는 청유형의 명령문은 자기 세대의 운명에 대한 슬픈 고백이기도 하고 또 그 모든 무기력함과 슬픔을 뚫고 앞으로 내달리자는 희망에의 초대이기도 하다. 그 말달리는 도중에 그들은 사랑도 할 것이고 싸우기도 할 것이며 서로 포옹하기도 할 것이다. 그들은 "사랑은 어려운 거야 복잡하고 예쁜 거지"라는 깨달음도 얻는다. 이렇듯, 이 노래는 생활 속에서 느낀 점을 날것 그대로, 힘차면서도 뼈아픈 방식으로 요약하고 있는데, 그 진실성 때문에 이 요약은 이미 개인의 차원을 넘어 하나의 '세대'의 차원을 포괄하고 있다.

3. 무대, 미디어, 중산층

박윤식, 이상면, 이상혁, 한경록, 김인수, 이렇게 다섯 명의 뮤지션은 어쩌면 스스로도 '말달리는' 생활을 해왔는지도 모른다. 〈아워네이션 1〉에서부터 군대 가기 직전에 초스피드로 피를 말리며 녹음한 4집에 이르기까지 그들은 쉼 없이 달렸다. 스스로도 달렸고 클럽이자 레이블인 '드럭'이 달리자는 대로 또 달려주었다. 그러다 보니 이제는 그들의 노래대로 '밤이 깊었'다. 3집에서는 애수가 묻어나왔다. 지칠 때도 되긴 되었다. 그래도 여전히 그들은 무대/생활 구분 없이 홍대 근처의 클럽과 술집들에 출몰한다. 어쩌면 그들의 '무대체질'은 그들의 생활의 결과일지도 모른다. 그들의 노래 곳곳에서 TV가 발견된다. 그들은 미디어와 함께 자랐고 스스로도 그 안에 있다. 그들은 주인공들을 보며 자라서 나중에는 주인공의 환상 속에서 사는 미디어 키드들이기도 하다.

이쯤에서, 서두에서 던진 질문을 받아보자. '미래는 없다' 고 외치는 펑크를 '미래가 있는' 중산층 아이들이 한다고? 대답은 'yes'. 실은 어디에서나 그랬다. 영국 런던에서도, 미국 캘리포니아에서도, 일본 도쿄에서도 그건 마찬가지다. 그들은 '미래는 없다' 고 자기과시적으로 카메라 앞에서 외칠 줄 아는 친구들이고 적어도 기타 정도는 살 수 있으며 꾸준히 라디오나 음반을 듣고 음악잡지도 뒤적여온 덕분에 뭐가 박살내야 할 음악이고 뭐가 살려야 할 음악인지도 다 안다. 핑크 플로이드를 제대로 듣지 않고서 어떻게 '슈퍼밴드' 를 박살낼 수 있겠는가. 펑크는 정치적인 선동과 자기파괴의 음악이기도 하지만, 다른 한편으로 세상에 '쿨' 하게 냉소적인 반대표를 던지고 싶은 아이들의 자기과시용 음악이기도 하다. 물론 크라잉넛이 '자기과시' 를 한다는 이야기는 아니다. 포인트는 그게 아니다. 펑크의 '자기과시' 라는 게, 오히려 대중적 미디어의 광범위한 유포와 같은, 한 사회의 시스템적, 기본적 성숙 없이는 존재할 수 없다는 것이 포인트다.

물론 펑크 음악도 종류에 따라 다 성질이 다르다. 크라잉넛에게서 섹스 피스톨스의 시드 비셔스 같은 자기파괴를 발견하기는 힘들다. 크라잉넛은 자기를 파괴할 이유가 없다. 미래가 없는 것도 아니고 집이 어려운 것도 아니다. 그들은 서울의 중산층 아파트에서 잘 먹고 잘 큰 아이들이다. 왜 그렇게 키가 안 컸는지는 모르겠으나 그것 하나만 빼놓고 그들의 몸이나 정신은 매우 건강하고 건전하다. 그러나 오히려 그렇기 때문에 그들은 펑크를 하고 있는 것이다. 자기를 제대로 잘 키운 중산층의 체제 자체가 자신을 억압하는 것을 그들은 스스로 고발한다. 그러나 그들은 1980년대 젊은이들처럼 주먹을 높이 치켜세우고 심각하게 고발하지 않는다. 특유의 장난스러운 제스처와 쇼맨십으로 비꼬고 웃기는 가운데에서 넌지시 고발한다. 자신들의 삶과 함께해온 미디어에서 본 것들을 흉내내기도 하고 따오기도 하면서, '서커스 매직' 을 하면서 세상을 부정한다. 그러니 그 고발은 때로는 장난이다. '심심함' 에 대한 고발이기도 하다.

이 심심한 세상에서, 그들은 심심하기 싫어하는 아이들이다. 심심하기 싫어하는 산만한 아이들의 대표로, 그들은 한 세대를 주름잡고 있는 것이다. 오늘 밤도 아마 홍대 근처 어디에선가 크라잉넛 멤버들과 그들의 친구들이 술을 마시고 있을 것이다.

컵라면 1

그날 새벽 먼동이 틀 무렵, 당인리 발전소의 굴뚝에서 뭉게뭉게 피어오르는 연기를 저 멀리 배경으로 두고 나는 편의점의 문을 열었다. 밤새 쏘다녔고 밤새 술을 먹었다. 함께 밴드를 하는 친구들이 편의점 문 바깥에 있는 턱진 곳에 줄지어 쪼그리고 앉았다. 우리는 춤을 추었고 떠들었고 어딘가 날아다니다가 왔다. 담배가 다 떨어졌다. 간이 식사대에는 그녀가 있었다. 그녀는 컵라면을 먹고 있었다. 그런데 거의 몸을 90도로 숙이고 있었다. 나는 그녀의 표정을 보았다. 너무나 괴로워 거의 울 지경의 표정이었다. 놀라운 그 표정. 독을 씹어먹으며 참고 있는 표정이었다. 그런 표정으로 한 오라기씩, 컵 속의 라면을 건져 먹고 있었다. 몸을 90도로 굽힌 채 말이다. 나는 그녀를 테크노 바에서도 보았다. 그녀는 흰 줄이 그어진 푸른색 아디다스 트레이닝 바지를 입고 있었고 노란색 N자가 새겨진 파란색 운동화를 신고 있었다. 머리는 뻥튀기 파마 스타일이었다. 화려하진 않게 조용조용 움직였지만 그 움직임에다가 자기 몸을 실을 줄 아는 것 같아 보였다.

그렇게 아픈 표정으로 왜 컵라면을 먹고 있을까. 클럽의 DJ가 생각났다. 그는 형광물질로 이펙팅한 노이즈를 밤새 돌려댔다. 중독이다, 중독. 밴드에서 보컬을 맡고 있는 상아도 춤을 춘다. 그녀는 긴 머리로 얼굴을 다 가렸다. 상우와 현준이는 가만히 앉아서 맥주를 홀짝거리고 있다. 밤이었다. 밤. 우리가 건너야만 하는 것은 다리가 아니라 바로 그 밤이었다. 밤 속으로 들어가야만 밤을 건널 수 있었고 밤 속으로 들어가려면 우리는 그 형광물질의 사운드를 마셔야 했다. 그리고 그녀. 저쪽에서 혼자 춤을 추고 있다. 그녀는 자신을 바라보는 나의 시선을 눈치채지 못한다. 아무도, 그 누구라도 서로의 시선을 눈치채지 못한다. 그냥 그렇게 독한 사운드를 마시고 있는 중. 가로수들이, 가로등이, 터널 속의 형광등이, 그리고 비트가, 그렇게 일정하게 우리 앞에 옆에 있다. 우리는 그렇게 일정하게 달린다. 일정한 속도로 달리다가 계속하여 절벽으로 떨어지는 그림자들, 셰익스피어의 말대로 우리는 '덧없는 그림자' 일 뿐이다. 그림자야, 반복적인 환각 속으로 들어가렴. 형광물질의 터널을 빠져나갔다가 다시 이리로 건너오기를 수십 번, 그동안 나는 제사장을 만났고 빙그르르 도는 제비집을 보았고 거울에 비친 내 뒷모습을 정면에서 보았다. 거울 저편에는 벌거벗은 여인

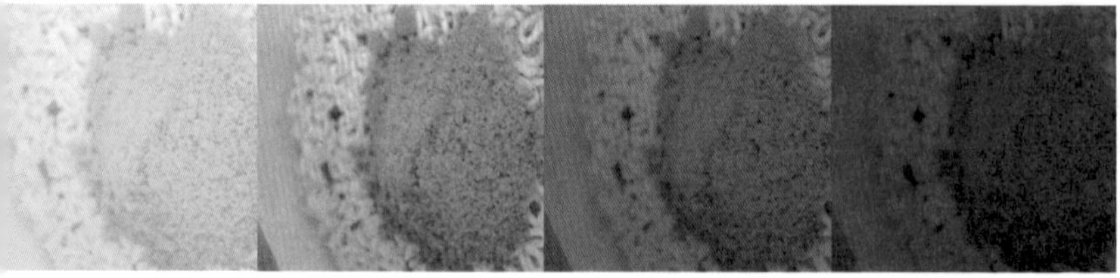

이 샤워기를 들고 물을 틀어놓은 채 이쪽을 바라보고 있었다. 샤워기에서 솟아오르는 온순한 물소리가 내 발을 적셨다. 나는 졸렸다. 아니, 졸린 척했다. 그러다가 갑자기 펑! 하고 터지는 소리 때문에 눈을 번쩍 떴다. 미러볼이 빙글빙글 돌고 있었다. 눈꽃 송이들이 하늘에서 내려오지 않고 무대 위를 가로로 빙글빙글 돌았다. 눈이 내리질 않는다. 약간 어지럽다.

……용기에 뜨거운 물을 붓는다. 하얗디하얀 용기. 컵라면 '용기'의 하얀 그 표면은 거의 푸르게 빛난다. 그 용기는 금속성이다. 90도로 허리를 숙인 채, 저렇게 고통스럽게 컵라면을 먹고 있는 그녀는 그 금속성에 중독되어 있다. 그녀가 쓰린 위 속으로 컵라면 면발을 집어넣는 이유는 허기 때문이 아니다. 컵라면은 이상한 금기다. 그건 죽음이다. 컵라면을 먹으면 입이 마른다. 방부제 때문일 것이다. 국물에선 용기 냄새가 난다. 가장 인공적인 느낌의 딱딱한 신소재처럼 고형체로 고정된 면발에선 기계 냄새가 난다. 목숨이 이상하게 그 죽음의 음식을 원한다. 허기는 알리바이다. 그녀의 젓가락질은 매일 참고 참으면서 건너가지 않았던 죽음의 늪을 향한 산책길로 과감하게 나가고 있다. 여섯 시만 되면 찾아오는

퇴근 시간, 점심을 먹고 나서 2층의 사무실에 올라오고 나면 자기도 모르게 매일 똑같은 자세로 내려다보는, 회사 건너편의 전봇대에 붙어 있는 어느 광고 전단, 그런 것들의 시간 바깥으로 나가기 위해 클럽을 들렀던 그녀는 지금 클러빙을 마치고 동이 틀 무렵의 편의점에 들러 온순한 채소밭 바깥에 핀 형광색 버섯들을 저렇게 따먹고 있는 것이다. 중독은 망각을 위한 몸부림이다. 중독의 상태는 고통스러운 금단현상을 망각하게 해달라고 애원하는 몸의 무장해제된 욕망의 상태다. 빠져 '들기' 위해서가 아니라 빠져 '나오기' 위해 신호등을 무시하고 뛰쳐나갈 때, 그는 중독의 상태다. 컵라면은 가장 진부하게 일상적인, 가장 처절하게 비천한, 거의 아무 영양도 없는 이 세상 최악의 음식이지만 그 쓰레기를 먹는 일은 이래서는 안 된다, 건강을 위해서는 이래야 한다, 야채를 많이 먹으라, 가공식품을 되도록 피하라, 인스턴트식품을 먹지 말라, 고기는 조금만 먹으라, 과식을 절대 피하라, 꼭꼭 씹어 먹으라, 물은 끓여 먹으라, 등등의 모든 일상적 건강 관리법을 위해 참아왔던 죽음의 길, 그 모든 일상적 관리를 위해 심혈을 기울여 피해왔던 독버섯의 길 안쪽으로 일순간에 발을 들여놓고 마는 일, 그 모든 정상적인 견딤의 상태를 망각하는 일이다. 그 순간 위는 형광색 독성에 의해 쓰라리게 산화된다. 그래서 몸이 90도로 꺾이고 마는 것이다.

별, 사운드의 그래픽

영화 〈고양이를 부탁해〉에 들어간 노래들을 통해 사람들의 귀에 특유의 차분한 느낌을 남긴 적이 있는 '별(Byul)'의 두 번째 앨범, 두 번째 앨범이라기보다는 두 번째 '사운드/그래픽 복합체'. 제목은 〈너와 나의 20세기〉. 내성적인 테크노라고나 할까. 아르페지오를 중심으로 움직이는 사인파 계열의 미니멀한 신시사이저 소리와 샘플링되어 반복되는 소음, 전화목소리처럼 필터 처리된, 멀리서 들리는 남자의 속삭임을 연상시키는 보컬이 어우러진 그 노래들은 강한 흡입력을 발휘하는 것은 아니라 해도 확실히 우리가 기다리던 소리의 하나였다. 내성적이며 남들 귀찮게 떠들지도 않고 굉장히 개인주의적이며 도시적인 아이들, 어른들이 보기엔 시끄럽게 떠드는 애들 못지않게 못되게 구는 아이들의 소리 말이다.

이 소리들의 공감대는 그런 식으로, 주류 문화판의 기대나 관심과 전혀 상관 없이, 약간은 무시하는 듯한 느낌을 주면서 조용하지만 굳건하게 형성된다. 별의 차분하고 영롱한 전자 사운드에서는 어떤 '독한 결의' 같은 것이 느껴진다. 그들은 꼭 묵비권을 행사하고 있는 것 같아 보이기도 한다.

몇 트랙을 제외하면, 이번 앨범에 담긴 음악도 그리 듣기가 쉬운 음악들은 아니다. '듣기가 쉽지 않다' 고 말하는 데에는, 통상 두 방향이 있을 수 있다. 하나는 너무 복잡할 때, 다른 하나는 너무 단순할 때. 별의 음악은 후자에 가깝다. 유행하는 가요를 들어봐라. 적당히 '복잡하다' . 그래서 듣기가 쉽다. 반면 단순한 음악은, 좋든 나쁘든 간에 약간은 그 지루함을 견뎌야 의미가 살아온다. 그러니까 듣는 사람을 일정하게 훈련시키는 음악이다. 우리가 일상에서 접할 수 있는 소음에 잔향을 입혀 매우 미니멀하게 반복시키는 별의 앰비언트 사운드 역시 그렇다.

그러나 그 소리들이 지루하기만 한 것은 아니다. 우리는 이들의 사운드와 뗄 수 없는 사운드 바깥의 요소가 있음을 안다. 그것은 바로 '그래픽 디자인' 이다. 월간 '뱀파이어' 라 명명된, 그러니까 일종의 잡지 속에 이들의 CD는 들어 있다. 세련되고 미니멀한 기호들, 아주 세심하게 골라지고 배열된 타이포, 흩어져 있는 것 같지만 빈틈없는, 뜻은 묘하게 지워진 사진들, 그것들이 사운드를 감싸고 있다. 사운드를 다루는 방식에는 거칠다 싶은 구석이 있어도 이들이 그래픽을 다루는 기술은 프로페셔널하다. 시각적인 것들이 사운드의 배경이 아니라 차라리 사운드가 그것들의 배경이다. 곡명들도 매우 그래픽적으로 처리되어 있다. 80845^{1}, 80845^{2}, 등으로 이름 붙여진 열 개의 노래들은 시각적인 기호라는 봉지에 담긴 사운드 과자의 부스러기들 같다.

그 잡지를 뒤적이며, 모호하게 흐르는 이들의 앰비언트 사운드를 음미하면 우리는 규정할 수 없는 어떤 '상황' 속에 있게 된다. 그것이 앰비언트의 본질이기도 하다. 하긴 별의 정체성 자체가 조금은 모호하다. 사람들은 때로 '정체를 알 수 없는 신비스러운' 밴드라는 어휘를 쓴다. 별의 정체는, 정확하게 말하면 신비스러운 것은 아니다. 대신 그래픽적으로 변환되어 있다. 별은 그러한 변환 속에 자신과 사운드를 집어넣고 있다. 이 대목에서 정체성은, 확실히 별 의미가 없다.

코카콜라

코카콜라 옴니프레젠스, 코카콜라 옴니포텐스. 어디에나 있는 전지전능한 코카콜라.

누구나 느끼겠지만 미국문화의 권력은 무슨 고급스러운 퀄리티나 유일무이한 존재적 가치에서 나오는 게 아니다. 오히려 미국문화의 권력은 그 반대 지점으로부터 솟아오른다. 미국문화의 기본적인 특징은 '무례함' 이다. 그 무례함은 애초에 미국놈들의 촌스러움에서 나온 것이다. 처음에 그들의 무례함이 하나의 스타일로 등장했을 때, 구대륙 사람들은 코웃음을 쳤다. 저 천박한 쌍놈들. 그런데 무례함은 이중의 장점이 있었다. 하나는 거리낌 없음이다. 이 스타일은 격식 따지는 유럽 사람들의 허례를 시원시원하게 생략한다. 따르지 않고 병째로 마신다. 접시에 담지 않고 그냥 겹쳐서 먹어버린다. 길거리에서, 말 타고, 아무 데서나, 먹는다. 히피들은 아무 데서나 한다. 2차대전이 끝난 후에, 유럽식 격식은 낡아빠진 권위의 다른 이름이었다. 모든 것이 버려지던 시점이었다. 그때 미국식 무례함은 전쟁을 승리로 이끈 원동력이었다. 형식화된 무례함이 바로 전법의 핵심 아니겠는가. 전후에 무례함은 젊은이들의 결정적인 추구 대상으로 떠올랐다. 1950년대에는 그 무례함이 '쿨' 한 경지에 도달했다. 그 정점에 대중 스타들이 있다; 쏘아보는 제임스 딘, 쏘아보며 질겅대는 말런 브랜도, 쏘아보며 트럼펫을 불어젖히는 마일스 데이비스, 쏘아보며 아랫도리를 휘두르는 엘비스 프레슬리. 청바지와 콜라와 로큰롤과 오토바이와 쿨한 빨간색 무스탕과 프리섹스. 미국식으로 어깻짓하며 걷는 그 양아치 스타일(그건 말런 브랜도가 최고). 그들의 손에 들린 건, 말보로 담배와 버드와이저 맥주와 특히 코카콜라였다. 코카콜라는 그 무례하고 거리낌 없는 스타일에 없어서는 안 될 소품이다.

그런데 무례함이 아무렇게나 스타일화된 건 아니다. 무례함을 스타일화하기 위해서는 기술적인 뒷받침들이 있어야 했다. 그것은 양차 대전 중에 길러진 실력으로 가능했다. 전쟁은 '인스턴트' 의 개념을 개발해냈다. 참호 속에서도 먹을 수 있는 음식, 포복하다가도 마실 수 있는 음료. 전쟁 중에 개발된 그 기술들을 일상으로 옮긴다. 그래서 미국식 인스턴트 문화는 사실 전쟁문화, 군사문화의 연장선상에 있다. 본질적으로는 미국문화의 상당한 부분이 밀리터리 스타일이다. 코카콜라는 섹시하게 정형화된 밀리터리 스타일이다. 잘 빠진 병과 다이내믹한 곡선의 상표. 그것이 가로 세로로 교차한다. 스포츠. 손에 쥐면 가운뎃 손가락과 손목을 잇는 라인에 걸치는 풍만한 부분. 이 볼록형의 병과, '언제 어디서나' 마실 수 있는 밀폐형 마개. 코카콜라의 '언제나(always)' 라는 단순하고도 집약적인 구호는 아무렇게나 나온 것이 아니다. '언제나' 를 위해서는 엄청난 기술적인 수준이 필요하다.

무례함의 또 하나의 특징은 '속도감' 이다. 거리낌 없으니 거칠 것이 없다. 빨리빨리 처리되고, 처리한다. 이 거리낌 없는 속도는 자본주의적 합리화의 극단적인 형식화로서의 '패스트' 의 개념으로 이어진다. 미국식 자본주의 문화는 군더더기 없는 무례함을 수량화하여 형식화시킨다. 그래서 일상적인 생활이 수치로 제어된다. 제품은 모두 기성품이다. 코카콜라는 그 기성품들 중에 가장 중요한 제품이다. 따서 그냥 가져다만 주면 언제 어디서나 똑같은 코카콜라를 마실 수 있다. 정확한 공정을 통해 생산된 그 검은 액체의 맛은 언제 어디서나 똑같다. 변하지 않는다. 김이 빠진 건 반품 대상이다. 검은 액체의 맛은 세밀하게 계산된 평균치의 맛이다. 그 맛은, 규격 사이즈의 타이어가 탄생하는 과정과 흡사하게 탄생한다. 속도의 합리화는 '표준화' 이외의 방법으로는 이루어지지 않는다. 앤디 워홀이 말한 "아무리 부자라도 더 좋은 코카콜라를 맛볼 수는 없" 는 시대가 된 것이다.

앤디 워홀의 이 말은 미국식 문화가 권력을 잡게 된 경위를 가장 적절하게 설명하고 있다. 코카콜라는 높이 있는 게 아니라 어디에나 있다. 코카콜라보다 훌륭한 맛을 지닌 고급 칵테일이 있을 수 있다. 그러나 그것은 코카콜라가 아니다. 그래서 코카콜라 이상이 아니다. 코카콜라는 가장 낮은 바닥에 있으면서도 그 위가 없다. 다시 말하면 코카콜라 이외에는 없다. 이러한 자리매김은 치열한 싸움에 의해 결정된다. 코카와 펩시의 혈투는 새 세기에도 계속되지만 펩시의 역부족이다. 코카콜라 이외에는 없다.

공격적이고도 체계적인 마케팅으로 인해 병, 마개, 상표, 등등 모든 것이 아이콘화한다. 코카콜라 병, 코카콜라 마개, 코카콜라 상표 이외의 것은 없다. 그래서 결국 코카콜라가 대신하는 것은 '성상(聖像)' 이다. 예수의 권위가 어디에서 나오나. 부처의 권위가 어디에서 나오나. 그것은 저 높고 깊은 곳에서부터 시작된다. 그러나 그 실제 권력은 바로 손에 들린 묵주에서, 염주에서, 촛불에서 행사된다. 내 자식 내 부모 내 재물 내 행복을 간절히 빌어줄 그것들이 손에 들려 있지 않는 한 높고 깊은 곳에 자리한 십자가와 불상이 권력을 행사할 방법이 없다. 코카콜라는 거꾸로다. 코카콜라는 묵주 대신, 염주 대신, 촛불 대신 손에 들려 있다. 애초에 그것은 예수나 부처 같은 드높은 경지와는 상관없는 그냥 코카인 조금 타서 기분 좋게 만드는 심심풀이 땅콩 비슷한 것에 지나지 않았다. 그러나 그것들은 도처에 있고 누구의 손에나 들려 있다. 그래서 거기서부터, 손에 들려 있다는 사실에서부터 거꾸로 이동하여 높이와 깊이가 생긴다. 무엇인가를 떠받들고 모시고 공경하는 종교적 과정과 정반대다. 그러나 결과적으로는 마찬가지가 된다. 옴니프레젠스, 옴니포텐스. 만강에 뜬 달. 말도 안 되는 그림 그리기 좋아하는 살바도르 달리는 모더니즘 시절에 이미 자기 그림 속에 코카콜라 병을 그려놓았다. 어느 방송국에선가 백두산 천지를 비추면서 여기에서도 환경오염이 시작되니 마니 하는 리포트를 한 적이 있다. 호수 기슭에 꽂혀 있는 코카콜라 PET 병. 미국을 악마처럼 싫어하는 사람들이 사는 사하라 사막의 모래밭에 꽂힌 코카콜라 병. 이슬람권의 코카콜라 소비는 역설적으로 엄청나다. 그들에겐 술이 금지되어 있다.

이리하여 전혀 뜻 없고 도를 이루는 데 아무 관심도 없으며 인생의 깨달음에 아무 도움도 안 되는 코카콜라가 전 세계 일상생활 속에서 전지전능한 아이콘으로 작용한다. 미국의 문화 권력이 행사되는 과정은 대개가 다 이렇다. 그래서 코카콜라는 미국식 자본주의 문화의 상징이다. 전능하신 코카콜라님이시여, 오늘도 갈증을 메워주시고 이빨이 썩는 희생을 감수하게 하시고…… 우리를 악에 빠뜨림으로써 권태라는 악에서 구해주소서 아멘. 캬으.

달파란, 비닐의 삶과 테크노

테크노는 대중음악의 한 장르를 광범위하게 가리키는 이름이기도 하지만 음악을 하는 하나의 방법을 가리키는 이름이기도 하다. 테크노가 갖는 중요성은 사실 후자에 있다. 테크노는 펑크, 헤비메탈, 디스코 등의 이름들과는 다르다. 이런 이름들은 음악적 차이에도 불구하고 록의 범주 내에서 연속적이지만 테크노는 이들과 적어도 방법의 측면에서 볼 때 불연속적이다. 테크노는 손악기들을 들고 직접 연주하는 음악이 아니라 이미 존재하는 음원들을 따내서(컷, 샘플링), 섞는(믹스) 음악이다. 물론 무대에서의 연주가 가능하기는 하지만 그것은 연주라기보다는 따내서 섞는 과정의 재현이라고 말하는 것이 더 옳다.

테크노가 최근에 시작된 방법은 아니다. 테크노의 역사는 신시

사이저라는 악기의 역사이면서 컴퓨터 기술이 음악에 적용된 역사다. 그런데 전 세계 대중음악의 대세가 이렇듯 테크노로 기울기 시작한 것은 비교적 최근의 일이다. 이러한 대유행은 이제 음악을 하는 방법이 완전히 바뀌었다는 것을 의미한다. 시나위와 삐삐롱스타킹에서 활약한 바 있는 명 베이시스트 달파란의 앨범은 그러한 큰 변화를 눈에 띄게, 그리고 명확하게 보여준다.

그의 《휘파람 별》은 2000년대 초반의 세계인들이 왜 테크노를 좋아하는지를 음악적으로 되짚는 새로운 여행이라 할 수 있다. 앨범 내지에 기술된 바에 따르면 앨범의 서술자는 우주여행을 하다가 휘파람 혹성에 도착하는데, 거기에는 비닐로 이루어진 생명체가 단순한 논리로 살아가고 있다는 것이다. 비닐의 삶이 우리의 삶이다. 비닐의 삶은 생명감이 박탈된 삶이다. 비닐은 하루하루를 공허하게 반복되는 리듬 속에서 산다. 테크노는 그 리듬을, 어쩌면 극단적으로 그 리듬만을 음악적으로 재현한다. 그 삶을 살아가는 방법은 가령 이파리의 삶과는 다르다. 휘파람은 비닐이 하는 음악의 다른 이름이다. 휘파람을 불며 언덕을 넘을 때에는 오직 기쁨만이 존재한다. 이 음악은 거창한 의미 있음을 거부한다. 음악은 리듬의 전면적인 지배 속에서 그저 흐를 뿐이다.

달파란은 비닐의 삶의 여러 구석을 조금씩 다른 스타일의 리듬을 도입하면서 보여준다. 휘바람 도시, 휘파람 뉴스, 휘파람 코믹 댄스 파티 등등…… 여행의 코스마다 하우스, 드럼 앤 베이스, 트랜스, 그리고 신바람 이박사가 스타일화한, 2박자 패턴의 한국적 테크노(뿅뿅거리는 사운드) 등 다양한 테크노의 장르들이 소개된다. 그가 구사하는 리듬들은 그의 베이스 플레이를 연상케 한다. 이 리듬들은 필요한 자리를 찾아 간결하고 적절하게 꽂힌다 .

달파란 세대의 음악인들은 물론 테크노에서 출발하지는 않았다. 반대로 압도적인 록 음악의 의미와 중압 속에서 음악을 시작했다. 그들 세대는 서태지처럼 당돌하게 록을 차버릴 수는 없었던 세대다. 달파란은 그들 세대의 음악적 편력을 잘 보여준다. 헤비메탈/퓨전 재즈/펑크 등 기나긴 섭렵을 통해서 이제야 새로운 방법을 내면화한 것이다. 그런 면에서 달파란의 앨범은 진중하고 심각하다. 그러나 여기서 또 어디로 갈지는 모른다. 그는 휘파람 혹성을 떠나며 또 다른 여행지로 떠난다고 말한다. 끝없는 모색의, 모험의 길이다.

콘돔

아까부터 한 친구가 손을 가져가지는 않은 채, 몇 종류의 콘돔이 진열된 쪽에서 고민을 하고 있다. 아마 그는 고민을 끝낸 후 손을 가져가 콘돔 한 박스를 집을 것이다. 그의 여자친구로 보이는 아이가 편의점 바깥에서 기다리고 있다.

완벽한 사랑이란 무엇일까? 죽이는 것. 아니면 낳는 것. 너의 질 안에 가득 정액을 쏟아 넣는 것. 그 다음에 어떻게 될지는 생각하지 않고, 다만 그렇게 하는 것. 그렇게 하기를 서로 받아들이는 것. 그리고 나서 몸 밖으로 흘러나온 분비물을 닦는다. 그런 다음 사랑의 느낌 속에서 그냥 잠들어버리면 되는 것.

혹은 너의 항문에 맨 좆대가릴 쑤셔 넣은 다음 치명적인 에이즈균이 나의 핏줄로 옮겨오도록 내버려두는 것. 그래서 너와의 사랑이 나에게서 모든 면역을 걷어갈, 다시 말해 나의 바깥에 존재하는 비아(非我)의 세균들이 내 안에서 뛰어놀도록 만들어버릴 무방비의 상황을 받아들이는 것. 보들레르는 그의 단상집 《불꽃(Fusée)》에서 이렇게 말한다.

"서로에게 홀딱 반한 두 연인이 욕정으로 가득 차 있을 때라도 언제나 그들 중 한 사람은 더 침착하고 덜 몰두해 있는 법이다. 그게 남자든 여자든 한 사람은 수술집도의 또는 사형 집행인의 역할, 나머지 한 사람은 환자이거나 희생제물이다."

어떻게 이것보다 더 가혹한 사랑에 관한 정의를 내릴 수 있을까. 사랑하는 연인들 중 한 사람은 숭배하고 한 사람은 숭배된다. 보들레르의 숭배에 관한 단상:

"인간은 무엇인가를 숭배하는 동물이다. 숭배한다는 것은 자신을 희생하고 자신을 파는 것이다. 그러므로 모든 사랑은 매춘이다."

그러나 콘돔은 사랑이라는 매춘 행위에서 숭배, 죽음, 낳음을 근본적으로 제거한다. 사랑은 콘돔 때문에 결정적으로 안전해진다. 성기라는 특별한 통로를 통하여 오가는 수많은 존재들, 예컨대 정액, 분비물, 매독균, 임질균 같은 것들을 콘돔은 차단한다. 그것들이 다니지 못하도록 한다. 그래서 혹시 죽음과도 맞닿을지 모르는, 또는 탄생이라는 놀라운 일과 맞닥뜨리게 될지 모르는 사랑의 치명성을 거두어들인다. 남자의 성기는 장갑 낀 막대기이고 여자의 성기는 그 막대기가 마찰을 일으키며 오가는 구멍일 뿐이다. 콘돔은 사랑을 '세이프 섹스(safe sex)'로 환원시킨다. 콘돔을 끼고 어떻게 완벽한 사랑을 꿈꿀 수 있을까. 콘돔은 섹스를 스포츠가 되도록 만들었다. 콘돔으로 인해 두 자아의 궁극적인 접촉은 차단된다. 콘돔은 죽음과 탄생에 관한 신화들에서 섹스를 분리시킨다.

문명의 기기들이나 성과들은 대부분 현실을 신화와 분리시키는 역할을 한다. 달착륙은 달에 관한 꿈들을 '달' 이라는 현실적 실체로부터 분리시킨다. 라이터를 들고 다니는 우리 모두는 불을 훔친 프로메테우스의 후예들인가. 그 반대다. 프로메테우스의 불은 극적이고 에로틱한 신화적 불이지만 300원짜리 일회용 라이터의 불은 그 신화의 환상적인 옷이 벗겨진 현실적 실체로서의 불이다. 콘돔을 끼고 하는 섹스는 두 개의 성기를 오르가슴에 이르기 위해 서로 마찰을 일으키는 현실적 기관으로 만든다. 두 개의 성기는 그 이상의 무엇으로 승화할 수 없다. 대신 그 이상의 무엇으로 승화하면서 얻게 될 죽음의, 탄생의 고통으로부터도 두 개의 성기를 자유롭게 만든다. 그것은 현대 문명의 선택이다.

쾌락이 신화와, 에로티즘이 커튼의 변증법과 분리되는 과정이 현대 문명의 과정이다. 사람들이 지향하는 것은 '세이프 섹스' 다. 섹스에 관한 역사상 가장 공리적이고 유물론적인 선택, 세이프 섹스는 현대 문명의 한 귀결점인 것같이 여겨진다. 섹스는 이제부터 안전해야만 하는 어떤 행위인 것이다. 사람들은 그걸 받아들인다. 에이즈 걸려서 검은 반점 마구 생기다가 죽는 끔찍함을 피하는 것이 그래도 낫다. 쓸데없이 아가를 갖고서 후회하는 것보다는 그래도 낫다. 그런 것들을 피하고서라도 섹스는 해야 한다. 존재의 벗겨내기의 마지막 과정으로서의 섹스가 아니라, 몸이라는 배터리 덩어리가 요구하는 어떤 충전행위/방전행위로서의 섹스다. 정부는 자기 나라에서 섹스가 그런 방식으로 유통되는 걸 권장한다. 나라의 입장에서도, 더 많은 사람이 에이즈에 걸려 죽거나 원치 않는 임신을 한 미혼모가 늘어나는 것보다는 섹스를 일종의 무해한 충전/방전 행위로 규정하는 것이 낫다. 그래서 미국의 고등학교 화장실에는 무료 콘돔 인출기가 달려 있다. 10대들에게 '세이프 섹스', 다시 말해 스포츠화된 섹스는 권장된다.

그러나 재미난 것은, 거기서 다시 쾌감의 탈영역화된 요소들이 개발된다는 점이다. 이제는 스포츠다. 스포츠로서 섹스가 기능하도록 해주는 스포츠적 쾌감이 다시 개발된다. '끼고 한다'는 행위 자체의 인공적인 특징을 과도하게 비대화시킬 수 있도록 보다 강화된, 콘돔에서 한 단계 더 나아간 기구들이 콘돔 자체를 신화화한다. 이제 섹스는 벗겨내기의 궁극적 과정이 아니다. 끝내 저쪽, 비아는 벗겨지지 않는다. 그 비아에게 다가가기 위해 나는 오히려 한 꺼풀을 더 써야 한다. 그러니 그 차단막 자체가 문명의 한 과정으로 신화화될 소지는 있다.

차단은 지금 문명의 한 조건이다. 매체 없이는 만날 수 없다. 매체는 만나게 하는 통로이기도 하지만 다른 한편 만남을 제한하고 제어하는 차단막이기도 하다. 매체들의 시대이므로 차단막들의 시대다. 차단막의 신비로운 미로들 자체가 사람들을 그 차단막으로 끌어들인다. 그 미로들 속에서 우리는 텅 빈 유령의 얼굴을 하고 만난다. 아니, 이제 섹스는 만나서 하는 것이 아닐 수도 있다. 사이버 세상에서 횡행하는 다양한 섹스들. 사람들이 '컴섹' 이라 줄여서 말하는 것들. 화상전화를 이용한 일종의 자위행위에 불과한 그 섹스들은 그러나 분명하게 상대가 있다. 동시에 없다. 컴섹하는 사람들은 누구나 다 자기 골방에 혼자 있다. 그 섹스들은 만나지 않고 하는 행위다.

그렇다고 하더라도 만나서 하는 섹스가 아주 없어지는 건 아니다. 완벽한 만남에 이르면 죽거나 낳거나 헤어진다. 그러나 이 세상에 완벽한 만남, 완벽한 사랑은 없다. 우리는 서로를 죽이지 않고 섹스할 수 있다. 섹스는 안전하고 즐거운, 오르는 행위 자체로 치면 등산과도 비슷한, 그러나 그 끝 봉우리에 이르렀을 때의 쾌감이 등산과 약간 차이나는 좀 다른 형태의 레저다. 몸들이 안전하게 부딪히는 레저. 어둠 속에서 빛을 발하는 야광 콘돔. '야! 야광이다!' 환호성을 지르며 그 콘돔 끼운 성기를 안전하게 자기 안에 밀어넣는다. 이국취향인가? 돌기가 많이 붙어 있어서 질벽을 맨 성기보다 더 긁어주는 특수형 콘돔. 민트향 콘돔을 낀 좆대가리를 빠는 재미. 그 모든 것들은 특수형 자전거, 산악 자전거, 야광 빛깔의 빛을 발하는 바퀴를 지닌 자전거, 같은 스포츠 장비처럼 스포츠형 섹스의 다양한 취향에 맞게 개발되어 있다. 그러니 안전하게 스포츠를 즐기고 기분 좋게 흐른 땀을 샤워로 씻어낸 뒤 포만감에 젖어 잠들 것.

편의점에서도 이 스포츠 기구를 구입할 수 있다.

황신혜밴드,
그림자를 발에 꿰매다

김형태가 이끄는 황신혜밴드(이하 황밴드)의 앨범 《병아리 감별사 김씨의 좁쌀 로맨스》는 황밴드의 기념비적인 새 출발을 알리는 앨범이었다. 앨범의 제목은 황밴드의 전매특허인 '일상을 코믹하게 비비꼬기'를 연상시키면서 황밴드의 원래 기조를 유지하는 듯하지만 음악을 들어보면 오히려 그 너무 황밴드 다운 앨범 제목이 무색할 정도로 새롭다.

음악의 전체적인 기조는 테크노다. 음악의 생산방식에서부터 비롯한 것이겠지만 김형태의 원맨밴드적인 성격이 더 강해졌다. 그의 음악을 '뽕라운지'라 부르면 어떨까. 이박사식의 뽕짝 테크노적인 요소들을 하우스에 접목시킨 사례는 많았지만 그것을 '라

운지' 적인 요소와 접목시킨 케이스는 이번이 처음 아닌가 싶다. 이러한 라운지적인 측면은 김형태가 그동안 각종 전시회, 연극 등에서 특유의 뽕라운지를 위탁, 제조해왔던 것과 관계가 깊다. 실제로 몇 개의 트랙은 쌈지스페이스 같은 갤러리에서 들었던 음악이기도 하다. 이 라운지적인 기분은 리듬의 특수성에서 오기도 한다. 이번 앨범에서 그의 리듬은 8비트, 16비트처럼 딱딱 떨어지는 박자들을 많이 배제하고 있다. 그는 드러머가 아니다. 또 어려서부터 드러머의 그 박자들에 훈련된 록 뮤지션이 아니다. 그의 리듬은 중심이 없이 흩어져 있는데, 중심이 없는 그 리듬들은 그의 음악을 일종의 라운지로 만들고 있다.

그러나 그가 엮는 음악의 회랑을 스윽 휘둘러보는 일은 그리 즐겁지만은 않다. 음악에서 세월의 냄새가, 외로움의 냄새가 나기도 한다. 그가 멜로디를 연주하기 위해 주로 쓰는 물 흐르는 소리 같은 키보드(뽕키보드)의 울림소리(리버브)는 한편으로는 쾌적한 갤러리의 느낌이 나기도 하지만 다른 한편으로는 자기 악기를 짐처럼 매고 하염없이 터널 속을 걷는 방랑자의 발걸음에서 울려나오는 소리같이 들리기도 한다.

첫 트랙 〈퍼즐〉과 마지막 트랙 〈꽃과 곰아줌마〉는 이번 앨범의 백미. 이 노래들은 김형태가 새 앨범을 만들면서 품은 음악적 혁신들에 관한 야심찬 아이디어들을 압축하고 있다. 특히 첫 트랙에 삽입된 강태환의 색소폰 소리는 아래 위의 배음으로 갈라지면서 황밴드의 음악에 부여될 두께를 예고하고 있다. 그 '두께'가 이번 앨범의 핵심이 아닌가 싶다. 이번 앨범을 듣고 보니 그동안의 황밴드 음악에는 두께라는 항목이 조금 부족했었구나, 하는 생각이 든다. 두께라는 건 자신이 추구하는 걸 전달하는 과정에서 그 이면이 동시에 드러날 때 생긴다. 그러니까 어떤 의도를 품고 있는데 그것을 뒤로 잡아끄는 것이 동시에 그 의도 속에 섞여 있다는 이야기다. 물론 듣고 보면 웃다가 슬퍼지는 게 예전 황밴드의 음악이긴 했지만, 거기에는 그림자가 없었다. 그러나 이번 뽕라운지는 그림자를 지니고 있다. 작업실에서 하염없이 샘플된 데이터들을 뒤적이는 40대 베드룸 뮤지션의 새벽을 보여주는 소리들이 여기저기서 들린다. 그 특유의 코믹한 내러티브를 얹은, 그래서 어쩔 수 없이 코믹하게 들어야 하는 노래들에서조차 그런 고독한 새벽의 그림자들이 떠다닌다. '미스 김!' 을 부르는 목소리는 그가 이 난무하는 전자음들 속에 자신의 은밀한 욕망을 싣고 있는 것처럼 느끼게 한다. 새벽의 그림자들. 충족되지 않은 욕망의 흔적들일 그 그림자들이 그의 뽕라운지에 혼을 부여한다. 이번 앨범에서 그가 들려준 음악이 절실하고 새로운 느낌인 것은 아마도 그 혼의 떠다님 때문일 터이다.

캔과 포스트 잇

캔은 구겨진다. 캔은 얇다. 캔은 연약하다. 어린아이라도 약간의 힘만 가하면 그 꼭지는 칙, 소리를 내며 떨어진다. 그 연약함이 아니었더라면 캔은 성공하지 못했을 것이다. 캔 꼭지와 캔 사이에는 미묘한 경계선이 그어져 있는데, 음료가 캔 바깥으로 흐르지 않게 하면서도 이미 약간은 떨어져 있는 거나 마찬가지의 상태로 출고된다. 만일 캔 꼭지가 너무 강하게 붙어 있다면 여자나 어린아이는 캔 음료를 마실 수 없을 것이다. 그리고 남자라도 꼭지를 잡아당기다 따지기도 전에 꼭지만 똑 떨어질 수도 있다.

그런 것을 보면 확실히 지금은 내구성의 시대가 아니다. '미제 다리미' 나 '독일제 미싱' 같은 것으로 상징되었던, 아무리 오래 써도 닳기만 하고 망가지지 않는, 그래서 결국은 기억 속에서 마치 중요한 동물처럼 자리 잡게 되어 있는 물건들이 만들어지는 시대가 아니다. 내구성의 시대에는 '무조건' 꽉 끼워져 있어서 오래 보존할 수 있는 마개들이 발명되었다. 그러나 캔 꼭지는 그 시대의 바깥에 있다. 약간은 찢어져 있는 상태, 이미 약간은 상처가 나 있는 상태, 붙어 있거나 떨어져 있는, 붙어 있지도 않고 떨어져 있지도 않은 모호한 상태다. 그 모호한 상태 때문에, 내구성의 시대에 쓰이던 필수적인 물건 하나가 역할이 줄어들었다. 바로 병따개다. 사람들의 상상력은 우선적으로 '튼튼' 한 쪽으로 가 있게 마련이다. 튼튼하게 잠그고, 대신, 그 잠금을 해소할 일이 있으면 튼튼한 쇠도구로 마개의 허리를 꺾어버리던 시대가 바로 내구성의 시대다. 그러나 이젠 병따개를 들고 다니지 않아도 된다.

또 아주 즐겨 쓰이는 생활용품 가운데 '포스트 잇' 이 있다. 문구 제품으로 20세기 후반에 가장 히트를 친 것 중의 하나가 아닌가 싶다. 포스트 잇을 사용하다 보면 그 핵심이 '적당한 끈기' 라는 걸 알게 된다. 과거의 '붙이는' 제품은 완전히 들러붙어 나중에 떼려야 뗄 수가 없는 경우가 많다. 아니, '붙이다' 와 '떼다' 는 사실 대척에 있는 낱말이다. 붙이는 걸 고안할 때는 '영구적' 인 붙어 있음을 생각하게 마련이다. 그러나 포스트 잇은 붙어 있다가도 쉽게 떨어지는 적당한 끈기를 지니고 있는 접착제를 종이 뒤에 발랐다. 말하자면 '붙이다' 와 '떼다' 의 경계를 허물고 있는 것이다.

예전에는 '내구성' 이라는 것이 사람들에게 호감을 샀다. '한번 사면 평생 쓴다' 는 게 내구성을 지닌 제품을 파는 사람들이 쓰고 싶어 하는 궁극적인 문구고, 사람들은 그 문구에 혹한다. 이른바 '미제 물건' 의 신화를 우리의 1950년대, 1960년대는 겪었다. 제너럴 일렉트릭에서 나온 미제 다리미, 싱거에서 나온 미제 재봉틀 등은 거의 신화적인 것들이다. 할머니는 그 물건들을 신주 모시듯 떠받들었다. 피난 때 재봉틀이 없어진 것을 평생 두고두고 아쉬워하셔서 할머니가 그 소리를 하시는 걸 내가 들은 것만 해도 수십 번은 족히 될 것이다. 내구성의 시대에 사람들은 한번 붙이면 아무리 뭐해도 안 떨어지는 접착제, 아무리 신어도 빵꾸 안 나는 나일론 양말, 아무리 비벼도 닳지 않는 합성 고무 등을 발명했다. 산업화 시대의 세계관 역시 그런 것이었다. 기계들의 이상적인 작동에 의해 영구히 돌아가는 시스템을 사회적으로 구현한 상태를 진화의

끝 지점으로 생각하여 그것들을 유토피아와 동일시하는 것도 어떻게 보면 내구성의 시대의 일면이다. 그런가 하면 온 세상을 다 파헤쳐 인공 낙원으로 만들어야 인간적인 유토피아로 생각했던 것도 내구성의 시대의 또 다른 일면이다. 사람이 만든 것이 영원히 갈 것이라는 생각이나 세상 전부를 사람이 생각하는 기계적인 시스템으로 개발해야 한다는 생각이나 그것이 그것이다.

그러나 이제 내구성의 시대는 갔다. '아무리 써도 안 망가지는 것' 은 이미 자연스러운 것들이 아니다. 그 물건들을 만들기 위해서는 자연 상태에서는 도저히 얻을 수 없는 물질을 합성해야 하는 경우가 많고, 그것들은 자연 상태에 해로운 것들이 대부분이다. 그런 것들이 결국은 인간에게 해롭다는 사실을, 내구성의 시대를 겪으면서 사람들은 깨달았다. 쓰다 보면 자연스럽게 닳아 없어지거나 구멍이 나거나 망가지는 것들, 그 자연스러운 물건들이 더 환영받는 시대가 이미 왔다. 포스트 잇의 '적당한 끈기' 는 이미 그 시대를 살고 있는 사람들의 사고방식을 반영하고 있다. '붙였다 떼었다' 를 몇 번 반복할 수 있는 접착제, 붙였다 떼더라도 자국이 남거나 하여 흉하게 표시를 내지 않는 접착제가 바로 포스트 잇의 뒷면에 발라져 있는 것이다. 포스트 잇의 실용성이 물론 그 인기의 기본적인 이유겠으나 붙였다 떼어도 상관없는 그 특성, '죽어라고 붙어 있는다' 라는 산업사회의 신화를 아낌없이 포기한, 붙어 있거나 떨어져 있거나의 경계에 있는 그 모호함이 포스트 잇을 '쿨한 제품' 으로 만들었다. 포스트 잇은 서늘하다.

데이트리퍼와 트랜지스터헤드, 노이즈의 사색

데이트리퍼의 《수집가》와 트랜지스터헤드의 《하우솔로지(Housology)》는 한국 테크노의 열악한 상황 속에서 탄생한 멋진 작품들이다. 원래 테크노는 DJ들의 DJ 컬처가 중심이다. 그러나 모든 테크노 뮤지션들이 다 DJ는 아니다. 순수하게 일렉트로니카 뮤지션인 사람들도 꽤 있다. 그래서 DJ 컬처와 그런 뮤지션들의 사운드의 실험이 결합되면서 온전한 테크노 문화가 발전할 수 있다. 테크노는 한 집단, 혹은 사람의 사운드의 일반 재료들, 그리고 그에 관한 체험들의 총합이 될 가능성을 늘 지니고 있다. 그러나 우리나라의 테크노는 아직까지 거기에 도달하지 못하고 있다. 그저 춤추기 좋은 리듬의 하우스 정도가 실행되고 있을 뿐이나 정작 테크노의 세계는 그것보다 훨신 넓고 깊다. 우리 주변의 모든 소음들을 다 포괄하는 넓은 영역의 사운드 팔레트를 테크노라는 장르를 통해 아름답게 꾸밀 수 있는 것이다.

데이트리퍼의 《수집가》에는 '세상 소리들에 대한 로파이(lo-fi)적 사색' 이라는 설명이 붙어 있다. 이 앨범은 데이트리퍼라는 '소리 수집가' 가 우리 주변에 널려 있는 수많은 소음들을 주워 매만지고 기름칠한 결과라 할 수 있다. 그가 만들어낸 소리들은 결코 매끄럽거나 세련되어 있지 않다. 대신 그 질감이 거칠고 탁하다. 그 거칠음은 물론 일종의 의도된 결과이다. 그는 소리의 매끄러움이나 음악적인 아름다움보다는 그 소리 자체가 지니고 있는 생생함에 더 주목한다. 그 생생함은 사운드의 살아 있는 실체이다.

앨범에는 모두 12곡이 들어 있다. 〈느린 발자국〉에서 시작하여 〈수증기〉로 끝나는 이 앨범은 앨범을 끌고 가는 가상 인물로 설정된 '수집가' 의 발걸음을 좇아가고 있다. 전체적으로 하우스적인 리듬보다는 빅 비트 계열의 그루브감 있는 리듬들을 채택하고 있는데, 일반적으로 빅 비트가 밝고 즐거운 느낌인 반면 데이트리퍼의 그것은 보다 어둡고 무겁다. 그러한 어두움, 무거움은 조금 전 말한 '거친 소리의 생생함' 을 그대로 살린 사운드 선택법으로부터 비롯한다. 그 느낌은 약간은 인더스트리얼적인 느낌을 데이트리퍼의 테크노에 부여한다. 문명비판적인 분위기가 그로부터 비롯한다. 사운드를 가지고 문명비판적 느낌을 얼마나 사람들에게 전달할 수 있느냐, 하는 의문을 품는 사람들도 있겠으나, 이 사운드는 그 자체로 우리 문명, 우리 문화의 사운드의 조건들을 드러낸다는 의미에서 비판적인 가능성을 제시한다. 이번 앨범을 들어보면, 데이트리퍼는 사운드를 음악적으로 변형하는 일보다 그 생생함 자체를 있는 그대로 재현하는 것에 더 많은 관심을 갖는다는 걸 알 수 있다. 그 재현을 통해 다양한 소음들 속에 사는 우리의 일상이 보다 깊이 있게 드러난다. 그의 음악은 그 드러냄의 장치인 것이다.

우리나라의 테크노는 약간 우스꽝스러운 지형도를 가지고 있다. 제대로 된 테크노는 대중들이 모르는 후미진 지하의 뮤지션들에 의해 만들어지고 연주되는 데 반해 테크노적인 형식과 방법만을 대중적인 댄스 음악에 적용한 불량 테크노들은 대중적으로 폭넓은 지지를 받고 있는 것이다. 이런 상황에서 다시 음미해볼 만한 앨범이 테크노 뮤지션 트랜지스터헤드의 데뷔 앨범 《하우솔로지》다.

본명이 민성기인 트랜지스터헤드는 원래는 그래픽 디자인이 전공이다. 인터넷 신문에 만화를 연재하기도 하고 디자인 회사에 다니기도 했다. 그러나 고등학교 때부터 독학으로 익힌 신시사이저 및 전자 악기에 대한 사랑을 버리지 못하고 현재는 전문 테크노 뮤지션으로 나서 있는 상태다. 홍대 앞 마스터플랜이라는 클럽에서 데뷔 공연을 한 그는 1999년 이후 '문스트럭 99' '아우라소마' 등 전문 테크노 레이브 파티에 모습을 드러내면서 팬들의 주목을 이끌어내기 시작했다. 1999년에 나온 기념비적인 언더그라운드 테크노 모음 앨범《techno@kr》에 자신의 곡을 싣기도 했다.

앨범에는 모두 10곡의 강열한 테크노 음악이 들어 있다. 트랜지스터헤드의 음악은 하우스 테크노에 뿌리를 두고 있는데, 이번 앨범에 담긴 음악들은 하드코어 하우스 쪽에 더 가깝다. '하우스학(學)'이라 번역할 수 있는 앨범 제목처럼 매우 학구적이고 실험적인 방향의 음악이다. 반복적이고 강한 베이스 드럼 비트를 주축으로 하고 있으며 디지털 신시사이저의 다양한 소음들이 날아다닌다. 눈에 띄는 멜로디는 없다. 대신 강한 드럼 비트와 소음들이 서로 뒤엉키면서 변화들을 유도한다. 그렇게 쉽게 들을 수 있는 음악은 아니나 사운드나 곡의 변화들이 데뷔 앨범이라고 생각하기 힘들 정도로 세련되어 있다. 우리나라 테크노의 수준을 말해주는 앨범이라 생각한다.

컵라면 2

— 컵라면은 드릴이다

컵라면의 맛을 단적으로 정의할 수 있을까? 컵라면은 단백질과 탄수화물과 지방과 무기질이 섞인 음식 맛이 아니라 쇠맛이다. 뜨거운 기운과 약 냄새와 매운 기운과 용기의 맛이 합쳐져서 나는 쇠맛이다. 그것은 위벽을 후벼파는 드릴 맛이다. 컵라면은 몸을 후벼파는 금속성의 날이 대칭하여 서 있는 원뿔 모양의 맛이다.

사실은 공장에서 가공된 모든 식료품에서 아주 미세하게 시큼한 쇠맛이 난다. 그 쇠맛은 아마도 프레스 기계의 맛이리라. 모든 음식이 공장에서 가공되어 나오는 방식은 포항제철에서 강철판이 뽑혀 나오는 방식과 기본적으로 같다. 그 방식의 기본은 '프레스'다. 그렇게 하여 네모나거나 둥그런, 컵라면의 경우 원뿔의 뿔 쪽을 자른 후 그것을 거꾸로 세워놓은 모양이 된다. 프레스 기계를 지나가니까 당연히 프레스 맛이 나지 않겠는가. 라면의 스테인리스 맛은 하루 죙일 돌고 도는, 그래서 가끔씩 기름칠도 해주어야 하는 프레스의 맛이기도 하다.

또 그 드릴 맛은 재료들의 맛이기도 하다. 라면의 분말 스프는 꼭 쇳가루 같다. 고춧가루, MSG 첨가물, 소금과 함께 건조된 박막 플라스틱 형태의 이름 모를 '고기'의 흔적까지도 섞인 스프는 대형 기계에서 빻아지는 그 모든 것이 대형 기계의 표면을 흐르는 쇠맛으로 코팅되면서 빻아진 가루다.

컵라면의 면발은 플라스틱 맛이고 건더기 스프는 스폰지 맛이다. 끓는 물을 빨아먹어서 흐물흐물해지기 전의, 튀긴 밀가루 고형분은 꼭 플라스틱 같다. 그 플라스틱 재질의 고형분을 물에 녹여 흐물흐물하게 만들어서 먹는다. 그때 흐물흐물해진 면발에서 나는 맛 역시 플라스틱 맛이 남아 있다. 물 먹은 플라스틱 맛이다. 보통 라면보다도 특히 컵라면의 면발은 물을 먹고도 원래의 플라스틱 느낌을 계속해서 간직하고 있는, 탄력 있는 합성수지 스프링이다. 꼬들꼬들하다. 물을 너무 많이 먹어서 퉁퉁 불어 있는 컵라면 면발의 맛을 본 적이 있나. 거기서는 엠보싱 화장지 냄새 비슷한 어떤 냄새가 난다.

컵라면에 들어 있는 건더기 스프는 정사각형, 구형, 원형으로 오려진 앙증맞은 합성수지 재질의 모형들 같다. 아가들이 색종이 놀이하다가 남은 찌꺼기들 같다. 특히 어떤 컵라면의 건더기 스프에 들

어 있는 정사각의 건조된 모형은 노란색을 띠고 있다. 그 노란색의 정사각형 모형을 맛본 일이 있는가. 컵라면의 건더기 스프는 계란의 상징, 새우의 상징, 파의 상징, 고기의 상징 등을 본뜬 합성수지들로 구성되어 있다고 생각하면 착각일까. 컵라면을 먹는 사람들은 그 상징적 기표들을 레퍼런스와 연결시키는, 일종의 상징놀이를 하는 사람들이다. 아마도 '계란'의 상징일 그 노란색 색소 먹인 정사각형 고형체의 맛을 본 적이 있는가. 거기서는 스폰지 맛이 난다. 한 번도 쓰지 않은 합성수지 재질의 수세미에서 나는 냄새와 비슷한 냄새가 난다. 세잔이 이것을 보았다면 '음식이 원통형, 구형, 사각형으로 이루어져 있다' 고 주장했을 것이다. 초록색 건조 파. 그건 거의 일정한 크기의 네모로 되어 있는 어떤 곤충의 날개를 재현하고 있다. 노란색 스폰지와 초록색 날개, 그것들을 극사실주의자들이 하는 것처럼 확대하여 사진을 찍어보자. 아주 그래픽하고 도형적인 디자인 잡지의 표지 사진으로 잘 어울릴 것이다.

또한 컵라면의 맛은 말할 것도 없이 방부제의 맛이다. 방부제는 특수한 화합물이다. 이 식품 첨가물은 입에 마스크를 쓰고 머리에 두건을 하고 눈에다가는 고글을 낀 흰 가운을 입은 요원들이 그 분말이 몸에 묻거나 눈에 들어가지 않도록 주의하면서 자루 같은 곳에서 퍼다가 라면에다가 섞었을까. 아니면 손에 그 용액이 묻어 손이 녹는 일이 없도록 세심한 주의를 기울이면서 부은 커다란 플라스크에다가 라면을 담갔다가 꺼내는 방식으로 첨가되었을까. 아니면 자동차 공장에서 도장용 스프레이를 문짝에다가 뿌리듯 온몸을 방독처리한 요원들이 스프레이를 가지고 라면에다가 뿌렸을까. 어쨌든 컵라면을 먹고 입이 약간 마르는 듯한 이유는 이 방부제 때문일 것이다. 군대에서 방부제가 억수로 들어간 야전 '비빔밥' 을 먹은 후에 입이 너무 말라서 고생한 적이 있는데, 그걸로 미루어보면 그렇다는 이야기다. 또 방부제 이외의 약품이 첨가되지는 않았을까. 면발을 하얗게 만들기 위해 애초에 밀가루에 뿌려졌을 표백제, 아마도 색소, 그리고 스프에 첨가되는 MSG 첨가물들.

이 모든 맛을 섞어 컵라면의 맛의 총체적인 특성을 '드릴맛' 으로 만드는 것은 바로 컵라면의 용기다. 발포성 소재인 그 용기는 내가 볼 때는 일종의 스티로폼이다. 뜨거운 물이 용기의 발포성 소재 표면에 난 아주 미세한 돌기들, 구멍들을 통과하거나 접촉하는 것은 숯을 통과하여 정화되는 것과는 정반대의 효과에 해당하지 않을까. 물맛에 스티로폼 우러난 맛이 섞이고, 거기에 고춧가루와 쇳가루 빻은 듯한 자극적인 스프 맛이 섞이고, 건더기 스프의 스폰지 맛이 섞이고, 면발의 플라스틱 맛이 섞인 후 최종적으로 그 모든 맛이 다시 용기의 표면과 접촉하면서 특수한 공업용 용액의 맛이 도출된다.

컵라면 맛은 음식의 맛이 아니다. 우리가 어려서부터 우연히 맛보았던 모든 금속과 인공적인 합성수지를 섞어 놓은 맛이다. 그 인공의 맛은 허공의 맛이다. 뿌리내리고 사는 식물이나 똥 누며 사는 동물의 맛이 아니기 때문이다. 붕 떠 있는 허공의 맛이다. 어떤 사람은 그래서 컵라면을 먹으면 어지럽다고 한다. 분홍빛 형광색과 연둣빛 형광색을 섞은 후 거기에 다시 푸른빛 등고선 효과를 내는 조명을 쏜 합성 빛깔을 연상시키는 그 맛은 때에 따라 가벼운 현기증의 효과를 내기도 하니 이 방면에 특이 체질이 있는 사람은 주의해야 할지도 모른다.

곤충스님윤키의 이색적인 '관광수월래'

'카바레'(http://www.cavare.co.kr)라는 인디 레이블이 있다. 예전에 《이성문의 불만》이라는 앨범을 낸 바 있는 이성문이 이끌고 있는 이 레이블의 음악적 주관은 가히 독보적이라 할 만하다. 철저하게 로파이적인 방식과 DIY(do-it-yourself) 정신을 유지하고 있다. 로파이란 하이파이의 반대말로서, 인디 정신의 구체적 음악적 실행방식의 하나다. 한마디로 로파이는 빵빵하게 돈 처바른, 윤기 좔좔 흐르는 사운드를 추구하지 않는다. 소리가 조금 빈약할지라도 자기 개성을 있는 그대로 발휘할 수가 있다. 또 빵빵한 사운드를 만들기 위해 투입되는 메이저 자본의 음악적 억압을 피할 수 있다. 카바레 레이블에서 '곤충스님윤키' 라는 독특한 이름의 뮤지션이

 발매한 《관광수월래》 역시 철저하게 그러한 방식을 고수한 앨범이다.

앨범 안쪽에 끼여 있는 설명서를 보면 녹음 장소가 '미성아파트 1동 1102호 곤충스님윤키의 방' 이라 적혀 있다. 그리고 '쓰여진 것들' 이라는 항목에는 '턴테이블들, 믹서, 8트랙 녹음기, 좌뇌, 약간의 우뇌, 생수통' 등등이 쓰여 있다. 이것으로도 이 앨범이 어떤 방식으로 만들어졌는지 알 수 있다. 곤충스님윤키가 별로 좋지 않은 자기 악기를 가지고 멋대로 음악을 만든 것이다.

음악은 힙합적이다. 힙합 음악의 주요 구성원인 DJ와 MC 가운데 MC는 빠져 있고 DJ만 있다. 윤키의 역할이 바로 DJ다. 마치 DJ 섀도우(DJ Shadow)처럼, 그는 한국 전통음악의 소리에서 밥 딜런의 목소리, 그리고 영화 대사나 TV에 나오는 아나운서의 음성 등 다양한 소리를 디지털하게 따내어 반복하거나 집적하고 있다. 그 소리들의 두께 밑바닥에는 약간은 조야하게, 그러나 독특한 리듬감을 가지고 편집된 컴퓨터 드럼 사운드가 깔린다. 그것들이 묘한 층위를 이루며 쌓이고 뒤엉키면서 하나의 곡을 이루는데, 윤키는 거기에 〈계절별 눈 화장법〉 〈우주태권도 사범의 갑작스런 습격〉 〈바다거북을 한국식으로 포위하기〉 등 맥락을 의도적으로 제거한 우발적인 제목을 부여한다. 그렇게 하여 그의 사운드는 제목들과 더불어 그만의 독특한 분위기를 형성한다. 〈회전 시작〉으로 시작하여 〈회전 끝〉으로 끝나는 이 앨범의 미덕 가운데 하나는 익살스러움이다. 윤키는 무게 잡지 않고 덤덤하게 사운드를 가지고 노는

데 그게 고연히 익살스럽다.

소음과 음악의 경계에 있는 소리들을 쉽고 낮게 풀어가면서 그 안에 강한 음악적 자존심을 심어놓고 있다. 거친 듯하지만 세련된 측면이 있는 앨범이다.

편의점 닷 월드

“정확한 단품관리 컨셉과 공격적 발주 사고를 푸드 발주에 적용시킨다면 지난 6월 9일에 LFD공장이 준공되어 7월 1일부터 본격적인 상품생산에 돌입함에 따라, 우리 세븐 일레븐, 아니 한국 편의점 업계 전체가 제2의 도약기를 맞았다고 해도 과언이 아닐 것입니다. 편의점에 있어 푸드라고 하는 것은 없어서는 안 될 필수 아이템이며, 또한 장기적인 관점으로 봤을 때 우리가 나아가야만 하는 방향입니다.

그러나 이렇게 푸드가 편의점에 있어 중요한 상품임에도 불구하고, 많은 점포들이 아직도 푸드 발주에 소극적으로 대응하는 경우가 많습니다. 거기에는 폐기에 대한 부담이 그 무엇보다 적극적인 발주에 장애 요인이 되고 있을 것입니다. 그러나 오픈케이스 안에 팔다 남은 것처럼 보이는 한두 개씩의 듬성듬성한 진열은 오히려 안 하느니만도 못한 발주 태도입니다. 비어 있다는 느낌은 바로 소비자의 구매욕구를 떨어드리는 것과 직결됩니다. 그렇다면 어떻게 해야 하겠습니까? 바로 여기서 정확한 단품관리와 공격적 발주 태도가 요구되는 것입니다."

(株)코리아 세븐 전무이사 혼다 도시노리

; 세븐 일레븐 http://www.korea7.co.kr

"최수영점장님 넘하세요… 보고싶어요 전화 줌 하세요… 그럼 건강하세요… 저 영아예요."

"점포에 전해 주었냐구여… 아녀… 어디서두 받을려구 하지 않던데여… 귀찮은가 보져… 1등 당첨된 상품권은 지금도 제가 가지구 다닙니다…… 당첨되면 언제 어디루… 언제까지 연락달라는 메모도 없는 상품권… 참나 어이가 없네여… 바이더 웨이 가지구 갈 때마다… 신경두 안 쓰더니… 점포에서 받질 않아 제가 가지구 있습니다… 됐나여… 그냥 버릴래여… 그리구 바이더 웨이 다신 이용하지 않겠습니다… 담부턴 소비자 희롱하지 마세여… 그딴 상품권으로… 상품권에 아무것두 안 써놓고 날짜가 지났느니… 그딴 식으로여…"

; http://buytheway.co.kr

"편의점을 하다보면 가장 무서운 손님은 야밤에 술 먹고 라면

FamilyMart

먹는 손님과 술먹고 와서 행패 부리는 손님인 것 같다. 새벽녘에 흔들흔들 몸도 주체 못 하면서 라면 먹겠다고 하는 손님 정말 무시 무시하다… 대부분 이런 손님들은 단체다 90%. 적게는 3명에서 6명까지 겁난다…

시기: 2000년 8월(복날)

장소: 편의점과 삼성1동파출소, 강남경찰서 형사과 및 유치장

출연진: 나점주, 최선영(우리 알바), 김순경(이름 모름), 박순경, 행패부린 아저씨, 유치장의 많은 취객들(이번 출연진은 상당히 많다. 좀 출연료가 많이 나갈 것 같당)

때는 몸보신하기 좋은 복날 왜 그날은 취객들이 이렇게 많은지 다들 먹고 살 만한지 이런 날은 집에 일찍 들어가서 가족과 함께 하는 게 더 좋은 것 같은데…

새벽 1시경

나 점주 : 선영아 나 발주하고 있을게 카운터에 있어 알았쥐

알바 : 네(이름은 여자 같은데 남자당)!!!!

나 점주 : ㅡ.ㅡ;; 〈--- 땀흘리면서 열심히 발주하고 있당

밖에서 우당탕탕~~~~ 하는 소리가 들리고 모니터를 보니 알바와 손님이 물건을 집어던지고 있는 것이 아닌가…

난 매장으로 뛰어나갔다 그리고 손님을 진정시켰다고 생각을했다 근데 그게 아니었다… 여기 물건값이 왜 이렇게 비싸! 다른 편의점은 싼데… 캔커피를 딴 편의점에서 500원에 샀는데 왜 여기는

 600원 이냐는 것이었다…

나 점주: 손님, 편의점마다 물류가 틀리고 들어오는 가격도 틀린데 어떻게 편의점마다 가격이 똑같을 수 있습니까?

취객: 그걸 내가 어떻게 알아… 니 새끼들 사기치는 거 아냐? 내가 술 먹었다고 사기치는 거 아냐?

알바: 손님 말이 너무 심하신 거 아닙니까!!!

취객: 뭐가 새끼야!!

나 점주: 그럼 제가 본사 전화번호 알려줄 테니 그쪽으로 전화해보시죠…

취객: 몇 번이야

나 점주: 080-555-2525

취객은 핸드폰으로 전화를 건다. 하지만 전화가 안된다고 더 큰소리 소리 지르고… 난 취객 핸드폰으로 전화를 했다…

신호 가고 …

나 점주: 신호 가고 있으니 받으세요

근데 갑자기 취객은 핸드폰을 끊어버린다. 날 우습게 본다면서 더 화를 내고 급기야 알바하고 싸우려고 했다… 서로 밀치고 난 112로 신고하고 그 사이 알바가 뒤로 밀리면서 포스기에 부딪혔다… 그러면서 포스기 앞에 가격을 제시해주는 봉이 부러졌다… 나도 같이 나가 손님을 제압하려 했지만 웬 힘이 이렇게 쎈지… 옆 치킨집 아저씨도 와서 말리고 거의 난장판이었다. 파출소에 가보니 알바는 한쪽에서 조사받고 취객은 한쪽에서 소리를 고래고래

지르며 내가 누군지 알아… 난 대기업 사장이야! 하면서 소리치고 있었다…

김순경: 편의점 점주 되십니까. 손님하고 싸운 앞뒤 이야기 좀 해주세요, 조사해야 되니까… 일단 전부 이야기는 들어봐야 하니까…

나 점주: 네 (하고 앞뒤 이야기를 해주었다)

그리고 취객을 조사했다…

김순경: 직업

취객: ……

김순경: 직업이 뭡니까????

취객: 고물상 하고 있는데요

김순경: 나이

취객: 50입니당

나 점주: 저새끼 사기꾼 아냐 대기업 사장 그럼 난 회장이겠다

김순경: 좀 조용히 좀 해주세요…"

; http://www.gs25.co.kr

"삼각김밥이 돌덩이 같군요. 어제 집에 돌아오는 길에 자주 가던 훼미리마트에서 우유와 삼각김밥 2개를 샀습니다. 그런데 삼각김밥이 밥이 익지 않았는지 혀 안에서 까끌거려서 도저히 먹을 수가 없었습니다. 참고 먹을려고 해도 도저히… 그래서 다시 들어가 교환을 원하자 주인이 미안하다며 교환할 수 있는 제품이 없다며 돈을 다시 주었습니다. 조금 더 가면 세븐이 있는데 그곳 삼각김밥

은 맛있는데 훼미리마트 김밥은 왜 이런가요. 일본회사라 가지 않으려 해도 어쩔 수 없는 것 같군요. 저번에도 머리카락이 나오고 정말 너무한 거 아닙니까? 이제는 소비자를 좀 생각하는 훼미리마트가 되어주시길 바랍니다."

; http://www.familymart.co.kr

미니스톱의 발자취

1990년 6월 일본 미니스톱사와 기술 도입 계약 체결

1990년 11월 미니스톱 목동점(1호점) 개점

1991년 4월 POS SYSTEM 전점포 도입

1991년 7월 연쇄화 사업자로 지정

1991년 11월 주류중계면허 취득

1992년 10월 미니스톱 100호점 돌파

1992년 11월 부산지역 진출

1993년 8월 대전지역 진출

1993년 9월 광주지역 진출

1993년 12월 미니스톱 200호점 돌파

1993년 12월 대림물류센터 증축

1994년 1월 안양물류센터 신축 이전

1994년 2월 광주물류센터 신축 개설

1997년 3월 신 유통법인(주)미원유통 설립

1997년 11월 대상유통(주)로 상호변경

1998년 6월 자본금 49억원에서 196억원으로 의욕적 증자

1998년 7월 이명재 대표이사 취임

; http://www.ministop.co.kr

한국의 편의점 VS 일본의 편의점

韓 國	日 本

차이점

韓 國	日 本
1. 이름만 편의점이지 있는 게 별루 없음.	편의점 AMPM의 광고문구처럼 많은 물건들을 갖춤.
2. (食品類 등에) 유효기간이 있다. 유효기간이란? 그 기간 안에 먹으면 웬만해선 잘 죽지 않는다는 뜻.	(食品類 등에) 賞味期間이 있다. 쇼-미기간이란? 그 기간 안에 먹으면 맛있게 먹을 수 있다는 뜻.
3. 손님이 있건 말건 계산대에 발을 턱 올려놓고 신문 읽는 店員을 간혹 발견	손님이 있건 말건 발바닥에 땀나도록 열씨미 일하는 店員을 자주 발견

공통점 : 천장에 형광등이 많이 있다.

; http://my.dreamwiz.com/nihongo1/a/conbi.htm

다시 떠올려본 카우치 사건

세상이 하도 빨리 돌아가니까 벌써 지나간 이야기로 치는 분들이 많겠지만 나로서는 자꾸 곱씹게 되는 일이 있다. 몇 년 전 MBC 방송국의 생방송 프로그램에 홍대 앞에서 활동하던 펑크 뮤지션들이 나와 아랫도리를 내려버린 '카우치 사건' 이다.

조금 넓게 본다면 그들과 나는 '동업자' 신세일 수도 있다. 그들이나 나나, 비록 음악의 장르는 조금 다르지만 그리 넓지도 않은 한국의 '인디음악판' 에서 사람들이 별로 알아주지도 않는 음악을 하고 있는 인디 뮤지션이다. 그 친구들은 '스컹크헬' 레이블에서 펑크 록을 하고 있고 나는 '3호선 버터플라이' 라는 인디 밴드에서 기타를 치고 있다(가끔 백 보컬도 한다). 그 친구들이 서울의 홍대 앞 어디에서 잘 모이는지도 대충은 알고 아마도 지나가다가 서로 몇 번 마주쳤을지도 모른다. 그러던 젊은 친구들이 어느 날 갑자기 TV에서 이상한 짓을 했다는 뉴스가 나오고 더구나 무슨 흉악범이나 강력범처럼 다뤄지는 것을 목격했을 때의 충격, 꽤 컸다.

여론의 강풍은 대개 강하고도 짧다. 그 바람 속에서 카우치는 흉악범, 내지는 강력범 취급 받으며 조사를 받고 나서 구속되었다. 바람은 지나갔고 나는 다시 되묻는다. 그들은 과연 흉악범, 내지는 강력범이었을까? 만일 흉악범, 내지는 강력범이라면, 그들은 어떤 종류의 범죄를 저지른 사람들에 속할 수 있을까?

아마도 맨 처음에 경찰에서는 그들을 '마약 사범'의 범주에 넣으려 했던 것처럼 보인다. 사건이 있자마자 카우치 멤버들은 약물조사를 받은 것으로 보도되었다. 그들이 마약 검사를 받았다는 소식에 놀라는 사람은 아무도 없었다. 그 누구도 그걸 가지고 여론의 도마에 올리려 하지 않았다. 그러나 나는 너무 기분이 나빴다. 마약을 소지하지도 않았고 무슨 끄나풀의 제보가 있었던 것도 아닌데 무조건 오줌을 누이고 마약 검사부터 받게 할 수 있는 일인가. 경찰이 국과수인지 뭔지에다가 약물조사를 의뢰하게 된 동기는 단 하나, '약을 먹지 않고서야 TV에 나와서 그 따위 짓을 할 수는 없으리라'는 밑도 끝도 없는 추측뿐이었다. 하긴 애들 노는 거 꼴 보기 싫어하는 어른들은 자주 그런 식으로 말한다.

그러나 그들은 마약을 먹지 않은 것으로 드러났다. 그랬는데 더욱 놀라운 것은 그들에게 2차 마약 검사를 시킨다는 보도였다. 현장에서 마약을 손에 쥐고 있거나 거래하다가 경찰이 급습하여 증

거물과 함께 검거된 현행범도 아닌데 머리카락을 강제로 뽑아 2차 마약 검사까지 하는 게 과연 있을 수 있는 일인가. 어린 딴따라 놈들이 TV에서 해괴한 짓을 했다고 해서 그걸 '마약'과 연결시켜놓고 한사코 그 말도 안 되는 비논리적 연결이 맞아 떨어지는 걸 보겠다고 감기약만 먹어도 다 나온다는 그 악명 높은 검사를 머리카락 한 올 한 올 뽑아가며 시키다니, 이건 완전히 인권유린이다. 여론은 이때도 가만히 있었다. 오히려 당연하다고 받아들이는 분위기였다.

그러나 2차 검사에서조차 이들은 마약을 먹지 않은 것으로 드러났다. 이 소식을 전하는 아나운서의 톤은 약간 침울해 있었다. 어쨌든 2차의 검사로 이들은 일단 악질 '마약 사범'의 범주에서는 벗어났다. 만일 이들에게서 약물 양성반응이 나왔다면 보나 마나 여론은 이런 식이었을 것이다. 거봐라. 저 약돌이 놈들. 다 싹 잡아다가…… 아닌 게 아니라 그런 추정에 의해 사람들 싹 잡아들였던 시대가 있긴 있었다. 삼청교육대라는 이름을 지닌 밴드가 홍대 앞에서 활약한 적도 있었고.

자, 그럼 이들은 어떤 종류의 강력범죄자들일까. TV에서 한 짓이 우발적이었는지, 아니면 사전 모의한 짓이었는지를 가리기 위해 열 시간 넘게 이들을 격리시켜놓고 '강도 높은' 조사를 벌였다. 결과는 이미 처음부터 나 있었던 대로 '사전 모의'한 것으로 결론이 났다. 물론 조사 과정이 어땠는지는 모르겠으나 격리, 열 시간, 강도 높은, 뭐 이런 단어들은 그 '별 생각 없었던' 장난기 많은 20대의 애들에게는 감당하기 힘든 어떤 과정을 암시할 수도 있다. 하여튼

그들은 자기들이 한 짓이 '사전 모의한 것' 이었다는 점을 시인했고 결국 구속되었다. 그들의 죄목은 '공연음란, 업무방해죄' 였다. 그 정도면 강력범죄인가? 여전히 잘 알 수가 없다. TV에 등장하는 다른 범죄자들을 한번 보기로 한다.

살인을 저지른 끔찍한 범죄자들이 TV 화면에 등장하는 것을 가끔 본다. 우리나라 범죄사상 유래가 없는 끔찍한 연쇄살인을 저지른 유영철은 야구 모자를 쓰고 얼굴은 마스크로 가린 채 TV에 등장했었다. 마스크가 하늘색이었던 걸로 기억한다. 깊이 눌러쓴 모자, 그리고 마스크 때문에 유영철의 맨 얼굴을 TV 화면을 통해 본 사람은 거의 없으리라 짐작된다. 유영철 자신도 자기 얼굴을 사람들에게 공개하고 싶지 않았겠지만 보는 사람들 입장에서도 유영철 같은 끔찍한 살인마의 맨 얼굴을 보는 일이 그리 즐겁지 않았을 것 같다. 그와 같은 피차간의 사정에 의해 야구 모자에 하늘색 마스크라는 유영철의 '패션'이 탄생하지 않았을까.

반면에 엄청난 액수의 뇌물수수 혐의를 받고 있다고 소개되면서 검찰 청사의 엘리베이터 앞에서 포즈를 취하는 정치인들은 속으로는 똥줄이 타는 것이 뻔하지만 마치 자기와 이 뇌물수수 사건은 아무 관계 없다는 듯이 허허거린다. 조명 때문에 더욱 번들거리는 얼굴은 꼴 보기도 싫지만 마치 그런 얼굴을 보여주는 것이 언론의 사명인 양, 기자들은 기를 쓰고 그 앞에 카메라를 들이민다.

그에 비해 어쩌다 등장하는 연예인의 간통 사건이라든가, 마약 복용 사건의 구속 현장 같은 데서 연예인들은 한사코 얼굴을 가린다. 장금이가 유행하기 이전 허준의 일대기를 그린 드라마에 출연해서 유명해진 황수정이 그만 히로뽕을 복용하여 경찰서로 갈 때 역시 온 얼굴을 거렸던 것으로 기억한다. 이미지가 밑천인 연예인들에게는 이미지에 타격을 받는 일만큼 치명적인 일이 없으니 이해가 가는 대목이다.

그런데, 카우치 역시 그렇게 얼굴을 가리고 경찰서를 드나드는 장면이 TV에 방영되었다. 과연 그들은 맨 얼굴을 노출시키지 않으려고 노력했다. 누가 시킨 일은 아닌 듯했다. TV에 아랫도리가 노출되었으니 더 이상 창피할 일도 없을 텐데, 그들은 한사코 얼굴을 가렸다. 연예인들 흉내를 낸 걸까. 아니면 그런 일 때문에 TV에 나오는 사람들은 당연히 그렇게 얼굴을 가려야 한다는 모럴 같은 게 본능적으로 발동한 걸까. 처음에는 멋모르고 그런 짓을 했지만 시간이 갈수록 도저히 감당할 수 없는 빛 더미 같은 것에 눈이 부셔 얼굴을 가리게 된 것일 수도 있다. 그것은 일종의 도피였다. 나중에는 그것도 지쳤는지 자포자기한 듯한 얼굴을 푹 숙이고 경찰서 입구로 들어가는 장면이 머릿속에 떠오르는 순간, 거꾸로 여론이 카우치에게 어떤 죄목을 강요하려 했는지 비로소 짐작할 수 있게 된다. 그들은 강간범 취급을 받고 있었다.

그러나 나는 이 대목에서 다시 한 번 생각해보자고 말하고 싶다. 카우치를 아무리 미워하더라도 그들을 강간범과 혼동해서는 절대 안 된다. 딴 게 인권유린이 아니라 바로 그게 인권유린이다. 그들의 행위는, 그것이 아무리 다수의 10대 소녀들 앞에서 행할 수 없는 끔찍한 일이었다 해도 그것이 '예술 행위' 였다는 점을 강조하고 싶다. 만일 그들이 조금 더 똑똑해서 다음과 같이 선언했다고 치자.

'그렇다! 우리는 허구한 날 외설적인 댄스가 난무하는(지난 여름 인가 렉시의 어떤 춤은 정말 가관이었다. 후반부에 렉시가 자기 탑을 찢어버리자 거의 젖가슴이 다 드러날 정도로 출렁거리는 것을 보고 40대의 아저씨인 나도 약간은 흥분했다), 10대들을 위한 가요 프로그램이 얼마나 상업적인 눈속임이고 비교육적인지를 고발하기 위해 펑크 뮤지션답게 결단을 내려 이와 같은 '알몸 시위' 를 했다.'

그랬으면 우리 여론은 어떻게 반응했을지 궁금하다. 아마도 카우치 멤버들을 '죽어봐라' 고 더 족쳤을 수도 있고 한국 인디 신은 주류 방송판에서 그날로 장례식을 치렀을지도 모른다. 아니면 정반대일 수도 있다. 어, 이놈들, 함부로 다루기는 힘들겠군, 하고, 약간은 경계하며 포위망을 좁혀갔을 수도 있다. 하긴, 카우치는 조금 멍청하게 반응했다. 자기가 무슨 짓을 했는지 별 반추나 의식이 없었다. 그러나 그렇다고 해서 그들의 행위가 예술 행위가 아닌 것은 아니다. 아무리 멍청해도 그들은 예술가다. 그들이 한 일은 결과적으로는 범죄행위가 되어버렸지만 기본적으로는 예술적인 행위였다. 공연 중이었고 무대에 초대받은 뮤지션이었으며 관객을 향해 행한 일종의 자기 드러냄의 행위였다. 우리 여론은 이 점을 전혀 고려하지 않았고 그렇게 받아들여주려 하지도, 화를 참지도 않았으며 그냥 그들을 강간범 취급하여 철장에 잡아넣는 일에만 급급했다. 공연 중에 자주 바지를 내려 엉덩이를 보여줌으로써 '귀여움'을 독차지하곤 했던, 호주 출신의 세계적 록밴드 AC/DC의 기타리스트 앵거스 영 같았으면 우리나라에서 별을 몇 개나 달았을까.

민주주의란 뭐냐. 어떤 면에서는 반대편에서 한 일이 꼴 보기 싫어도 일단은 참는 행위의 총합이 민주주의다. 예술은 사회가 설정해놓은 모럴의 반대편에 설 때가 많다. 예술은 늘 모럴의 경계를 위협하고 문제 삼기 때문이다. 예술가가 스스로 의식하고 어떤 일을 할 때도 있지만 때로는 그 행위가 자신의 의식조차 넘어서기도 한다. 그것을 이해해주지 않으면 예술가들은 설 땅이 없다. 문화상품 팔아서 돈 벌어보겠다는 생각을 관가에서도 하고 있는 모양인데 이 나라의 여론은 그런 정책과 앞뒤가 안 맞는다.

폭주족의 허기

새벽 두 시. 오토바이를 한쪽으로 죽 줄 세워놓고 한 무더기의 아이들이 편의점으로 들어가 컵라면을 산다. 남자애들, 여자애들이 섞여 있고 머리 색깔은 빨간색에서부터 초록색까지 다양하다. 아이들은 컵라면에 물을 부어 가지고 나와 편의점 앞 보도블록에 걸터앉는다. 그렇게 아무렇게나 앉아 컵라면을 먹는다. 여러 개의 컵라면에서 일렬로 올라오는 김이 새벽의 네온사인을 받아 마치 무대 위에 뿌려놓은 포그(fog)처럼 원색적으로 빛나다가 이내 허공으로 사라지고 만다. 잠깐 동안 빛나는 그 원색의 공기는 짤막하게 빛을 발하고 사라지는 그들의 청춘의 시간을 그대로 보여주는 것 같다. 편의점 안의 물건들과 마찬가지로, 그들도 유통기한이 지나면 폐기처분될 청춘을 살아가고 있는지 모른다. 그들은 무의식적으로 유통기한을 확인한다. 아니, 확인하지 않아도 무의식적으로 유통기한을 알고 있다. 그들의 뇌 속 어딘가에서 바코드를 읽는 빨간색 레이저빔이 발사되는지도 모른다. 그 레이저빔은 자기 인생의 유통기한도 철저하게 해독한다. 그 레이저빔은 자기 인생을 이렇게 읽는다.

'좀 놔둬. 이러다가 말겠지.'

물건들이 주는 쾌감이 그들이 경험한 모든 것이다. 그 쾌감의 가장 짜릿하고 자극적이며 치명적인 동시에 저급한 수준을 컵라면은 보여준다. 컵라면은 미치게 하는 어떤 걸 가지고 있다. 일회용의 그 맛은 인생 자체다. 방부제와 중독성과 허기진 욕망과 한 번 쓰고 나면 버려짐. 저질의 나무젓가락을 들고 컵라면 국물을 휘저으면서 그들은 아무 이야기도 하지 않는다. 단지, 오늘도 그 일회용의 유혹에 탐닉하는 것으로, 끝이다. 그 이상의 지침을 그들은 받은 적이 없다.

다시 오토바이에 시동이 걸린다. 쇼바를 높이 세운 그들의 오토바이는 맹렬한 소음을 내며 어둠 속으로 사라진다. 놀라울 정도로 신경을 거슬리게 하는 그 출발의 광경은 테러의 한 형식 같아 보이기도 한다. 뭐 남는 게 있다고 사람들에게 고분고분하나. 최대한도로 남의 신경을 건드리도록 고안된 경적을 울리며 그들은 어디로 갈까. 모른다. 어디서 왔을까. 모른다. 인생에 관한 그런 물음들은 여전히 그들의 마음속에서 맴돌지만 그들에게는 그 물음에 대한 철학적인 대답을 인도해줄 별빛이 하늘 어디에도 없다. 역설적이긴 하지만, 칸트의 그 유명한 '머리 위 하늘의 별과 가슴속의 도덕률'을 떠올리지 않더라도, 머리 위에 빛나는 별이 있어야 가슴에 철학도 있다. 땅이 밤늦게까지 휘황한 대신 하늘은 오직 검은빛이다.

버려진 컵라면 용기들이 편의점 앞 보도블록 위를 나뒹굴고 있다. 오토바이가 떠나자 새벽의 편의점은 조용하다 못해 차라리 적막할 지경이다. 아무리 인적이 뜸한 새벽이라 해도 편의점의 불빛은 꺼지질 않는다. 왜 그 불빛은 스물네 시간 내내 켜 있어야 할까. 그것은 자본의 일종의 상징행위다. 자본의 운동성이 24시간 내내 멈추지 않고 지속된다는 걸 보여주는 자본의 자기과시 행위다. 자본은 단 1초도 멈추지 않고 사람들의 욕망을 부추긴다. 편의점은 새벽이라는 사막에서 빛을 발하고 있는 도심 속의 신기루다. 아무 살 것이 없는데도 그 불빛에 이끌려 편의점에 들어간 경험을 해본 사람들이 있을 것이다. 그 신기루는, 가보면 '무덤' 이다. 자본의 자기과시는 일반적으로 모든 공간을 그런 식으로 공간화한다. 물건들은 진공상태로 질식해 있고 시간당 천 얼마 받는 아르바이트들은 그 일회용품의 조개무지를 무료하게 지키는 묘지기들이다. 자본은 그렇게 물건들을 진열해놓고 별빛 없는 검은 땅덩어리의 휘황한 불빛 속에서 사는 사람들의 발걸음을 끌어들인다.

어릴 적 내가 살던 서울 변두리의 허름한 동네에 있는 가게는 밤이 되면 불이 꺼진다. 그 가게 옆에 우물이 있어서 사람들은 그 가게를 '우물 가게' 라고 부르다가, 나중에는 줄여서 '우물각' 이라 불렀다. 그런 가게가 스물네 시간 내내 불을 켜놓고 있는 건 상상할 수 없는 일이다. 그러나 편의점에서는, 역으로, 잠시라도 불이 꺼지는 것을 상상할 수가 없다. 편의점 안의 형광등이 꺼지는 건 그

야말로 편의점의 본질에 위배되는 중대 사고다. 그 불빛이 꺼지면 왜 안 되는 것일까. 대답은 간단하다. 그 불빛이 서치라이트이기 때문이다. 자본은 편의점의 불빛을 스물네 시간 켜놓고 사람들의 욕망이 자기 논리 밖으로 비어져나가는 것을 철저하게 감시하고 있다. 자기 바깥으로 빠져나가는 욕망이 이 세상에서 단 1초도 존재하지 않도록 하는 것이 자본의 궁극적인 목표다. 그것이 자본의 욕망이다. 자본의 욕망은 말한다.

"나는 모든 욕망을 관리한다. 욕망을 모두 내 안으로 끌어들여라. 그 바깥에 있는 욕망은 모두 말살하라. 그래서 사람들로 하여금 내 바깥에 있는 욕망은 존재하지 않는다고 믿도록 만들어라"

자본은 편의점에 지령을 내린다.

"단 1초라도 불빛을 끄지 말고 욕망을 관리하라."

자본은 인연과 만남의 욕망을 관리한다(결혼정보회사). 가르침받고자 하는 욕망을 관리한다(학원). 치유받고자 하는 욕망을 관리한다(병원). 아름다움, 현명함, 부드러움, 강함, 심지어 참선까지도 관리한다. 그리고 일회용품의 최말단 소비, 예전에는 동네 구멍가게가 맡았던 그 기초적인 소비에 관한 욕망까지도 모두 자신의 관리 밑으로 회수해 간다(편의점).

동네의 어느 한 요소도 동네가 자치적으로 관리할 수 없다. 편의점에 의해 동네의 기초적인 생활 경제 자체도 동네 바깥의 거대 자본으로 넘어간 것이다. 편의점의 불빛은 그 단호한 자본의 회수욕구가 실행되는 최전방 초소다. 무한 증식을 특징으로 하고 있는 거대 자본의

Friendly
Fresh
Fun
GS25
Friendly
Fun
에버랜드 이용권
3,000
WWW.GS

손가락이 동네 구석까지 들어오면 어떤 결과가 초래되느냐? 대량으로 생산되고 소비되는 그 거대한 전 세계적 시스템이 세계의 변방인 이 무명의 남한 촌구석 허름한 동네에까지 관철되는 것이다. 모두가 잠든 한밤중에도, 편의점의 불빛만은 동네 사람들의 욕망이 그 거대 자본의 바깥으로 빠져나가는 걸 감시하느라 휘황하게 켜져 있다.

이 동네 구석에까지 들어와 감시 초소를 세워놓고 있는 그 막강한 파워의 자본의 구중심처는 도대체 어디인가. 도대체 어디에서 그 지령들이 생산되고 발송되는가. 읍내에 들어와 있는 세븐 일레븐. 거기서 한 번 단서를 찾아보자. 읍내의 욕망을 감시하고 그 욕망을 과거의 소박함에서부터 끌어내어 휘황한 일회용의 그것으로 바꾸고 있는 자본. 그 자본이 단 1초도 불이 꺼지지 않는 (우리의 상식으로는) 희한한 가게를 고안하여 이 땅에 보내왔다. 사람들은 처음에는 그게 뭐야, 했지만 점차 그 위력을 알게 된다. 표준화의 위력은 대단한 것이다. 똑같은 진열대에, 똑같은 방식으로, 똑같은 위치에(편의점 본사에서는 'A라는 물건은 B 위치의 진열대에 놓을 것' 등의 지침이 내려온다), 똑같은 호적형식으로 등록된(바코드) 물건들이 전 세계에 단 1초의 공백도 없이 눈을 뜨고 있다는 것은 엄청난 일이다. 그런 표준화는 사람의 마음을 편하게 길들일 뿐 아니라 노예로 만든다. 그런 형식으로 일상의 모든 것을 재생산하도록 만들게 되어 있다. 온 세계의 가게가 다 똑같이 그렇게 되어가고 있다. 이 지령은 어디에서 오나. 다름 아닌 아메리카다. 오 나의 아버지 개같고 좆같은 내 슈퍼에고 아메리카여. 이미 앤디 워홀이 수

십 년 전에 그 지령의 힘을 예술로 만들었었지. 오 앤디 워홀 나보다 훨신 더 일찍 일회용으로 전락한 영혼의 힘이여!

정신 차리고 생각해보면, 그 지령들을 발송하는 곳을 정확하게 짚어낼 수 있을 것 같다. 조용한 무명의 주택가, 새벽 네 시, 손님의 발길이 그렇게 뜸한데도 아랑곳하지 않고 불을 켜놓고 있는 초소, 세븐 일레븐, 그곳에서 불결한 세븐 일레븐 티를 입고 근무하는 애들이 하루에도 수만 번씩 금전출납기를 여닫으며 계산하는 돈, 1원 한 푼까지도 낱낱이 어디로 보고되는가. 바로 월스트리트다. 전 세계에서 그렇게 계산되어 모인 동전들이 합산되면 그것이 세븐 일레븐의 주가로 반영이 되어 1초에도 몇 번씩 올라갔다 내려갔다 한다.

그렇게 생각하다 보면 무서운 생각마저 든다. 세계화라, 세계화. 이게 바로 세계화의 본질이다. 우리의 일상을 누가 움직이고 누가 감시하며 일상적 욕망은 누구에게 저당 잡혀 있는가. 우리는 우리가 아니다. 폭주족 아이들은 그 초소로부터 탈출한 탈주자들이다. 그들이 떠나고 나니 아무도 없다. 순한 양들뿐이다.

비보이, 길과 패밀리

힙합에는 집이 없다. 길이 집이다. 길에서 그림 그리고(graffiti), 길에서 음반을 틀고(DJing), 길에서 춤을 춘다. 그것이 비보잉(B-boying)이다. 왜 길에서 그런 것들을 할까? 너무나도 당연히, 그런 것들을 할 집이 없기 때문이다. 힙합의 탄생은 1980년대 미국 뒷골목 흑인들의 열악한 문화적인 상황을 반영한다. 이른바 '블록 파티(block party)' 라는 게 있었다. 거리의 양쪽 블록을 막고 벌이는 즉흥적인 파티인데, 1980년대 초 흑인거리에서의 블록 파티는 힙합의 본질적인 힘의 원천이 어디에 있는지 보여준다. 길에서는 너도 나도 다 이방인이고 동시에 다 '브라더', 즉 형제다.

주말만 되면 대학로 공터에 미끌미끌한 장판 비슷한 걸 깔고 춤을 추는 고딩들을 볼 수 있다. 마로니에 공원 근처에 마련된 그들의 춤판에 동원되는 장비는 깔개 이외에 출력이 별로 세지 않은 오디오뿐이다. 근력과 지구력, 민첩함, 유연함을 자랑하는 그들의 춤사위를 구경하다가 너희들 어디에서 왔냐, 물어보면, 그들은 대개 서울 근교 성남이나 안양, 아니면 영등포 같은 곳에서 왔다고 대답한다.

한국 비보잉의 진원지가 바로 그런 즉흥적인 '길 위에서의 춤판' 이 아닐까 싶다. 비보이들은 몸의 리듬을 주체할 수 없는 젊은 몸의 남김 없는 드러냄이다. 길 위에서 그렇게 남김 없이 드러나는 몸은 아름답고도 슬프다. 더 이상 드러낼 것이 없는 사람들의 마지막 몸부림으로 보이기도 한다.

비보잉은 일종의 몸으로 하는 랩이라고 생각할 수 있다. 음절을 꺾고 자르고 빠르게 연결시키는 입의 놀림처럼, 꺾고 돌리고 튕겨 올리는 몸의 탄력성은 탄성을 자아낸다. 랩이 멜로디를 버리고 리듬과 톤만을 취한 것은 음악적 테러라고 부를 수 있는데, 비보잉도 마찬가지다. 그것은 몸으로 하는 몸에 대한 테러다. 몸의 일상적인 상태, 평범한 상태를 넘어서는 그로테스크한 구부러짐, 꺾임, 튕김을 보여준다. 그것은 안일한 일상 속에 그저 의자에 걸터앉아 있는 권태로운 중산층의 몸에 대한 반란이기도 하다. 젊은이들에게 그런 몸의 현시는 강력한 전파력을 지닌다.

물론 비보잉은 미국 뉴욕 뒷골목의 흑인에게서 시작된 문화다. 그러니 우리가 하는 비보잉은 다만 남의 문화의 모방일 뿐인가? 그렇게만 바라보는 것은 짧은 생각이다. 길에서 몸의 반란을 꿈꾸

는 젊은이들을 낳는 우리 사회의 조건이 존재한다는 것도 동시에 생각해 봐야한다.

유독 우리나라에서 비보잉이, 다른 아시아권의 나라에 비해 강세인 것은 여러 각도로 해석할 수 있겠지만, 우선은 빠르게 진행된 도시화와 연관시켜야 할 것이다. 비보잉, 나아가 힙합은 본질적으로 도시 문화이기 때문이다. 도시에 적응해가는 우리 청소년들의 이른바 '도시 문화' 속에서 길의 문화가 상대적으로 우위에 있다는 것을 알려준다. 또 하나 힙합은 그야말로 자발적인 문화다. 힙합을 누가 시켜서 한다는 것은 정말 말이 안 된다. 이처럼 완벽한 자발성이 보장되는 문화가 우리 청소년에게 잘 주어지지 않는 것이 현실이다. 자신의 메시지나 몸짓을 남김 없이 과시하는 힙합이 억압된 청소년들의 자기 표현 욕구를 채워주고 있다.

또한 우리나라 특유의 '동아리 문화'도 비보잉의 전파에 한몫한 것으로 볼 수 있다. 힙합은 '패밀리' 중심으로 발전한다. 패밀리는 한 스타일의 거점이다. 스타일의 거점을 '패밀리'라고 부르는 것만 봐도 힙합은 성원간의 가족적 유대를 중시한다. 흑인들은 우리가 생각하는 것과는 달리 그와 같은 가족적 유대를 중시하는 문화를 유지하고 있는데, 우리에게 그러한 패밀리 중심의 힙합 문화는 그리 먼 것이 아니다. 온라인, 오프라인을 막론하고 네트워킹을 하고 있는 10대들의 문화 속에 힙합 패밀리, 비보잉 패밀리는 중요한 의사소통의 창구가 된다. 몸으로 의사소통할 기회가 없는 우리 청소년들에게 힙합은 참 많이도 효자 노릇을 하는 것이다.

컵라면 3

— 컵라면과 땡땡이

건축 사무소에 다니는 K는 방금 마누라와 대판 싸우고 나왔다. 해가 중천에 떠 있어 눈이 부셨다. 당연히, 지각이다. 이때만큼은 밝은 햇빛이 반갑질 않고 원망스럽다. 사실 K는 어제 술을 많이 마시고 들어왔다. 깨어보니 집이었다. 속이 쓰렸다. 언제 어떻게 집에 왔는지 기억나지 않는다. 텔레비전에서는 아침 토크쇼를 하고 있었다. 침대에 걸터앉아 텔레비전을 보고 있는 마누라의 등짝이 보인다. 아마 텔레비전 방청객의 웃음소리 때문에 깼나 보다. 아침 토크쇼를 하는 시간이라면 K는 이미 출근 시간을 집에서 넘기고 만 것이다. 마누라는 애들을 학교에 보내놓고 잠깐 쉬고 있는 중인게 역력하다. 어깨가 쉬고 있는 어깨라 약간 처져 있다. 인기척을 느꼈는지 마누라가 조금 비켜 앉는다. 돌아보지도 않고 '흥' 하고 콧방귀를 뀐다.

"허구한 날 술타령."

쓰린 속을 달래줄 콩나물국 하나 끓일 생각 안 하는 마누라가 야속하지만 할 말도 없다. 제아무리 K를 사랑해도 어떻게 이 술타령을 당하랴. 이제는 기대도 하지 않는다. 말 안 듣는 몸을 겨우 일으켜 세수하고 화장실에서 나왔더니 샤워를 하라고 명령을 한다. K는 회사 늦었다고 했다. 그러나 마누라가 오늘만큼은 막무가내였다. 그 더러운 몸으로 침대에 걸터앉을 생각도 말라고 일갈. 회사도 늦었는데 마누라의 호통까지 들으니 막막해지면서 자꾸 기분이 우울해진다.

"이러기야?"

그 말이 시작이었다. 이러기라니. 마누라가 말꼬리 잡고 들어오기 시작한다. 그러나 K는 오히려 잘됐다 싶다. 살다 보면 이 정도의 경지에는 누구나 이르게 된다. 싸움을 시작했으니 홧김에 그러는 척하며 샤워를 하지 않고 나갈 수 있게 되었다. 그래서, 그렇게 만들기 위해서라도 K는 받아친다. 재미로 마시는 건 줄 알어? 그러나 실은 재미로 마시는 것이기도 하다. 언성이 점점 높아지는 와중에, 급기야 '지긋지긋하다'는 말이 마누라의 입에서 튀어나온다. 그것도 어느 정도는 예정된 결말이었지만, 괴성에 속하는 갈라진 목소리로 그렇게 생생하게 툭, 튀어나온 그 말은 역시 충격적이다. 다시 한참을 침묵. K는 주섬주섬 옷을 입기 시작했다. 넥타이를 맬 무렵, 햇볕 비껴드는 방 안에 흐르던 긴장 어린 침묵을 마누라가 깬다. 마누라는 육중한 톤으로, K를 꼬나보면서 입을 열었다.

"팬티 갈아입었어?" 내 참. 미리나 말할 것이지. 그러나 K는 잠자코 옷을 다시 벗기 시작한다. 분해는 결합의 역순. 언제부터 이렇게 교관 말을 잘 들었나. 팬티가 들어 있는 서랍을 열기 위해 장을 열었는데 거울 속의 자신이 보인다. 엉거주춤, 타이를 맨 채 와이셔츠 바람으로, 아랫도리를 홀러덩 깐 우스꽝스러운 차림을 한 40대의 남자가 들어온다. 마누라는 꼴좋다는 표정으로 팬티를 갈아입는 K를 흘끔 쳐다본다. 오늘은 정말 우울해진다.

햇빛에 눈을 찡그리며 주머니를 뒤진다. 차 키를 찾기 위해서다. 차 키를 손에 쥐고 차가 있어야 할 자리로 간다. 그런데 늘 있어야 할 그 자리에 차가 없다. 가슴이 서늘해지면서 밑으로 뭐가 빠지는 듯. 아차, 차를 어디다 세워놨더라. 생각해보려 하지만 그것도 잘 기억나질 않는다. 아마 몰고 오질 못했을 거다. 틀림없이 마지막에 들른 그 술집 앞에 있겠지. 아니, 거기에 있어주어야 하겠지. K는 하는 수 없이 택시를 타기 위해 아파트 단지를 나와 길을 건넌다. 길 건너에는 편의점이 하나 있다. 맨날 지나가면서 보던 그 편의점이 오늘따라 K를 부르는 것같이 느껴진다. 바로 그때 K는 갑자기 속이 타 들어가는 듯하면서 자기도 모르게 편의점에 들어갔다.

"여기서 먹을 수도 있죠?"

컵라면 하나와 조그만 김치 하나를 고른 K는 아르바이트에게 그렇게 물었다. 아르바이트는 고개를 끄덕인다. K는 갑자기 고교

시절 땡땡이치던 게 생각난다. 땡땡이를 치면 특유의 적막함을 느낄 수 있어 좋았다. 한마디로 말하자면 자기가 있어야 할 곳에 있지 않은 상태에서 오는 묘한 이방인 정서라고나 할까. 당연히 많은 사람들이 모여 있어야 할 곳은 학교다. 그러나 K는 지금 거기에 없다. 당연히 많은 사람들이 있어야 할 곳에 있을 때 당연히 느끼는 당연한 번잡함과 시끌벅적함과 쓰잘때기 없이 오가는 농담따먹기와 그 모든 마주침이 빚어내는 웅성거리는 듯한 따분함. 그러나 땡땡이를 치면 거의 서늘할 정도로 적막하다. 꼬방에서 가치 담배를 파는 걸로 연명하는 할머니와 K, 그리고 함께 땡땡이를 친 C뿐이다. C는 담배를 제법 어른스럽게 꼬나문 채 잠자코 만화책에 눈길을 주고 있다.

K는 서먹서먹한 면발을 한 젓가락 집어 입에다 우겨 넣으며 라면 먹을 때만 나는 특유의 '후루룩' 소리를 낸다. 저쪽에서, 역시 땡땡이를 치고 있는 걸로 보이는 남녀 중딩 둘이서 진한 분홍색의 스크류드라이버를 빨대로 휘저으며 이쪽을 흘끔 쳐다보더니 지네들끼리 키득댄다. 요새 중딩들은 참 어른스럽게 데이트를 한다. 저번에는 설렁탕집에서 둘이 앉아 설렁탕을 먹고 있는 중딩을 본 적

도 있다. 그들은 마치 바람피우는 40대처럼 약간은 스릴을 맛보고 있는 표정으로, 그러나 기본적으로는 밋밋하게 설렁탕을 먹고 있었다. 내 딸은 잘 있나. 아마도 딸아이는 학교에서 아이들과 함께 있겠지. 그래, 그렇게 있어주어야만 하지. K는 뒤엉킨 실타래처럼 주렁주렁 탄력을 받으며 매달려 있는 면발을 아직 다 입에 넣지도 못하고 그들의 시선을 받으며 그렇게 파란색 코팅을 한, 여기저기 삶은 계란 껍질의 조그만 잔해들이 뿌려져 있는 약간은 불결한 간이 식사대에 어색하게 서 있다. 그런데 바로 그때, 어디서 많이 본 여편네가 반바지 차림으로 쓰레빠를 직직 끌면서 편의점으로 들어온다. 손에는 천 원짜리로 보이는 꾸깃꾸깃한 종이를 몇 장 쥐고 있다. 아뿔싸, K의 마누라다.

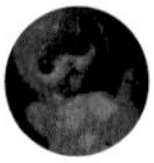

조윤석, 새로운 관계의 상상가

2004년 총수입 180만 원. 다운시프트(downshift). 씀씀이를 최대한 줄이고 규모 있게 생활. 홍대 먹자골목 한복판에 있던 단칸 월세방은 보증금 100만 원에 월세 10만 원. 작년 한 해 동안 그곳에서 생활. 별명은 조까치. 빨래방 아르바이트. 그의 애마는 아주 낡은 다마스. 겨울에는 늘 누런색의 군용 내피, 보통 깔깔이라 부르는 옷을 입고 다님.

“치과를 갔는데, 아무리 마취주사를 놔도 마취가 안 되더라구요. 납득이 안 가면 마취도 안 되는 체질인 사람이 있대요. 저도 그쪽인가 봐요. 잘 설명해주지 않으면 곧이 들으려 하지 않는 거죠.”

2002년 마포구 구의원 선거에 출마. 당선에는 실패. 씨어터 제로(Theater Zero)가 있던 건물의 건물주가 월세를 올리는 바람에 극장이 나가야 할 상황에 놓여 있을 때 홍대 주변 문화예술인 모두 모여 성명서 발표. 그 주동자. 홍대 앞 놀이터 주변에 좌판을 놓고 있는, 젊은 실용예술가들 중심의 벼룩시장인 '희망시장' 을 체계화한 장본인. 희망 갤러리의 터줏대감. '황신혜밴드' 창단멤버…….

"건축과 학생들에게는 졸업작품이 정말 중요해요. 그런데 졸업작품 준비를 해야 될 즈음에 여의도 밤섬 문제가 터진 거예요. 그때 환경운동연합에 기웃거리면서 밤섬 살리기 운동 관련 일을 하다 보니 졸업작품을 준비 못 하게 되었어요. 그래서 밤섬을 수채화로 근사하게 그려놓고, 밤섬에 사는 새의 이름들을 써넣은 다음 약간의 조형물들을 추가하여 그냥 졸업작품을 내버렸죠. 말하자면 건축과 졸업작품에 '건축물' 이 빠져버린 겁니다. 교수님들은 말그대로 경악 속에 빠졌고……."

그 후 그의 졸업작품 이야기는 건축과의 전설이 되었다. 게다가 이 작품은 한국 건축전에서 입상까지 하게 되었단다. 이쯤 되면 이 사람이 도대체 누군지 점점 감을 잡기 힘들어질 것이다. 조윤석. 홍대 건축과 출신, 한때 촉망받는 건축학도였음. 인테리어 회사 차려 한때 잘나감. 지금은?

조윤석은 자신에게 '상상가' 라는 직업을 부여한다. 그는 몽상가이기도 하지만 내면적 몽상에 스스로를 잠가놓고 있기에는 너무 활동지향적이고 환상의 공간에서 덧없는 유영을 하고 있기에는 너무 굳건한 현실적인 '터' 가 있다. 삶의 터에 뿌리를 내린 몽상, 그래서 상상가다. 그는 '약간은 미안한 이야기지만' 하고 단서를 붙이며 자신의 청소년 시절 이야기를 숨김없이 털어놓는다.

"사실 저는 유복한 집에서 자랐어요. 어렸을 때에는 부유층의 특권이 당연한 것이라 생각했을 정도였어요. 대학 와서 생각이 많이 달라졌죠. 군대 가서 보니 이 땅에 빈민들이 정말 많은 걸 알게 되었고, 제대 후에는 '저예산 건축', 이른바 'low cost housing' 이라는 걸 해보리라 생각하게 되었습니다."

완전히 남 이야기 하듯, 자신의 과거를 이야기한다. 어려서 유복한 생활을 누려서 그런지 그에게 그늘진 구석은 없어 보인다. 언제나 즐거운 모습. 그러나 그는 유복했던 그 시절의 추억을 이미 '아주 먼 과거' 로 취급할 수 있을 만큼 충분히 멀리 와 있는 것 같아 보인다.

"당시 제정구 의원이 하시던 '낮은 자리' 같은 곳에 찾아가기도 했습니다. 빈민 주거 공간에 대해 고민하던 저는 그쪽 분들께 '뭐 도와드릴 일 없을까요?' 하고 물었습니다. 그런데 제정구 의원이 '됐다. 너 하고 싶은 거 해라' 하시는 거예요. 삶과 일치되어 있지 않는 한 이 사람들에게 함부로 개입할 수는 없는 거구나, 하는 것을 절실히 느꼈어요."

여러 과정을 거쳐 드디어 그는 홍대 근처로 되돌아온다. 그것이 1990년대 초. 이미 홍대 주변에는 새로운 문화적 기운이 감돌고 있었고 그는 그걸 느꼈다. 그 중심에는 홍익대 시각디자인과 교수인 안상수 선생이 있었다.

그 과정에서 그가 만난 사람 가운데 빼놓을 수 없는 사람이 미술

 가 최정화. 최정화는 이미 전위적이면서도 탈권위적인 예술가들을 중심으로 중요한 미술, 디자인, 공예 작업을 하는 일군의 그룹을 이끌고 있었고, 조윤석 역시 그 자장 속에서 힘을 받고 다시 그 자장에 힘을 준다. 그중에 기억할 만한 작업의 하나가 〈아메리칸 스탠다드, 뻐〉 전이다.

"불법 점유라는 뜻의 스쿼팅(squatting)을 시도한 전시회였죠. 한 양옥집 천장을 천으로 싸고, 지붕의 기와를 밟고 다니면서 공연을 보고, 하여튼 집 하나를 통째로 미술적 맥락 속에서 해체시키는 건데, 이 전시회에서 어어부 프로젝트의 백현진이 처음 데뷔하기도 했죠. 이런 전시, 내지는 퍼포먼스를 통해서 홍대 문화의 특색이 자리 잡아갔죠."

조윤석은 그러는 과정에서 '홍대 주변' 이라는 로컬이 독특한 문화적 색채를 얻어가는 초기에 중요한 역할을 하게 된다. 다시 말하면, 그 역시 지금의 홍대 주변 문화를 일군 사람 중의 하나다.

"그러면서 저는 외국인들을 상대로 한국 문화정보를 알리는 '로그인 서울' 이라는 것을 하기도 했습니다. 외국인들이 접할 만한 서울의 제대로 된 문화정보가 거의 없던 시절입니다. 그런데 오히려, 그들을 통해 거꾸로 우리를 알게 되었죠. 당시 저는 유학 같은 것도 꿈꾸고 있었는데, 마음이 바뀌어버렸어요. '너의 지역 문화를 일궈라(make your local scene)' 라는 화두를 얻었으니까요."

그는 점차 구체적인 문제의식을 가지고 자신의 로컬, 즉 홍대 주변을 바라보기 시작한다. 그러면서 책임감도 느끼게 되었다고 한

다. 그러나 홍대 신을 바라보는 그의 마음을 아프게 하는 일들이 많았다.

"그런데 점차, 로컬에서 벌어지는 중요한 문화적 실천들을 변질시켜 그로부터 쏙쏙 알맹이를 빼먹는 사람들이 보였습니다. 좋은 아이디어가 아무리 많아도, 지역 사회에서 누군가 개입하지 않으면 지네들 맘대로 하겠구나 하는 생각이 들었습니다. 절박했죠."

이렇게 하여, 조금은 엉뚱하게도, 그는 마포구의원 출마를 결심하게 된다. 사람들은 조금 황당해 했었다. 낙선하기는 했지만, 결과적으로는 너무나 신선한 충격을 준 사건이었다. 무엇보다도, 그 선거 벽보를 잊을 수 없다. 그의 사진은 마치 심훈의 《상록수》에 나오는 주인공이라도 된 듯, 하얀 와이셔츠 차림으로 자전거를 붙들고 있는 모습을 담고 있었다. 근엄한 얼굴에 판에 박힌 헤어스타일, 거의 똑같은 디자인의 양복을 입은 다른 후보들의 포스터와 그의 것은 정말 판이하게 달랐다. 법적으로 엄격하게 관리되는 선거 벽보의 공간은 사실 너무나 권위주의적이고 비일상적이다. 잘못 건드리면 선거법 위반으로 무거운 벌을 받는다. 그런 공간 안에 들어 있는, 그의 웃음 띤 얼굴은 그 무거운 공간을 친근한 우리 일상 공간으로 끌어내리고 있었다. 나 역시 길거리를 지나가다가 정말 오랫동안 그의 사진이 붙어 있는 선거 벽보를 바라보았던 기억이 생생하다. 홍대 주변에 붙어 있던 그 벽보는 일종의 살아 있는 전시회였다. 이것이 진정한 예술 아닐까.

"우짜집(산울림 소극장 근처에 있던 우동짜장집) 주인 아저씨와 자전거 타고 돌면서 유세를 했습니다. 지역의 많은 사람들을 만났어요. 마포연대 사람들도 만났고. 동네에서 친한 사람들이 뭉치면 못할 일이 없다는 걸 알게 되었죠. 대표적인 것이 성미산 개발 반대운동 같은 겁니다. 또 희망시장의 개장 같은 것도. 시장 시스템을 엎어버리지 않는 한 받아들일 수밖에는 없는데, 지역 사회에서 수공예, 즉 노동을 연결하는 하나의 작은 공동체랄까, 시스템 같은 것이 필요하다고 생각했죠. 진입 장벽이 낮은 시장을 만드는 수밖에 없어요. 장벽 높여놓고 수수료 뜯어가는 메이저 시스템에 저항하려면."

하자 센터에서 공예를 배운 학생들이 열던 '디자인 프리마켓'을 본격 노점으로 상설화한 것은 조윤석의 큰 공로 중 하나라 생각된다. 희망시장을 벤치마킹하여 대전의 '별난장', 광주의 '모난돌'도 생겼다.

그러나 그는 머물러 있지 않는다. 지금은 희망시장의 관리도 후배에게 넘겨주었다. 늘 새롭게, 어딘가로 튀어나간다. 그런데 이젠, 혹시 이렇게 가면 너무 허하지는 않을까. 이제 나이도 거의 불혹인데. 아니, 불혹이 넘었나? 그의 너털웃음과 빈손.

"저는 관리하는 체질은 아닌 것 같아요. 너무 스트레스도 많고 껴안고 가다 보면 지쳐요. 제 몫은, 마치 쇄빙선의 맨 앞처럼, 계속 나가주는 것 아닌가 싶어요."

그렇군. 그를 통해 진정한 로컬의 삶, 허상이나 관념을 뒤쫓는 것이 아닌 진짜 현실의 삶이 살아 숨 쉬는 '동네 이야기'를 듣는다. 그는 그 안에서 여전히 고민하고 그 속에 사는 사람들의 고민을 들어준다. 10년 후에는?

"홍대 지역의 작은 일들에 관여하다가 완성할 만큼 했다, 싶으면, 시골로 갈 생각도 있어요. 귀농, 그런 건 아니고, 도시와 자연을 연결해주는 유닛이랄까, 뭐 그런 걸 꿈꾸죠. 컨테이너 같은 거 연결해서 구조물을 짜놓고, 도시 작업가들이 편안하게 시골에서 작업하고, 올라가고 뭐 그런."

다음 구의원 선거는?

"이거 오프 더 레코든데…… 여하튼 다음 선거 재미있을 거예요. 식당, 구멍가게, 세탁소, 정육점…… 주인 아저씨 아줌마들, 정말 진정한 로컬의 세계죠. 하핫."

딱 부러지게 말하지 않고 웃어버린다. 그는 굉장히 지름이 넓은 팽이 같다는 생각이 든다. 중심이 있고, 여전히 빠르게 회전하고 있으며, 살아 있고, 아주 넓은 영역을 포괄하고 있다. 털털하지만 고집스럽고, 그러면서도 선선히 내준다.

"예전에는 하고 싶은 것을 하고 살면 행복한 삶이라고 생각했죠. 그러나 요즘은 달라요. 아무리 하고 싶은 것 해도 행복은 얻어지지 않습니다. 중요한 것은 '관계' 예요. 주변 사람들과의 좋은 관계 속에서 행복은 얻어집니다."

그는 '새로운 관계' 를 상상한다. 그래서 그의 상상은 특별하다. 이 사람, 우리 사회에 꼭 필요한 사람이라고 생각하고 있는데 희망갤러리에서 전화가 온다. 조윤석은 가서 문 따줘야 한다며 바삐 일어선다.

신용카드

편의점에 현금 지급기가 없으면 왠지 허전하다. 애 어른 할 것 없이 기계에다 자기 카드를 먹인다. 카드를 먹이면 돈이 나온다. 최소한 그게 정상이다. 요새는 애 어른 할 것 없이 신용카드 한 장 없는 사람이 없을 정도로 카드의 시대다. 돈다발을 싸들고 다니는 일은 이제 흔적 안 남기고 뇌물을 먹이려는 사람이 아닌 다음에야 할 필요가 거의 없게 되었다. 지갑에는 푼돈으로 쓸 몇 만 원 이하의 돈과 카드만 있으면 된다. 이렇게 편한 것 말고도, 신용카드를 쓰면 돈이 돌아다닌 경로가 확실히 드러난다는 이점도 있다. 훨씬 비가시적이고 추상적이지만 예전에 비해 돈의 흐름은 더 명확해졌다. 그래서 탈세 같은 것도 막을 수 있다. 그러니 정부도 신용카드 사용을 권장한다. 지하경제의 규모를 줄일 수 있기 때문이라는 게 가장 큰 이유일 것이다.

그런데 문제가 발생하고 있다. 자료에 의하면 신용카드 부채는 1999년 말 9.8조 원, 2000년 말 17.2조 원(전년 대비 75.9% 증가), 2001년 9월 말 24조 원(전년 같은 기간 대비 65.6% 증가)으로 해마다 크게 늘었다. 신용불량자 중에 1,000만 원 이상 연체자가 100만 명이 넘는다는 건 빚을 진 사람들 중에 도저히 상환 불가능한 악성 부채를 지니고 사는 사람들이 꽤 많다는 걸 말해준다. 자기가 가진 돈 이상을 카드로 긁지 않으면 빚쟁이가 될 사람들이 없겠지만 어디 그런가. 외상이면 소도 잡힌다는 말처럼, 사람 심리는 일단 소비하고 보자 쪽으로 기울기가 십상이다. 결국 신용카드는 점점 더 많은 사람을 빚쟁이로 만들기도 한다는 것을 요새 확인하게 된다.

그런데도 정부는 여전히 카드 사용을 권장하고 있다. 물론 그 기본적인 이유는 카드 사용의 이점이 그 부작용보다 더 크기 때문일 것이다. 그러나 따져보면 카드 회사와 정부가 서로의 이득 때문에 카드 사용을 자꾸 권장하는 건 아닌가 싶기도 하다. 정부는 카드를 사용하는 서민들의 세금을 조금 깎아주는 대신 그만큼 세원이 노출됨으로써 더 많은 돈을 세금으로 거두어들일 수 있게 되었고 카드 회사는 정부의 정책적인 권장으로 그만큼 많은 사람들의 수수료를 챙길 수 있게 되었다. 7개 신용카드사의 총 서비스 규모는 2001년 말 300조 원을 넘어섰다. 2000년 우리의 국민총생산이 500조 원을 넘어섰으니까 그 60%에 해당하는 엄청난 비율이다. 빚쟁이들이 신용카드에 목을 매고 있고, 나랏돈의 반 이상을 카드 회사가 주무르니 카드 회사의 위세는 날로 높아진다. 나중엔 국민 전체의 경제생활을 카드 회사가 자기 이득에 따라 떡주무르듯 할지도 모른다. 이 엄청난 규모의 돈이 카드 회사를 통해 돌아다니면 정부는 그만큼 많은 돈을 세금으로 거두어들일 수 있으므로 정부는 카드 회사의 규모가 커지는 걸 누이 좋고 매부 좋다는 식으로 방치한다.

그러나 생각해보면 반드시 '신용카드'만을 사용해야 경제가 투명해지는 건 아닌 것 같다. 예를 들어 지금도 존재하는 '직불카드' 같은 걸 생각할 수 있다. 물론 직불카드 가지고 대출 서비스를 받을 수는 없다. 그러나 소비의 과정을 투명하게 하는 데는 직불카드도 마찬가지의 역할을 할 수 있다고 본다. 똑같이 통장에서 돈 빠

져나가고 수수료 지불하면 되는 것 아닌가. 그런데도 직불카드를 사용할 수 있도록 만들어놓은 상점은 겨우 요새 와서야 늘어났다. 왜 그럴까. 혹시 카드 회사의 편을 들어서 그런 말은 입 밖에 내지도 않는 건 아닌가. 내 생각에 직불카드의 사용은 경제를 투명하게 하면서도 건전한 소비패턴을 만드는 데 기여할 수 있다고 본다. 카드 회사가 나중에 국민경제를 볼모로 잡는 일을 막기 위한 한 방편으로 직불카드 사용을 활성화해야 한다.

마침 지난 정부는 직불카드 활성화 방안을 포함한 신용카드 대책을 내놓아 다행이라고 생각한다. 정부는 직불카드의 사용을 늘리기 위해 소득공제를 늘리고 이용한도를 높이겠다는 안을 내놓았다. 뒤늦은 감이 있긴 하지만 정부가 카드 회사와 '공모' 했다는 혐의를 벗어나기 위해서는 이런 대책을 자꾸 내놓아야 한다. 직불카드 활성화 방안 같은 것은 카드 회사에는 어떤 의미로는 안 좋을 수 있다. 만일 정부가 이 방안의 현실적 적용을 차일피일한다거나 흐지부지하면 사람들은, 아하, 정부가 세금 많이 거두려고 카드 회사와 짰구나, 하는 생각을 하는 수밖에 없다. 카드 회사는 '마녀사냥식' 정책이라고 비난을 하고 나섰다. 무슨! 마녀사냥은 지네들이 하면서. 연체해본 사람들은 누구나 알 것이다. 카드 회사가 연체자를 어떻게 마녀사냥하는지.

서울전자음악단, 자유를 향한 외침

우리가 음악을 하는 것은, 그리고 음악을 듣는 것은 자유롭기 위해서다. 자유롭다는 건 무엇인가. 그것은 불편하지 않다는 것이다. 다시 말해 있어도 없어도 어색하지 않고 자연스럽다는 것이다.

자유는 우리를 자연스럽게 한다. 음악이 우리를 자연스럽게 인도하면 우리는 자유롭게 그 음악을 따라간다.

> 내 향기가 그대의 그림자이듯 그대 가는 모든 곳에 따라가면 좋겠네
>
> —〈따라가면 좋겠네〉

또한 자유롭다는 건 벗어버린다는 것이다. 침실에서 외투와 청

 바지를 벗어던지듯, 음악을 들으면 다 벗어버리게 된다. 벗어버리면 세상에서 벗어나게 된다.

온 세상이 나를 밀어내도 난 괜찮아 웃으면서 노래해봐 고양이의 고향노래 불러봐

—〈고양이의 고향노래〉

고양이들은 고향노래를 통해 고향을 잊는다. 그렇게 음악의 '섬'에 사는 그들은 그 섬에서 사랑한다. 자유롭다는 건 사랑한다는 것이다. 자유로운 영혼들끼리 사랑을 한다. 음악을 들으면 사랑하게 된다.

새하얀 구름 타고서 저 푸른 바다 건너서 저 아름다운 섬으로 너와 함께 갈 거야

—〈섬〉

그러나 자유는 거저 얻어지지 않는다. 자유로움에 도달하기 위해서는 긴 오솔길을 꾸준히 걸어야 한다. 역설적으로, 자유롭기 위해서는 많은 것들을 지켜야 하고 여러 욕심을 버려야 한다. 규칙들 속에 있으면서 동시에 그 바깥에 있는 상태를 누리는 것, 그것이 자유다. 그 상태 속에서만 우리는 가깝고도 먼 어떤 것에 도달할 수 있다.

닿을 수 없을 만큼 멀리 만질 수 없을 만큼 가까이

—〈언제나 오늘에〉

그렇다. 음악은 닿을 수 없을 만큼 멀리 있다. 그리고 만질 수 없을 만큼 가까이 있다. 자유는 닿을 수 없을 만큼 멀리, 만질 수 없을 만큼 가까이에 있다. 그 자유와 어떻게 입을 맞출까. 서울전자음악단이 택한 길은 단 하나, 꿈속에서 들리는 음악의 오솔길을 따라가는 방법뿐이다.

어제 꿈속에서 웃는 그댈 봤죠 내게 손 내밀어 길을 걸어갔죠 좁은 오솔길을

—〈꿈속에서〉

좁은 오솔길을 따라갔을 때 들리는 아름다운 종소리. 우리가 음악을 하는 것은 무지개가 걸리고 꽃이 필 때 우리 귀를 향해 옷을 벗는 바로 그 종소리를 듣기 위해서다.

종이 울리고 무지개
피어나고 새들이
노래하고 하늘로
날아올라 저 높이

—〈종소리〉

그 종소리를 개념으로 표현할 때 우리는 '자유'라는 단어를 튜닝한다. 종소리를 자유로 튜닝하면서 깨어나는 것, 바로 그것이 사이키델릭함이다.

서울전자음악단은 사이키델릭한 밴드다.

그들이 가는 길의 두 번째 흔적, 《라이프 이즈 스트레인지(Life is Strange)》. 이제야 모양을 갖추었다. 그동안 계약문제, 녹음문제 등 현실적으로 많은 제약들이 있었지만, 이제 다 벗어버리고 그들의 소리가 그리는 자유로운 무늬를 우리는 선물 받는다. 고통스러운 삶 속에서 소리의 길을 따라가는 재미에 중독된 사람들의 인생. 그 인생들 참 팔자 기구하다. 우리와 같고도 다른 그들, 그들의 길에도 이제 세월의 먼지가 쌓인다.

> 똑같은 철길 위에 서로 다른 기차가 가네
> 산 위에 나무들 위에 서로 다른 얼굴이 있네
> —〈서로 다른〉

또 하나의 다름이 우리 앞에 놓여 있다. 세상에 공개되기를 기다리고 있는 소리들의 다소곳한 침묵이 아직 뜯지 않은 재킷에서 흐른다. 그러나 그 안에는 얼마나 많은 열정과 많은 시간과 고민들이 사운드로 압축되어 있을까. 밴드는 그와 같은 열정과 시간과 고민과 사랑을 소리 속에 담아 넣음으로써 자유로워진다. 어느 밴드든

CANOPUS

그건 마찬가지다. 그러나 특히 서울전자음악단은 그와 같은 자유의 소리를 우리에게 던져놓고 아무 말이 없다. 진짜로 별말이 없다.

서울전자음악단의 멤버들은 별로 말이 없다. 그러나 그렇다고 아주 말이 없는 건 또 아니다. 필요할 때, 즐거울 때, 아주 가끔씩, 술자리 같은 데에서 이들의 수다를 들을 수 있지만 대개 이 친구들은 남의 말을 듣는 편이다. 서울전자음악단 친구들은 음악을 하는 사람들, 소리를 내는 사람들이기도 하지만 무엇보다도 '듣는' 사람들이다. 음악을 많이 들으려고 노력하고 그 사운드들을 마음속으로 이해하려고 노력한다. 뮤지션은 음악을 창조하는 사람들이지만 그 이전에 소리를 '듣는' 사람들이라는 걸 서울전자음악단은 잘 보여준다. 그것도 참 역설적이다. 남의 소리를 잘 듣는 사람들일수록 자기 소리를 잘 낸다.

2집을 들어보니 서울전자음악단 친구들은 역시 사운드로 말한다는 걸 다시 한 번 느낄 수 있다. 사실 가사도 중요하긴 하지만 가사는 뜻을 알아들어야 하는 언어라기보다는 목소리의 색깔을 실어나르는 도구일 수도 있다. 메시지가 실린 가사를 토해내는 목소리들은 어쩐지 숨이 차고 힘겹다. 막힌 말문을 겨우겨우 터내는 듯한 그 가녀린 목소리들을 퍼즈 걸린 기타 소리와 쿵쿵 울리는 드럼과 웅웅 떠도는 베이스 소리들이 덧칠한다. 색깔을 음미하는 방식으로 가사들을 이해하면 되지 않을까.

다 아는 사실이지만 기타를 담당하고 노래도 부르는 신윤철은 신대철의 동생이고 신중현의 아들이다. 드럼을 치는 신석철은 신윤철의 동생이다. 이들은 대를 이어 사이키델릭한 음악의 오솔길을 따라가고 있다. 거기에 김정욱의 사려 깊은 베이스 워크가 더해진다. 이들은 음악의 본질에 충실한 밴드다. 이들은 언제나 외로운 바깥의 존재들이다. 그래서 가장 전통적인 밴드다.

서울전자음악단의 음악은 라이브로 들을 때 진가가 발휘된다. 신윤철의 날 선 기타와 김정욱의 길을 잃지 않으면서도 다이내믹한 베이스와 신석철의 8비트에 충실하면서도 시원시원한 드럼이 종횡으로 엮이며 대화를 하는 즉흥연주가 길게 이어지면 우리는 결국 그 '종소리'를 듣게 된다. 이번 앨범은 국내 최고의 '잼 밴드'라고 할 수 있는 서전음의 라이브의 생생함을 단정하게 형식화시켜놓고 있다. 그와 같은 형식미를 통해 이번 앨범은 모던 록 밴드의 간결한 표현력을 얻고 있다.

사운드를 음미한다. 사운드를 음미하자. 서울전자음악단은 몰입한다. 먹물을 찍어 일필휘지로 그려내는 긴 연주에 빠져들어 결국 우리나 그들이나 어떤 숲 속에 도달한다. 그 숲 속에서도 길을 잃지 않아야 한다. 걸어가는 대로 길이 만들어진다. 그래야 비로소 음악 안에 있게 되고, 우리는 알몸으로 환하게 웃는 우리 자신을 자연스럽게 대하게 된다.

사이키델릭하다는 건 무엇인가. 나를 잃을 만큼 나에게 몰입해서 결국은 나를 잊는 것이다. 그것은 인생의 하나의 목표면서 이명박 같은 사람이 지배하는 현실에서 벗어나는 동시에 그 현실에 자유의 메시지를 던질 수 있는 유일한 방법이다.

편의점의 효리

오랜만에 공원에서 조깅을 했다. 차가운 날씨에도 불구하고 몸에서 땀이 났다. 집에 오다가 목이 너무 말라 음료수라도 사서 마시려고 편의점에 들렀다. 내가 즐겨 마시는 탄산음료 하나를 골라 편의점 귀퉁이에서 마시면서 진열대의 잡지 제목을 눈으로 훑었다. 성인용 잡지들도 있었다. 잡지들 옆에 CD와 테이프들이 있었다. 거기서 나는 효리의 CD가 다른 CD들과 섞여 있는 것을 보았다. 효리가 나를 본다. 지난번 친구들과 술을 마실 때, 술집 벽의 포스터에서도 효리는 웃음 띤 얼굴로 나를 보고 있었다.

탄산음료 캔의 표면에 묻은 수분과 약간의 땀 때문에 촉촉해진 손으로 효리의 CD를 골라 들었다. 그렇게 편의점에서, 효리의 CD를 샀다. 충동구매였지만 편의점에서 효리의 CD를 사는 일은 적절한 것이었다. 효리처럼 대중적이고 유명한 여가수의 CD라면 마땅히 편의점에 있어야 한다. 더군다나 조깅을 하고 오던 길에 편의점에 들러 효리의 CD를 산 것은 더더욱 잘 어울린다. 효리도 운동을 참 잘한다. 그녀는 체육훈장 기린장쯤은 충분히 탈 자격이 있다. 무슨 원정대의 일원으로 해외에 나가 아낌없이 몸을 내던지는 그녀를, 일요일 아침, 찌뿌둥한 몸으로 본 적이 있다.

효리. 건강하게 그은 피부와 팽팽한 가슴을 지닌 그녀는 너무나 밝은 웃음을 짓는다. 보통사람은 소화할 수 없는 극도로 빡빡한 스케줄을 초강행군으로 소화하면서도 그 밝은 웃음을 잃지 않는다. 저번에는 어느 TV 오락 프로그램에서 훌라후프를 하는 그녀를 보았다. 지름이 매우 넓은 훌라후프를 하는 효리의 허리가 섹시하게 돌아가는 것을 함께 출연한 남자 개그맨들 몇 명이서 탄성을 지르며 지켜보고 있었다. 그런 상황 속에서도 효리의 그 밝은 웃음은 그칠 줄을 몰랐다. 그 오락 프로그램은 참 좋았다. 효리에게 훌라후프를 시키는 일만큼 훌륭한 게 또 있을까. 역시 훌라후프는 다른 여자들보다는 효리가 해야 한다.

나는 효리의 CD를 들고 집에 와서 샤워도 하기 전에 우선 CD의 포장부터 뜯는다. 비닐이 왠지 잘 안 뜯어져서 약간 힘을 주어 찢는다. CD 케이스를 감싸고 있는 딱딱한 종이 덮개를 벗기는데 묘하게도 그 벗기는 위치가 효리 사진의 가슴 라인에 와 있다. 나는 나도 모르게 침을 꿀꺽 삼키며 효리의 가슴을 감싸고 있는 덮개를 벗긴다. CD를 플레이어에 걸기 전에, 부클릿을 먼저 본다. 황금빛

조명 아래 매우 짧은 핫 팬츠와 가슴 윤곽을 시원하게 드러내는 탑을 입은 효리들이 한 장 한 장 지나가며 나를 바라본다. 부클릿 페이지를 넘기는 일이 끝나지 않고 영원히 계속되었으면 좋겠다는 생각을 아주 잠깐 하는 사이, 이미 끝장이 넘어간다. 이제는 아쉬움 속에서 CD를 틀어야 한다. 〈10 minutes〉. 화려하고 상큼한, 잘 다듬어진 드럼 비트가 흐르는데 나의 땀은 아직 식을 줄을 모른다.

아마추어, 그리고 더 멀리

1. 아마추어리즘과 바깥

아마추어는 전문가가 아닌 사람들이다. 전문가란 어떤 사람들이냐면, 두 가지 측면에서 그 의미를 따져볼 수 있을 텐데, 하나는 직업적으로 어떤 일을 하는 사람들이라는 거, 또 하나는 전문적인 '교육'을 받았다는 거. 아마추어는 그 두 개념을 네거티브하게 정의내리면 된다. 이 관점에서 본다면 아마추어는 적극적인 개념이라기보다는 소극적인 개념, 네거티브한 개념이다. 그 반대 방향으로 아마추어를 정의하기는 그리 쉽지 않다. 예를 들어 '취미로 하는 사람' 정도가 생각나지만, 그 역시 적극적인 개념은 아니라고 본다.

아마추어리즘의 출발선에는 그러한 '부정' 의 성격들이 함의되어 있다. 프로페셔널 뮤지션의 입장에서 본다면 그들은 한마디로 '논외' 다. 우스운 친구들이다. '손가락이 잘 돌아가지 않는 사람들' 이라거나 '음악으로 밥 먹고 살 걱정 안 해도 되는 애들' 정도로밖에는 보이지 않을 것이다. 그래서 아마추어들은 어떤 중심적인 체제의 바깥에 존재할 수밖에 없다. 대다수의 아마추어들은 자기가 그런 입장이라는 것에 별 불만족을 느끼지 않는다. 그들 중 대다수는 실제로 젊었을 때 조금 그러다가 나중에는 언제 그랬냐는 듯 다른 방향으로 가는 수가 많다.

2. 록 음악의 경우

그러나 그들이 바깥의 존재라는 건, 최소한 록 음악의 경험으로 볼 때에는 그들의 가장 중요한 존재 이유라 할 수 있다. 록 음악이라는 것(광의의 의미에서, 장르의 이름이 아니라 대중음악의 한 큰 흐름을 이렇게 부를 수 있다면)은 실제로 프로 뮤지션들이 시작한 음악이 아니다. 누가 시작했냐면 뉴올리언스 거리의 흑인 장님 거지들이 시작했다. 그들은 아무런 교육도 받지 못한 철저한 아마추어에다가 직업이라는 것 자체가 없는 사람들이었다. 아직도 록 음악은 그들이 시작한 음악의 어법에서, 아무리 사운드가 화려해지고 기계들이 많이 동원되고 있다 하더라도, 그리 멀리 나가 있지 않다. 그러니까 록 음악을 하면서 '프로 정신' 을 너무 많이 말하는 건, 어느 단계가 지나면 자기기만이 되고 만다. 록의 본질적인 어떤 걸 배반하는 일이 되어버리기 때문이다.

그래서 록 음악사는 아마추어리즘에 관한 한 여러 소중한 경험들을 제공한다. 특히 록 음악이 '프로' 들이 하는 어떤 음악으로 넘어가려고 할 때, 또는 넘어가고 말았을 때, 다시 록 음악의 단순무비한 본질을 향한 어떤 부정적 움직임을 낳는 중요한 흐름이 아마추어리즘으로부터 나오는 경우가 많았다. 펑크의 경우가 가장 먼저, 그리고 눈에 띄게 떠오르는 장르가 되겠다. 누구나 하는 이야기지만, 펑크가 출현할 당시의 록 음악사, 다시 말해 1970년대의 록 음악사는 비교적 대규모의 자본과 유통 시스템과 여러 해 동안의 음악적 훈련을 바탕에 두고 거장들이 주름잡고 있었는데, 펑크는 그러한 흐름에 일정하게 쐐기를 박고 록을 다시 뉴올리언스 거리의 흑인 장님 거지들의 전통으로 잇대어놓은 것이다. 그런데 재미있는 부분은 그 거장들조차 전문적인 직업훈련을 받은 뮤지션들은 아니었다는 점이다. 그들도 혼자 블루스나 로큰롤을 들으며 기타 치고 클럽에 나가 연주하고 사람들 만나고 하는 사이 어느덧 거장이 된 사람들이다.

3. 예술의 언저리

이렇듯 록 음악은 독특하게도 늘 예술의 '언저리' 에 자리를 잡는 예술 장르다. 때로는 그 상업적 성격, 그러니까 흥행의 대상인

판매물이라는 점이 본격적인 예술 장르로서의 록이라는 관점을 세우는 걸 방해하고, 때로는 방금 이야기한 아마추어리즘이 그걸 방해한다. 용인되고 전문적으로 수행되며 전문적인 비평적 방법들에 의해 평가되는 체계적 장(場, field)을 가진 하나의 계로서 존재하는 게 아니라 다양한 주변부의 흐름들이 다양한 수단을 동원하여 무명의 언덕을 포복으로 넘으면서 중심으로 쏟아져 들어오고, 대체하고, 다시 대체당하는 비체계적, 우발적 흐름들의 연속으로 록 음악사는 점철되어 있다. 록 음악사는 예술사라기보다는 일종의 풍속사에 더 가깝다.

그러나 그렇다고 해서 록 음악사에도 중심과 주변을 가르는 요인들이 없는 것은 아니다. 예술의 경지에서 논의되기는 힘들지만, 엄연히 그 둘을 가르는 어떤 체계가 존재하긴 하는데, 그건 다름 아닌 상업적인 측면을 기준선으로 한다. 아무리 훌륭한 록 음악을 하는 사람이라도 음반을 많이 팔지 못하거나 메이저 판에 소속되어 있지 않으면 주변, 언더그라운드, 인디펜던트의 영역에 머물게 된다. 또 아무리 별 볼일 없는 음악을 하는 사람이라도 대중적인 인기 속에서 많은 양의 음반을 팔면 그는 메이저 뮤지션이 된다. 메이저 신은 비록 예술적인 기준은 없지만 상업적인 기준을 바탕으로 어떤 '평균', 혹은 표준들을 요구하는 신이다. 그 표준은 홍보나 프로모션 등 상업적 테크닉에서부터 녹음의 수준이라든지, 배킹 뮤지션들의 수준, 혹은 밴드의 연주 수준 등의 예술적인 측면에까지 비교적 체계적이고 다양하게 영향을 미친다. 그래서 메이저에서 나오는 음반들의 소리는 언제나 평균적인 어떤 느낌들을 준다. 그게 정확히 무어라 말하기는 힘들지만 말이다.

그렇다고 해서 거기에 엄정한 예술적 기준이 있는 건 아니다. 그리고 그 기준도 시시각각 변한다. 예를 들어 헤비메탈이 유행하던 시절의 사운드의 표준과 얼터너티브 록이 유행하던 시절의 사운드의 표준은 다르다. 단지 거기에 기준에 되는 것이라곤 메이저 회사들이 일정한 수준으로 '예상한' 대중적 취향이라는 것이 있을 뿐이다. 그래서 록은 다시 예술의 언저리에 머무는 역사를 구성한다.

4. 산울림, 혹은 아마추어리즘적 문법

그래서 록 음악은 늘, 일단은 본질적으로, 아마추어리즘적인 시도들을 향해 열려 있다. 물론 메이저 신의 음악적 움직임들은 현실추수적이다. 대중의 취향을 좇기 때문이다. 그래서 거기서 미리 혁신적인 어떤 것들이 나오기를 기대하기는 힘들다. 또 아마추어리즘으로부터 비롯하는 부정의 정신은 처음부터 메이저 신의 '표준'에 대해 적대적이다. 그래서 아마추어리즘에 입각한 시도들이 상업적으로 성공을 거두거나 대중적으로 큰 영향력을 행사하는 경우가 그리 많지는 않다. 예외적으로 그러한 성취를 이룬 밴드 중에 생각나는 밴드가 산울림이다.

산울림의 음악에 대해 모르는 사람이 거의 없을 정도이므로 여러 말 할 필요는 없을 듯하다. 그들의 연주 실력은 정말 '아마추어

DRUG

적' 이다. 물론 그들의 곡을 쓰는 실력은 아마추어적이다, 아니다를 따질 수 없을 정도로 뛰어나다. 연주 실력의 상대적 부족분을 훌륭한 '노래' 로 충당하고 있는 부분도 상당히 있다. 그러나 그렇다고 해서 그들이 쓴 노래가 프로페셔널하냐면 그런 것도 아니다. 그들의 노래 문법은 프로페셔널한 코드 전개라든지, 가사의 이용 방식과 아주 거리가 멀다. 이미 다른 글에서도 인용했지만 그들의 〈아마 늦은 여름이었을 거야〉의 첫 구절은 이렇게 시작한다.

"꼭 그렇진 않았지만/ 구름 위에 뜬 기분이었어……"

내 생각에 산울림 노래의 가장 중요한 대목은 바로 이 노래의 첫 구절과 같은 데에 숨어 있다. '꼭 그렇진 않았지만' 이라는 구절, 이런 말은 가사에 쓰이는 말들이 아니다. 프로페셔널한 작사가였다면, 이런 군더더기 말을 절대로 쓰지 않고 막바로 '구름 위에 뜬 기분이었어' 로 시작할 것이다. 그러나 산울림 노래에서 이런 일상어들이 주는 울림은 엄청나다. 이 노래에서도 '구름 위에 뜬 기분' 이라는 것보다는 사실 '꼭 그렇진 않다' 는 머뭇거림이 이 노래의 사이키델릭한 느낌을 자아내는 데 정말 한마디로 '딱' 이다.

산울림의 음악은 이런 색다른 음악적 성취로 가득 차 있다. 이 음악적 성취를 담보하고 있는 것 중에 우리는 아마추어리즘이 있다고 말할 수 있다. 자기들 마음대로 하는 아마추어리즘이기도 하지만, 프로페셔널의 문법에 대한 (때로는 적극적인) 무시나 심지어는 '무지' 가 그들의 음악을 색다르게 하는 측면이 있다. 당시까지만 해도, 물론 대학가요가 나오고 신중현이 한국적 록의 문법을 탐색한 바 있던 시절이지만, 메이저 신의 노래 문법의 핵심은 여전히 뽕짝이었고 메이저 신 바깥, 대학 문화 쪽의 노래 문법의 핵심은 서정적인 포크였다. 산울림의 음악은 포크 쪽에 가깝긴 하지만 상당히 파격적이다. 일상적 구어를 그대로 가져다 쓰면서 그 구어가 자연스럽게 흘러가도록 하는 멜로디, 그리고 보기보다는 쉽지 않게 이리저리 튀는 코드 구성이 포크의 단아함이나 심플함의 바깥에 이들을 위치시킨다. 그리하여 이들은 놀랍게도 멀리 소월의 시적 전통을 노래 속에 되살리는 엄청난 문화적 역할을 수행한다.

이렇듯 아마추어리즘은 때로 전통적 메이저 신에서 유통되는, 상대적으로 프로페셔널한 규약이나 표준의 답답함을 뚫어내는 새로운 문법들을 자기 마음대로 만들어낸 다음 그걸 작은 중심으로 정초하는 역할을 하기도 한다.

5. 인디 밴드, 혹은 부정의 정신

그 다음에 생각해볼 수 있는 게 1990년대의 인디 밴드들이다. 예를 들어 (지금은 준 메이저급 스타가 된) 크라잉넛 같은 밴드의 경우, 처음 녹음을 할 때 '박자를 이렇게 절어서야' '삑사리가 이렇게 많아서야' 하는 푸념들을 여러 사람으로부터 숱하게 들었던 걸 알고 있다. 심지어 이러한 점들은 녹음 기사나 기타 메이저 신의 관행들에 익숙한 사람들을 화나게 만드는 경우까지 있었다. 그러나, 어쩌면 그들을 화나게 하는 건 단순히 인디 밴드의 음악적인 유치함만은 아니다. 그들이 '다르다' 는 사실, 뭔가 새롭구나 하는 자각, 그동안 자기들이 공들여 해왔던 것이 혹시 다치지 않을까 하는 걱정 같은 것이 복합적으로 작용하여 메이저 신의 사람들을 화나게 한다. 그렇게 하면서 자연스럽게 두 계통의 음악이 갈라지는 걸 볼 수 있는데, 아마추어리즘은 이런 방식으로 메이저 신 사람들에게서 자기 자신을 별 특별한 선언문도 없이 분리해낸다. 때로는 메이저 신 사람들을 분열시키기도 한다. 메이저 신에 있는 사람들 중에는 인디 밴드들이 하는 음악이 갖는 독특한 '진솔함' 을 느끼고 '이게 진짜다' 라고 고백하는 축도 있다. 그들은 테크닉 너머에 있는 어떤 것들을 꿰뚫어 볼 줄 아는 사람들이다. 훈련받은 뮤지션들에게서는 찾기 힘든, 날것이지만 있는 그대로인 어떤 직접성들을 그대로 보여주고 들려주는 밴드는 그 자체로 일정하게 부정의 정신을 실천하고 있는 것이다. 두껍게 목록이 작성된 규약들의 통용 자체를 거부하고 불살라버리는 아마추어리즘적인 사운드가 그 일을 해낸다. 그것도 단번에. 목록에 대해 일일이 검토하지 않은 채. 목록의 검토라는 건 '미로' 로 진입하는 일이다. 그것 없이 단번에. 아마추어리즘은 채곡채곡 쌓인 어떤 허위들을 일순간에 깨버린다.

6. 그다음 발걸음

그러나 최근에는, 인디 밴드들 내부에서, 아마추어리즘적인 부정의 형식들이 일정하게 '재규약화' 되고 있지 않나 하는 생각을 지울 수가 없다. 특히 펑크적인 음악을 하는 친구들에게서 그런 걸 많이 느끼는데, 이제는 그렇게, 약간은 '일부러라도' 좀 모자란 듯이 하는 게 하나의 관행이 되어가고 있는 것이다. 심플함이나 진솔함이 몇 가지 규약들 속에서 가장되기 일쑤다. 여전히 아마추어리즘적이지만, 이제는 규약화된 아마추어리즘이다. 이런 아마추어리즘은 힘이 없다. 그래서 이제는 출발선상에서의 아마추어리즘을 어느 정도 추억하면서 그 본질은 무엇이었을까 곱씹기 위해 자기 속으로 더 내려가는 일이 필요하지 않나 싶다. 이 말이 아이들에게 '어른이 되라' 고 강요하는 말로 들리지 않기를 바란다. 그런 뜻이 아니라, 스스로 재규약화되면 끝장이라는 생각을 해야 되지 않을까 싶다는 이야기이다.

두 가지 관점이 요즘의 인디 신을 보면서 생각난다. 하나는, '이젠 지겹다' 다. 이 저질의 사운드와 테크닉과 날뜀이 지겹다는 생각이 여기저기서 나오고 있다. 차라리 정교한 게 지금의 얼터너티브일 수도 있고, 그런 시도들을 하려는 사람들이 있는 게 사실이다. 또 하나, 처음에 '단번에' 갈라졌던 것들이 서서히 다시 합쳐지는 일이 생기고 있다는 점이다. 그렇게 해서 함께 잘 팔아치우면서 잘 먹고 잘 살 자식이 되는 것, 그건 우리가 바라던 일은 아니었다. 약간은 자기모순적인 생각이지만, 이제는, 최소한 인디 밴드들 내부에서, 아마추어리즘의 진솔함을 보다 진솔하게 길어낼 어떤 미학적인 다듬기 같은 걸 해내는 게 해야 할 일이 아닌가 싶다.

길

길은 가장 자연스러운 의미에서 사람이나 짐승, 물, 흙, 바람 등이 지나간 자취다. 저 황톳길은 등에 봇짐을 메고 짚신을 신고 수없이 언덕을 넘은 보부상들이 지나간 자취다. 저 가파르게 깎인 계곡은 수만 년 동안 물이 아래로 아래로 흐른 자취다. 모래바람 이는 광활한 사막의 오아시스를 향해 낙타의 행렬이 지나간 그 자취는 실크로드라 이름 붙여져 있다.

그 자취는 처음에는 실낱같이 가늘어 아무도 확인할 수 없다. 처음 그 자취를 남기기 위해 사람들은 목숨을 걸기도 한다. 포르투갈의 바스코 다 가마는 바르돌로뮤 디아스가 발견한 아프리카 남쪽 끝 희망봉을 과감하게 돌아 인도로 가는 뱃길을 개척했다. 희망봉을 돌기까지 무려 6,400킬로미터의 항해가 필요했다. 그가 물거품을 일으키며 내달렸을 그 자취는 지도에 새겨졌고 그로부터 사람들은 수없이 반복해서 그 자취를 지나간다. 그러면 길은 점점 확연하게 뚫리고 그럴수록 사람, 짐승, 물, 흙, 바람은 그 길로 몰린다. 길은 그 지나다니는 것들이 자기도 모르게 거쳐 간 반복된 시간이다. 시간이 멈추지 않듯, 길의 것들은 멈추지 않는다. 길에서 모든 것은 지나간다. 그래서 길은 지나가는 것들의 자리다. 길에서는 누구도, 무엇도 머물러 살지 않고 오직 지나가기만 한다. 길에는 원래 주인이 없다. 길에서는 모든 것이 움직인다. 모든 움직이는 것들이 길을 만든다. 그래서 길은 끊임없는 운동성, 쉬지 않는 흐름이다. 흐름이 많은 곳의 길은 넓어진다. 거기서 사람, 짐승, 물, 흙, 바람이 만난다. 그래서 길은 만남과 교류의 거점이 된다. 모든 길에는 만남이 있다. 길은 광장으로 통한다.

그러나 모든 길은 그 자체가 목적은 아니다. 누구나 어딘가로 '가기 위해' 길을 간다. 목적지 없는 길은 없다. 수많은 사람들이 길로 나서 어딘가로 향해 가기 때문에 길은 존재한다. 그래서 길은 '인생'의 가장 확실한 상징이기도 하다. 우리가 간다는 사실은 확실하지만 어디로 가는지 모른다. 길은 늘 붐빈다. 그러나 길은 늘 곧 잊혀진다. 어딘가에 다다르고 나면, 길은 이제 과거의 것이 되고 만다. 길의 끝에는 '집'이 있다. '집'은 머물고 쉬는 장소, 들어앉아 살아가는 장소다.

'집'과 '길'은 서로 두드러지게 다르다. 집에는 여자들이 있고 길에는 남자들이 있다. 보다 정확하게 말하자면, 집은 여자답고 길은 남자답다. 물론 '길의 여자'들도 있다. 길의 여자들은 천사들이다. 누구에게나 사랑을 나눠준다. 때로는 자기 자신도 원치 않는 슬픈 사랑을 말이다. 반면 집에는 모든 것을 품에 품고 모든 것을 감싸는 사람, 어머니가 있다. 집은 어머니의 것이고 길은 아버지의 것이다. 전통적으로 아버지는 하루에 한 번씩 집을 나가게 되어 있다. 집을 나가 길에서 쏘다니다가 다시 집에 들어와 숟가락으로 밥을 퍼먹고 식식거리며 잠을 잔다. 옛날에는 남자들만 그랬지만 요새는 여자들도 그렇게 한다. 그 여자들은 아버지들이다. 여자들이 점점 아버지가 되어가고 있다.

길의 것들은 공격적이고 빠르고 지칠 줄 모른다. 쏘다닌다. 아무나 붙잡고 필요한 것을 묻는다. 길의 것들은 흥정을 붙이고 속이기도 하며 때로 자기에게 필요한 물건을 얻기 위해 사람을 죽이기도 한다. 자기 목숨은 자기가 알아서 부지해야 한다. 길에서는 서로 부딪히고 마주 선다. 모든 행길에 서 있는 신호등의 문화적 의미를 그렇게 파악할 수도 있을 것이다. 신호등은 근본적으로 길의 것들의 특징인 '공격성'을 완화시키는 방어장치다. 남자들, 그것도 젊은 남자들일수록 신호등을 무시한다. 그들은 근본적으로 길의 것들이기 때문이다.

길에는 '이정표'도 있다. 시골의 오솔길에도 이정표는 있다. 대신 우회적인 방식으로 있다. 갈랫길에서 왼쪽으로 한참을 가다 보면 500년 묵은 왕소나무가 나오는데 거기서 돌아……. 왕소나무는 이때 이정표다. 현대적으로 닦인 넓은 하이웨이, 그리고 거대한 시장판인 현대적인 도시의 도로들은 이정표 없이는 존재하지 않는다. 이정표로 분할된 길들은 계획된 길이다. 언제부턴가 사람들은 지나다니면 저절로 '생기는' 자연스러운 자취에 만족하지 않고 일부러 그 자취를 뚫기 시작했다. 모든 길은 로마로 통한다고 한 것이 벌써 2000년 전의 일이다. 로마 남쪽의 탄탄대로인 아피아 가도를 뚫어놓은 목적은 간단하다. 로마를 중심으로 만들기 위해서다. 문명의 길은 자기중심적인 목적에 도달하는 수단이다. 그렇게 뚫린 길들은 산허리를 자르고 강을 파헤치며 온 세계를 가로 세로로 재단한다. 고속도로를 달리다가, 새로 길이 되기 위해 자기 목숨을 내주고 있는 산의 마지막 탄식을 들은 적이 있다. 붉은색 황토가 뒤집혀 있었고 나무들이 뿌리째 뽑혀 있었다. 흙들은 꼭 피처럼 낭자했고 그 흙들은 트럭에 실려 어딘가로 보내어지고 산은 뭉개진 채 비참하게 누워 있었다. 거기에도 역시 얼마간의 공사기간이 지나면 탄탄대로가 생길 것이다.

길은 지배의 상징이다. 길을 지배하는 사람들이 세상을 지배한다. 낮의 길을 지배하는 사람들은 경찰이고 밤의 길을 지배하는 사람들은 깡패다. 그들이 세상의 밤낮을, 남자들과 여자들을 소유한다. 아니, 길이라는 것 자체가 세상을 지배한다. 길의 것들이 쉬지 않듯, 길은 세상 끝에서도 쉬지 않는다. 도버 해협 밑바닥에 영국과 프랑스를 잇는 길이 뚫렸다. 바다 밑바닥의 땅덩어리를 다시 뚫어 길을 만들 정도로 길은 쉬지 않는다. 사람들은 기를 쓰고 길을 만든다. 짓기 가장 어려운 곳에, 대관령에, 히말라야에, 북극에,

남극에, 그 모든 곳에 사람들은 목숨을 버려가며 길을 만든다. 길이 세상을 지배하기 때문이다. 길이 생기면 그것은 사람의 것이 된다. 아무리 낯선 땅덩어리라도, 아무리 문명의 맛을 보지 못한 곳이라도, 일단 길이 뚫리고 나면 모든 것이 변한다. 길이 뚫린 순수한 오지는 문명의 맛을 보고 타락한다. 길을 타고 젊은이들이 밤을 틈타 고향을 떠난다. 도시의 소문들이 길을 타고 몰려온다. 그래서 그들은 길을 타고 도시로 몰려든다. 그러나 도시에 그들의 집은 없다. 그래서 그들은 집에 들어가지 못하고 그냥 길에서 산다.

그렇게 사람들은 길에서 살기도 한다. 남들이 지나다니는 곳에 머물러 사는 사람들이 있다. 그들의 삶은 그래서 길의 공격성 앞에 노출되어 있다. 길에서 사는 사람들은 다투면서 산다. 그들이 주인 없는 길에 자리를 잡았다고 해서 길이 그들의 것이 되는 건 아니다. 이미 말한 대로, 길에는 원래 주인이 없다. 그래서 길에서 사는 사람들은 아무 주인도 없는 자리를 차지하기 위해 서로 자리다툼을 한다. 길에서 사는 사람들 중에는 노숙자들도 있다. 그들의 삶은 비참하다. 그들은 한때 집이 있었다. 그러나 자발적으로, 혹은 어떤 충격에 의해, 아니면 쫓기는 신세가 되어 집을 떠나 길에서 잠을 청한다. 길에는 몸을 덮어줄 이불이 없다. 집은 목숨을 품어주지만 길은 목숨을 공격한다. 새벽의 길은 쓸쓸하고 춥다. 그들은 길의 그러한 공격에 자기 몸뚱아리 하나만을 가지고 필사적으로 저항해야 한다. 그래서 노숙자들은 늘 고통스러운 표정을 하고 있다.

길에서 장사하는 노점상들도 있다. 그들에게는 '고향'이 있다.

고향을 떠나온 것이다. 고향을 떠나 객지로 오니 터전이 없다. 오직 길만이 그들의 터전이다. 주인 없는 길에서 영업을 하고 있는 포장마차는 아무도 지켜주지 않는다. 기본적으로는 불법이다. 어떤 의미로 그들의 목숨 자체가 불법인지도 모른다. 집이 있는 사람들은 삼삼오오 포장마차에 들러 떡볶이를 먹기도 하고 소주잔을 기울이기도 한다. 어쩌면 길에서 사는 이 뜨내기들과 길 잃은 고양이들과 하늘을 떠다니는 쥐색의 비둘기들이 길의 주인인지도 모른다. 그들은 하루 종일 길에서 무슨 일이 일어나는지 지켜본다. 누가, 무엇이 어떻게 길에 머물다가 어떻게 떠나갔는지 일일이 기억은 못 해도 전선 위에서, 쓰레기통 밑에서, 포장마차간에서 죄다 쳐다본다.

새벽의 클럽 앞 도로변에는 밤새 클럽에서 춤을 춘 청춘들이 나그네들과 섞여 있다. 길은 심심한 사람들이 쏘다니는 곳이기도 하다. 사랑을 잃은 사람이 정신없이 길을 걷는다. 방황. 목적지 없이 정처없이 떠도는 사람들. 배회. 배고프고 가진 것도 없고 할 일도 없다. 남들이 사무실에서 일해야 할 시간에도 길을 쏘다닌다. '길거리 문화' 라는 것이 있다. 기본적으로 길거리 문화는 그들의 것이다. 힙합을 한번 생각해보자. 지금은 전 세계의 젊은이들을 사로잡고 있지만, 힙합은 비참한 정글 상태의 흑인 게토(분리 거주 지역)에서 나왔다. 길거리에서 커다란 스테레오 카세트를 틀어놓고 흑인들이 노는 장면은 우리에게 익숙한 장면이다. 그런데 그 안에 흑인들의 비애가 담겨 있다. 게토 안에서는 길거리가 아니면 놀 곳이

없다. 길에서 춤추고 길에서 노래하며 길에서 생활한다. 그게 힙합이다. 1970년대 말, 힙합은 길거리에서 노는 문화에서 출발하여 1980년대 중반쯤 되면 '길거리의 삶'의 비참함과 분노를 있는 그대로 발설하는 문화로 변해간다. 그 유명한 힙합 그룹 '퍼블릭 에너미'. 이때부터 힙합은 길거리의 비참함을 달래기 위해 시간을 죽이며 노는 문화에서 길거리의 비참함을 고발하고 그 극복을 위해 노력하는 흑인들의 자의식이 새겨진 문화가 된다. 벽에다 하나 가득 낙서를 하며(graffiti), 판때기 위에서 풍차처럼 돌며(B-boying), 또 낡은 LP로 스크래칭을 하며(DJing), 운을 맞추어 떠들며(rapping) 흑인들은 '이게 우리의 삶이야' 하고 외친다.

전 세계의 길거리에 그와 같은 문화들이 숨 쉬고 있기 때문에 힙합은 여전히 힘있게 진화한다. 길은 노는 장소가 될 때 광장이 된다. '만남의 터전으로서의 길'이라는 길의 본질상, 길은 때로 축제의 장이 된다. 베를린의 길거리에서는 일 년에 한 번 수십만이 모이는 테크노 파티가 열린다. 사람들은 길 위에서 너 나 할 것 없이 자기 멋대로 치장을 하고 며칠씩 지속되는 테크노 음악의 리듬에 몸을 맡긴다. 조선시대의 저잣거리에도 남사당패가 있었듯, 그렇게 길은 자연스러운 문화의 교류가 이루어지는 장소가 되기도 한다. 길에서는 전통적으로 자기 것을 내놓고 남의 것을 가져가는 일이 자연스럽게 이루어진다.

그런데 이제는 그러한 일을 자기 집 안방에서 할 수 있다. 인터넷이라는 게 있기 때문이다. 우리는 자기 방 안에서 사이버 거리를 쏘다닌다. 그렇다면 지금은 어떤 의미로는 길의 시대다. 앞서 말했던 길과 집의 구분이 없어지는 시대이기도 하다. 인터넷의 길은 보이지 않지만 지구의 모든 사람들을 하나의 망으로 엮는다. 심심한 사람들이 길에서 쏘다니지 않고 자기 집 안방에서 사이버 거리를 쏘다닌다. 저자에 나서지 않아도 지금 뭐 재미난 구경거리가 없나, 싶으면 모니터를 켜면 된다. 사이버 세계의 길 때문에 오프라인 세계의 장소의 구분이 점차 무의미해지거나 모호해지는 시대가 되어가고 있는 것이다. 우리는 아마도 점차 식물이 되어가고 있는지도 모른다. 자기 자리에서 뿌리를 내리고 가지를 흔들며 텔레파시로 교류를 하고 있는 고차원의 식물들 말이다.

그렇다고는 해도, 인터넷에도 '길' 이라는 장소의 본질 자체는 온전히 살아 있다. 그 수많은 익명의 개인들이 나다니며 서로 부딪히고 만나고 공격한다. 음란 사이트의 유혹은 길거리 여인의 유혹보다 훨신 강하고 적나라하며 가까이에 있다. 프라이버시는 알아서 지켜내야 한다. 사이버 거리를 쏘다니던 사람들도 때가 되면 모니터를 끄고 자기 방에서 잠을 청한다. 그 길을 쏘다니는 사람들은, 쏘다니는 동안에는 나그네가 된다. 어느 작가는 '나그네는 길에서도 쉬지 않는다' 고 했지만, 실제로 길에서는 아무도 쉬지 않는다. 아무리 사이버 저잣거리가 실제 시장통보다 붐벼도, 길은 여전히 길이다. 그 길의 문화를 만들고 또 떠나는 사람, 길의 주인은 나그네다.

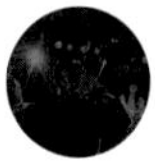

킹스턴 루디스카,
잔치 스카의 탄생

개인적인 사연으로 이야기를 시작하는 수밖에 없다. 그 생각이 먼저 나기 때문이다. 일 년쯤 전일까. 어느 날 트럼본 부는 철욱이가 내게 전화를 해왔다. 갑작스러운 연락이었다.

"웬일이니?"

"그냥…… 이렇게 가면 되는 거겠죠?"

"그럼! 되고 말고……."

뜬금없는 질문에 음악하는 선배로서 그렇게 힘주어 대답하고서 전화를 끊었지만 마음이 편치는 않았다. 한국에 아직 너무나 생소한 스카라는 장르에 음악 인생을 건, 더군다나 브라스가 필수라 덩치가 클 수밖에 없는 가난한 밴드를 이끄는 최철욱에게 삶의 시간들이란 그리 만만치 않을 것이 뻔해서였다. 그러나 나는 믿는 것이 있었다. 그를 비롯하여 밴드 멤버 모두, 어렵지만 희망을 잃지 않는 '스카'의 순진한 에너지와 휴머니즘을 누구보다도 열정적으로 표현할 수 있는 뮤지션들이라는 점, 바로 그 점 때문에 오늘의 앨범 《스카픽션(Skafiction)》의 발매가 가능하리라는 확신이 있었던 것이다.

자. 이제 오랫동안 기다렸던 앨범이 나왔다.

다른 이야기 다 제치고, 반갑다. 축하한다. 킹스턴 루디스카의 앨범 《스카픽션》. 이것은 스카 리듬으로 담아낸 우리 일상의 이야기다. 소탈한 리얼리즘 소설을 읽는 듯한 생생한 기쁨이 담겨 있는 앨범이며 진솔한 한판 브라스의 잔치다.

읏따 읏따 읏싸 읏싸 영차 영차!

둘과 넷, 앞 박자가 아니라 뒷 박자에 악센트를 주자. 그것이 스카다. 스카(ska)는 우리가 보통 레게(reggae)로 알고 있는 자메이카 음악 장르의 뿌리쯤으로 생각할 수 있다. 애초에는 브라스 위주의 연주곡들이 많았지만 차차 리듬이 섬세해지고 보컬이 추가되면서 레게로 진화해갔다. 킹스턴 루디스카는 레게의 뿌리가 되는 스카에 포커스를 맞춘다. 이들은 먼 자메이카의 리듬과 멜로디, 정신을 받아들여 우리의 생활 속에 녹인, 우리나라 최초의 본격 스카 밴드다. 이미 싱글 앨범을 발매한 적이 있지만 전체적인 스케일을 조망할 수 있는 정규 앨범은 이번이 처음이다. 앨범을 듣고 나니, 킹스턴 루디스카의 음악을 '잔치 스카'라고 부르고 싶어졌다. 이것은 우리만의 스카다. 또한 이 앨범은 한국 인디 음악의 장르 분화가 이제 구색을 제대로 갖추는 단계에 이르고 있음을 알리는 의미심장한 이정표이기도 하다.

스카는 부자들의 음악이 아니다. 자메이카 킹스턴 뒷골목의 암울한 일상 속에서 핀 리듬의 꽃이다. 나팔들도 윤기 좔좔 흐르는 새 악기들이 아니라 침 냄새 나고 녹이 슨, 그러나 몸의 일부가 될 만큼 생활 필수품이 된 정다운 악기들이다. 그래서 스카의 사운드는 세련미를 추구하는 대신 투박하고 따뜻하다.

부는 사람들의 숨소리가 담기기 때문에 목소리에 가장 가까운 악기들인 나팔. 리더 최철욱은 트럼본을 분다. 그는 어느 날 갑자기 다가온 트럼본이라는 악기에 홀로 매달려 킹스턴 루디스카의 사운드를 일궈냈다. 트럼펫을 부는 오정석과 정은석. 빨간색 트럼펫 사운드가 스카의 빛깔을 트로피컬한 과일의 그것이 되게 한다. 오정석은 플루겔 혼을 불기도 한다. 보다 저음이고 로맨틱하다. 박헌상과 정재현의 색소폰. 걸걸한 목소리 같은 이 톤은 흥겹고 걸쭉한 남자다운 목소리를 연상시킨다.

거기에 리듬 파트. 킹스턴의 리듬은 흥미롭게도 여성들이 생산한다. 최문주의 베이스와 유선화의 드럼은 킹스턴 특유의 섬세하고도 로맨틱한, 부드러운 리듬을 만들어낸다. 기타의 서재하. 칼같이 자르는 악센트 비트를 유지하는 커팅에 더해 재즈적인 터치의 텐션을 준다. 키보드의 이종민. 열 손가락이 짚는 풍부한 코드, 물 흐르는 듯한 하몬드 사운드의 생산자다. 마지막으로 보컬, MC, 퍼커션을 도맡는 이석율. 특유의 엉덩이 댄스와 흥겨운 무대 매너,

 카랑카랑하고 정확한 보컬의 소유자. 아니리를 넣는 판소리의 고수처럼, 특유의 신명을 불어넣는다.

그러나 나팔을 앞세워 잔칫집을 돌아다니며 흥을 돋우는 스카는 정작 팔자 좋은 사람들의 음악은 아니다. 축 늘어져 있는 어깨를 툭, 툭, 치며 일어나라 말하는 스카. 킹스턴의 흑인 청년은 우울하다. 절망에 빠져 있다. 자메이카 해변 리조트의 고급 호텔에서 새어나오는 화려한 조명은 그들의 것이 아니다. 리조트의 풍요, 휴식, 즐거움, 그런 것은 외부에서 온 사람들, 백인들, 일본인들, 뭐 그런 사람들의 것이다. 하긴, 그러고 생각하니 킹스턴의 아프로계 청년도 거기가 고향은 아니다. 그의 조상은 먼 옛날, 팔자에도 없는 노예선을 타고 이리로 왔다. 그러나 아무리 그래도 절망하지 마라. Don't worry! 스카의 툭, 툭, 치는 이 리듬에 어깨를 으쓱거리며 시름에 빠진 이들이 비로소 일어난다. 일어나! Get up! Stand up! 일어나서, 단화된 리듬의 긴장감을 온몸으로 느끼라. 감당하라. 그 리듬 속에서 사자와 어울렸던 때의 온전한 기쁨을 불러내라. 라스타! 라스타파리아니즘. 언젠가는 아프리카로 돌아가리라는 흑인들의 시오니즘. 빙글빙글 도는 더브 리듬의 환각은 살아 있는 리듬의 시간으로 모든 사람들을 불러낸다.

그리하여, 레게 음악의 뿌리인 스카 음악은 어깨가 처져 있는 전 세계의 모든 사람들에게 살아 있는 리듬의 시간을 느끼자고 부추긴다. 리듬 속의 연대. 그것이 스카의, 그리고 레게의, 라스타의 외침이다. 살아 있는 리듬의 시간을 느껴보세! 그리고 그 안에서 하

나가 되세. 우울하게 땅바닥을 쳐다보지 말고, 벌이세 벌여! 사는 것도 그저 그런데 음악 잔치나 벌여보세그려! 행복하기 위해 태어난 우리, 삶은 각박하고 미래는 불안하지만 리듬과 멜로디의 잔치 속에서 진정한 기쁨의 시간을 누려보세!

자, 그 잔치가 여기 있다. 우리는 스카를 중심으로 한 세계적 '리듬의 연대'에, 우리만의 기질로 이렇게 참여한다. 잔치를 벌이는 해학적 스카로 말이다. 킹스턴 루디스카는 사는 게 그리 녹록지 않지만 그래도 꿈과 희망을 잃지 않는 스카 특유의 낙천성으로, 시름에 빠진 88만원 세대 한국 청년들에게 말을 건다.

> 애써 지난 고통의 날들은 지워버리고 던져버리고
> 멈춰진 낡은 턴테이블 흩어진 기억의 노래
> 다시 부르자 희망의 불꽃 타오르며
> 나 지금 혼자 걷지만 나 지금 혼자 울지만
> 새로운 바람에 내 마음 실어 보내요
> —〈걷고 싶은 거리〉

앨범 《스카픽션》에 실린 〈걷고 싶은 거리〉의 노랫말에서, 듣는 이들은 현실은 암울하지만 그것을 극복하고 새로운 희망의 시간에 몸과 마음을 던지려는 우리 청년과 만난다. 그 청년은 킹스턴 루디스카라는 배에 몸을 실은 바로 그 청년들이기도 하고 그들의 리듬에 흥겨워하는 클럽의 관객들이기도 하다.

한 가지, 오해하면 안 될 것이 있다. 스카라는 장르가 진솔하고 투박한 사운드를 선호한다고 해서 이번 앨범이 그렇게 아무렇게나 만든 앨범이라고 생각하면 절대 안 된다. 어려운 여건 속에서 이뤄낸 녹음이지만 녹음도 수준급이다. 브라스의 질감과 멤버들의 공간감을 잘 살린 믹싱에 마스터링 역시 자연스럽다. 앨범의 구성 또한 세심한 흐름을 배려했다. 오프닝 곡 〈스카픽션〉을 통해 정통 스카의 뜨거운 맛을 보여주는 것으로 시작하여 점차 보컬이 있는 곡으로 진입하면서 친근하게 공감을 불러낸다. 킹스턴 루디스카 특유의 로맨틱한 측면을 보여주는 〈슈팅 스타(Shooting Star)〉 같은 아름다운 곡들이 앨범의 중후반부에 배치된다. 여성들의 리듬 파트와 최철욱을 중심으로 한 브라스 파트의 휴머니즘, 기타와 키보드의 재즈적 터치가 빚어낸 특유의 '로맨틱 스카'는 킹스턴 루디스카만의 것이다. 그들은 관객들에게 사랑하라고 숨김없이 외친다. 이처럼 스카를 뿌리로 한 다양한 변주를 이뤄낼 줄 아는 뮤지션십을 유감없이 발휘하고 난 뒤, 킹스턴 루디스카는 다시 이들의 정체성을 처음 담아냈던 간판곡 〈오스카 와일드(Oscar Wilde)〉의 리프라이즈 버전으로 돌아감으로써 '스카픽션'의 내러티브를 마무리한다. 한마디로 뜨거운 브라스의 향연!

앨범을 다 듣고 나니 속이 후련하다. 뜨거운데 시원하니 참 좋다. 뜨거우면서도 시원하면 벌써 그건 남의 것이 아니다! 우리는 그 '뜨거운 시원함'의 역설을 안다. 드디어 우리도, 스카 리듬으로 우리의 이야기를 할 수 있는 밴드의 앨범을 만난 거다. 아, 신난다. 슬퍼도 즐겁다. 즐거워도 또 슬프다. 슬픔을 딛고 사는 얼굴에 땀방울과 웃음이 밴다. 킹스턴 루디스카의 스카는 우리만의 독특한 스카, 하회탈의 해학을 생각나게 하는 유장한 스카다. 이름하여 '잔치 스카'. 잔치 스카의 탄생! 킹스턴 루디스카는 이렇게 외친다.

자, 일어나! 리듬의 잔치에 동참하지 않겠니?

휴대폰 속의 음악

누군가 휴대폰을 충전하러 편의점에 들어간다. 천 원. 삼십 분가량 기다리셔야 돼요. 말없이 천 원을 주고 컵라면을 산다. 천천히 먹는다. 십오 분쯤 지나자 그는 카운터에 가서 전화기를 찾는다. 아직 다 안 됐는데요.

됐어요.

아랑곳없이 다시 전화기를 켠다. 기지개 켜는 듯한 음악이 나온다. 아까, 전원을 껐을 때, 휴대폰은 잠에 빠졌다는 신고를 음악으로 했다. 휴대폰은 21세기의 가장 강력한 음악 매체다. 휴대폰은 음악을 이용한다.

원래 전화기는 음악의 보고다. 무엇보다도, 전화기를 들었을 때 나는 '뚜—' 하는 소리가 음악이다. 그 소리는 일정한 높이의 음을 가진 단선율이다. 그 음악은 마치 오케스트라가 웅장한 교향악을 시작하기 전에 단원들의 악기들이 내는 소리의 높낮이를 기준 잡아주는 오보에의 소리 같기도 하다. 그 '뚜—' 소리가 나야 우리는 전화기의 버튼을 누르기 시작하는 것이다. 그 다음으로는 통화 중일 때 나는 '뚜, 뚜, 뚜' 하는 소리와 연결되었을 때 나는 '뚜르르르륵' 하는 소리 역시 음악이다. 뚜, 뚜, 뚜, 하는 소리는, 그 단절적인 여운만 들어도 마음 한구석 어딘가가 아쉬워진다. 그래서 그 소리를 음악에 사용하는 가수들이 예전부터 있었다. 예를 들어 실연의 아픔 같은 걸 표현하기 위하여 그 뚜, 뚜, 뚜, 하는 단절적인 울림이 훌륭히 쓰일 수 있다.

그 다음으로는 번호판을 누를 때 나는 '삑삑삐삐삑' 하는 소리가 음악이다. 그 음악은 그 번호판을 누르는 사람이 자기도 모르게 매번 만들어내는 즉흥적인 음악이다. 그러니 번호판은 그것을 사용하는 사람들이 우연히 만들어내는 여러 다른 높낮이의 소리들을 담고 있는 일종의 악기이기도 하다. 번호판 악기는 대개 세 개의 음을 가지고 있다. 1, 4, 7, *, 이렇게 네 개의 기호가 한 높이의 소리를 차지하고 있고 2, 5, 8, 0과 3, 6, 9, #, 그렇게 두 쌍 역시 각각 다른 높이의 소리를 가지고 있다. 전화기를 가지고 있는 사람들의 번호가 다르듯, 각 사람들이 가지고 있는 그 '번호판 음악' 도 다르다(물론 그 총 수효는 전화번호 총 수보다 적겠지만). 전화기를 사용하는 사람들은 모두 자기 고유의 음악을 가지고 있는 사람들이다.

그렇다면 전화번호부는, 사용자가 창작하는 0부터 9까지 열 개

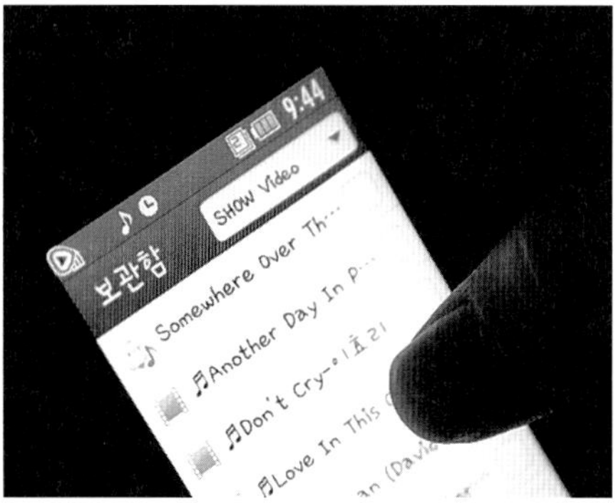

의 번호와 우물 정자, 아스테리스크라는 두 개의 기호로 이루어진 악보이기도 하다. 조금만 관점을 달리 생각하면 그 두꺼운 전화번호부는 수많은 미세한 음표들로 이루어진 악보인 것이다. 이런 음악회를 한번 생각해볼 수 있다. 오케스트라 단원들에게 전화번호부를 나누어준다. 그 다음 아무 페이지나 펼치라고 한다. 그리고 0은 도, 1은 도 샵, 2는 레, 3은 레 샵, 4는 미…… 하는 식으로 소리를 내라고 약속한 다음, 지휘자의 지시에 따라 한 페이지에 실린 전화번호를 모두 연주한다. 물론 리듬에 관한 약속은 미리 해야겠지만, 어쨌거나 그렇게 하여 결과된 음악은 틀림없이 훌륭한 프리뮤직이 될 것이다.

그런데 맨 처음에 그 번호판에 서로 다른 높이를 지닌 몇 개의 음들을 배치한 것은 사람들 보고 일상생활 속에서 조금이라도 더 음악 감상을 하라고 한 것은 아니었을 것이다. 그 소리들을 갈라 들음으로써 번호판 단추를 잘못 누르는 일을 조금이라도 방지하기 위한 목적이었을 것이다. 그러나 그 번호판의 음악은 그 자체가 독특한 사운드와 음계를 지닌 개성 있는 음악일 수도 있어서 가수들은 그 소리 역시 자주 음악에 사용한다. 특히 일상적인 소리를 '샘플링' 하기를 즐기는 힙합 뮤지션들은 전화 번호판 누르는 소리를 음악적으로 차용하는 일이 잦다.

자, 이젠 번호를 눌러 신호음이 간다고 치자. 그런데 갑자기 저쪽 사람의 목소리가 맨날 듣던 목소리다. '이 번호는 결번이오니……' 어쩌구 하는 그 익숙한 목소리가 들린다. 그 배경으로 음악이 깔린다. 그 음악은 자세히 들어보면 얼 클루라는 대중적인 재즈 기타리스트가 치는 선율인 듯하다. 어쩌다가 번호를 잘못 누르기라도 하면 우리는 전화기 속에서 잠깐 동안 싫든 좋든 재즈를 감상하도록 되어 있다. 물론 그 소리는 저음과 고음 대역의 소리들을 소거하여 중음 대역의 소리만 남은 코맹맹이 소리다. 그러나 가끔씩 가수들은 그 소리를 역으로 이용하기도 한다. 전화기 목소리의 코맹맹이 소리는 때로 어딘가 이곳이 아닌 곳에서 그 목소리가 전해져 오는 듯한 인상을 줄 수도 있다. 그 소리는 일상적인 목소리에 뭔가 이국적인 느낌을 더해주는 데 안성맞춤이다.

그러나 요즘 들어서 뭐니 뭐니 해도 전화기, 특히 휴대폰과 관련해서 뜨는 음악적 요소는 수신음일 것이다. 고전적인 전화벨 소리를 자기 발신음으로 삼는 사람들도 많지만 특유의 음악들을 자기 수신음으로 삼는 사람들의 수효도 적지 않다. 특히 젊은층으로 내려갈수록 그 수효는 많아진다. 물론 이 수신음은 시도 때도 없이 울리는 바람에 짜증스러움을 불러일으키는 음악적 요소이기도 하다. 그래서 공공장소에서는 되도록 자제해야 할 음악이기도 하다. 그러나 젊은 세대는 가능한 한 이러한 일상적인 요소들 속에서 자신의 개성이 최대한 발휘되도록 만들고 싶어 한다. 드물긴 하겠지만 어떤 경우는 그러한 일상적 요소들의 노예가 되는 극단적인 사례도 충분히 생각해볼 수 있다. 젊은 세대일수록 일상생활을 구성하고 있는 첨단 제품들에 민감하다. 그리고 그 제품들에 내장되어 있는, 음악적인 요소들을 포함한 문화적인 요소들을 최대한 이용하여 자기 개성을 표현하려 한다. 그러니 때로는 자연스럽게 그 테두리 안에 자기 개성이 매몰되는 일도 생기는 것이다.

전화기에는 이것 외에도 음악적인 요소가 너무나 많다. 참고로 나의 휴대폰은 'MP3' 폰이다. 그래서 여러 곡의 MP3 파일을 전화기에 장착하여 들고 다닐 수 있다. 이젠 인터넷도 되니 전화기로 음악 감상을 제대로 할 날도 멀지 않았다. 기능적이고 원시적인 음악들이 담겨 있던 기기에서 이젠 화려한 스테레오 사운드를 즐길 수 있는 일종의 멀티미디어 기기로까지 발전한 것이다.

청각을 이용하는 소통 수단인 전화에 음악적인 요소가 있다는 건 너무나 자연스러운 일이다. 모든 일상의 소리가 그대로 음악이 될 수 없다는 것이 자명한 만큼, 그 모든 일상의 소리들이 작게 또는 크게 '음악적 요소'를 지니고 있다는 것 또한 자명하다. 어떤 면에서 전화기에 들어 있는 음악적 요소들은 영화음악과 비슷하다.

그 둘은 다 같이 '기능하는' 음악들이다. 음악적인 아름다움보다 쓰임새가 당연히 먼저 고려되는 음악들이다. 그러나 그렇다고는 해도, 사람들은 때로 기능과 예술성의 관계를 역전시켜 그 음악들 속에서 그 기능을 넘어서는 예술적인 면을 부각시켜낸 다음 그것을 자기화하기도 한다. 이런 식으로, 일상의 예술은 기능의 활시위가 팽팽히 유지되면서도 그 활시위가 전혀 다른 곳을 겨냥하고 있는 형국으로 제시된다. 어쩌면 아주 작은 권력만을 소유한 것이긴 해도, 이 역시 일정하게는 전복적이다. 그리고 그 작은 전복의 무수한 중첩이 일상의 요소들을 탈구역화하고 탈정치화한다.

복숭아, 느슨한 전체

복숭아 사람들과 이야기를 했다. '복숭아 프레젠트'는 음악 하는 사람들의 모임이면서 하나의 회사이기도 하다. 이 회사는 주로 영화음악 일로 먹고 산다. 〈복수는 나의 것〉 〈해안선〉 〈철없는 아내……〉 〈4인용 식탁〉 〈ING〉 〈놈놈놈〉……. 2002년 이후로 이들이 소화해낸 영화의 몇 편만을 거론해도 이들은 한국 영화음악계의 주력부대 중의 하나라는 게 드러난다. 그러나 딱히 이 모임의 뮤지션들이 영화음악만을 하는 것은 아니다. 달파란은 '모조소년'이라는 전자음악 유닛을 꾸민 적도 있고 DJ도 하고 있는 첨단 뮤지션이며 장영규는 어어부 프로젝트를 하면서 피나 바우슈 등 저명한 서구의 예술가들에게 음악을 만들어주기도 한다. 방준석은 '유 앤 미 블루'라는 록 밴드의 보컬, 기타리스트였고 지금도 틈틈이 록 공연을 한다. 그러면서도 〈JSA〉나 〈YMCA 야구단〉 같은 큰 스케일의 영화음악 스코어를 써왔다. 이병훈은 화성적으로 훈련된 음악을 많이 만들면서 가요계에서도 적잖은 히트곡을 냈으며 옛날에는 '도마뱀' 이라는 뉴웨이브 밴드를 한 적도 있다. 이들은 네 사람이지만, 딱 네 사람이 아니다. 수많은 음악들 속에서 이들의 아이덴티티는 유연해진다. 이들은 작은 전체를 이루는 '하나' 이면서 동시에 그 안에 존재하는 수많은 '나' 들로 인해 분산되는 독특한 정체성 속에 서로가 미끄러지며 존재한다. 이 음악가들이 장민승이라는 기획자와 만나 김포에 하나의 독특한 음악공간을 이루었다가 지금은 그 중심 마저도 분산시켜놓은 상태다. 별로 말들이 없는 사람들이라 평소에 알고 지내면서도 많은 이야기는 할 수 없었지만 뭔가 속 깊이 이야기를 담고 사는 사람들이라 생각했다. 그들은 누구인가. 전략적으로, 혹은 경험적으로 그들은 그 질문에 정확하게 대답할 수 없거나 대답하지 않는다. 그러면서도 확실히 이들은 현재 한국 영화음악의 한 거점이다. 그들과 함께 한국 음악의 현주소에 관한 오리무중의 탐색을 해본다. 느슨한 하나이면서 여럿인, 독특한 연관관계 속에 있는 사람들과의 인터뷰답게, 이 대화는 어떤 주제로 모이기보다는 여러 갈래의 주제 속에서 순간순간 포인트를 찾았다가도 놓치고, 집중되었다가도 다시 흩어진다.

느슨한 전체; 복숭아의 사람들

성기완(이하 성): 복숭아의 아이덴티티는 독특하다고 생각한다. '느슨함'…….

방준석(이하 방): 느슨함이 허용되는 하나의 모임이다. 각자 자기 일도 하면서 전체적으로 어떤 방향을 향해 가기도 한다.

성: 언제 모였나?

장영규(이하 장): 한 3년 전쯤인 것 같다. 당시 영화음악 일이 많아지기 시작했고 우리들은 늘 붙어 있던 사람들이었다. 그런데 따로 일할 필요 없이 한 공간에 모여 있으면 어떨까 하는 생각을 했다. 당시 우리는 욕심이 좀 있던 때였다. 우리들에게 들어오는 일들을 놓치지 않고 효율적으로 진행할 필요도 있었다. 그러다가 2002년 늦여름쯤 장민승 씨가 구체적으로 모임에 대해 제안하여 모임이 이루어졌다.

성: 한국의 음악판을 한편에서 견인하고 있다는 생각이 드는데…….

달파란(이하 달): 특별히 그런 생각은 없다. 케이스 바이 케이스다.

성: 케이스 바이 케이스라는 것이 재미있다. 그러면서도 어떤 공통적인 색깔이 있고, 유연하게 각자의 개성도 담보되고 하는 방향이 복숭아 특유의 느낌을 만들어내는 것 같다.

방: 점점 구체화돼가는 것들도 있다. 지난번에 나온 한영애 씨의 프로젝트를 복숭아의 뮤지션들이 공동으로 기획하기도 했다.

성: 뮤지션의 입장에서 영화음악, 공연음악 등의 매력은 무엇인가. 밴드를 하는 것과는 또 다른 무언가가 있을 것 같은데.

장: 나 같은 경우는 도마뱀이라는 밴드를 하기 전, 처음에 음악을 시작할 때 공연, 무용음악 등의 음악을 만들어주면서 많은 것을 배웠다. 특히 샘플링을 통한 '이어붙이기' 의 방식을 열악한 공연음악의 현장에서 구체화시켰던 것 같다. 정말 많은 음악들을 들었고, 그중에서 공연에 부합되는 음악들을 찾아 새롭게 이어붙인 것이 지금의 방식으로 이어진 것 같다. 그와 동시에 사람 만나는 재미도 있었다. 음악을 하면서 사람들을 만나고, 서로 이야기하며 풀어나가는 것이 좋다. 그런 점에서는 영화음악이나 공연음악이 별로 다를 것은 없다고 본다.

성: 방준석 씨는 원래 '유 앤 미 블루' 라는 밴드도 했었고 좀 더 스트레이트한 록을 기반으로 하고 있는 듯한데, 영화음악을 하게 된 계기는?

방: 〈텔미섬딩〉이 장편 첫 작품이었다. 당시 조영욱 씨와 함께 작업할 때 스코어링을 하면서 시작하게 된 것이다. '유 앤 미 블루' 를 할 때 밴드의 음악을 〈꽃을 든 남자〉에 실었는데, 곡이 화면에 붙는 걸 보는 것이 즐거웠다. 영화라는 것을 항상 좋아해왔지만, 그 이후로는 이런 매력 때문에라도 열심히 영화음악을 하게 된 것 같다. 〈JSA〉나 〈YMCA 야구단〉 할 때 각각 영화

에 맞는다고 느껴지는 음악들을 유연하게 만들었는데, 지금 생각하면 더 많은 생각을 하면서 만들어야 했다고 생각한다.

성: 그럼 만일 지금 〈JSA〉의 음악을 다시 만들면 어떻게 될까?

방: 글쎄, 모르겠다. 아마 그때의 그 음악처럼 나오지는 않을 것이다.

성: 자기가 원래 하고 싶은 음악과 영화음악을 하면서 만들어 '주어야' 하는 음악 사이의 간극이 있을 수도 있다. 그 간극이 너무 크면 안 되고, 그렇다고 하고 싶은 음악만으로 먹고살기도 힘들고 그런데, 복숭아 사람들은 그 간극을 잘 조절하면서 유지해나가고 있는 것처럼 보인다. 그 둘 사이에서 괴롭지는 않나.

방: 그 두 개가 다 있다. 때로는 내가 어디 있는지 나에게 되물을 때도 없지는 않다.

달: 그렇지만 '나는 누굴까' 라는 밑도 끝도 없는, 함정 같은 질문을 잘 하지 않는다.

성: 그런 것도 복숭아다워 보인다. 우리는 누구, 예를 들어 '펑크로커', 뭐 이런 식으로 확실히 규정 짓지 않고 함께 가는 것 같은데…….

달: '다양함' 의 문제로 바라보는 것도 좋을 듯하다. 전체 속에서 개인들의 다양함도 생각할 수 있지만 '나' 안에서의 다양성 역시 존재한다. 개인의 생각이나 여러 가지가 변할 수도 있고 유동적인데도 지금까지의 우리나라 풍토는 뭘 꼭 유지해야 하고 한자리에 있어야 하는 것처럼 생각해온 것 같다. 왔다갔다 하거나 변화가 많은 사람은 오히려 질이 낮은 것으로 생각하는

것이 문제다. 전체적이고 획일적인 바탕에서 선입견을 가지고 개인의 다양성을 바라보면 안 된다. 개인의 유동성을 인정하는 가운데 전체적인 다양성도 이루어진다. 그래서 '복숭아'를 영화음악을 하는 사람들의 모임, 이렇게 딱 규정 짓는 것도 별로 좋지는 않다. 나는 복숭아가 사람들의 시선을 혼란스럽게 하는 역할을 하도록 만들고 싶은 생각도 있다. 이 사람은 전자음악 하는 사람, 이 사람은 공연음악 하는 사람, 이 사람은 가요 작곡가, 이렇게 획일적으로 지정되는 건 바람직하지 않다고 본다.

성: 그런 면에서는 장영규 씨도 참 여러 개성을 지닌 음악을 한다고 생각되는데. 예를 들어 〈4인용 식탁〉에서의 음악과 〈반칙왕〉에서의 음악은 매우 다르다.

장: 〈4인용 식탁〉 음악이나 〈반칙왕〉의 음악이 나에게는 모두 자연스러운 음악이다. 내 안에 장르가 나뉘어져 있는 것은 아니다. 억지로 나온 음악이 아니라 영화에서 어떤 음악이 필요할 때 그에 따라 내 안에서 자연스럽게 끄집어낸 것이다. 물론 내 개인의 작업을 할 때, 예를 들어 내 이름을 걸고 음반을 낼 때 어떤 음악이 나올지는 나도 잘 모르겠다. 그러나 영화음악의 경우, 다양한 방식의 음악이 가능하다고 본다.

성: 그런 다양한 것들이 한 사람 안에서 소화되고 공존하는 것을 보면 영규 씨는 참 소화력이 좋은 분 같다(웃음).

장: 어렸을 때 공연음악 하면서 들었던 수많은 음악들, 그때 이어붙였던 수많은 음악들이 나도 모르게 소화되어 내 안에 있나 보다.

성: '이어붙이기' 이야기가 나와서 말인데, 복숭아 프레젠트의 뮤지션들은 어떤 때에는 하나로 모이지만 음악 하는 방식도 조금씩 다르고 음악에 접근하는 특유의 시각도 있는 것 같다. 음악을 만드는 방법을 좀 공개해달라.

달: 나 같은 경우는 요새 '간소화'를 주로 생각한다. 컴퓨터를 위주로 하면 다른 악기들을 많이 줄일 수 있다. 음악 만드는 수고는 더 줄어들고 장비도 많이 줄었기 때문에 큰 이익을 생각하지 않고도 음악 하는 사람이 음악을 재생산해나갈 여건이 된 상태다. 물론 컴퓨터를 사용하여 음악을 할 때 '프로그램'에 매몰되는 것은 경계해야 한다. 그것은 하나의 함정이다. 그러나 뮤지션들이 그 함정을 경계하면서 훌륭하게 개성 있는 음악을 만들어낼 수는 있는 것으로 본다.

장: 나는 미디 작업에 친숙하지 않아서 그랬는지 공연음악을 만들 때 주로 샘플링의 방식을 썼는데, 이 방식을 더욱 심화하고 싶다. 소리들을 디지털로 녹음하여 자르고 붙이는 이런 방식을 통해 하나의 소리와 다른 소리가 만나는 과정에서 부딪히고 의미가 변화한다. 아직도 이 영역에서 할 일들이 많다.

방: 나의 경우는 컴퓨터의 영향을 받고 그것의 편리함을 이용하긴 하지만, 악기를 섬세하게 다룰 때 느끼는 미묘한 변화들, 그 감정의 흐름들을 중시하는 편이다. 좀 더 공연 등을 통해 그 흐름을 붙들고 싶다.

이 땅에서 어떻게 음악을 풀어나갈 것인가; 복숭아의 시각

성: 몇 해 전 가을, 백현진과 함께 달파란을 뺀 나머지 복숭아 멤버들이 모두 어어부 프로젝트의 멤버로 독일에서 공연을 하고 왔다. 물론 영규 씨는 피나 바우슈의 음악감독을 하기 위해서 간 목적도 있지만. 독일에서의 경험도 좀 이야기해달라.

장: 어어부 공연 때, 우리는 독일에서 역시 각자 놀았다. 공연 있는 시간에 맞춰 모이고, 나머지 시간은 거의 개인적으로 돌아다니고 그랬다. 개인적으로 피나 바우슈와 하면서 느낀 점이 있다. 한국에서 작업하다 보면, 제작자가 음악가가 가지고 있는 것을 무조건 '빼내려고만' 한다. 그렇게 뽑아내서 제작자의 요구사항과 비슷하면 오케이를 하는 식인데, 그쪽은 좀 다른 것 같다. 무조건 빼내려고 하지 않고 그 사람의 진짜를 기다린다.

방: 그게 한 단계 높은 방식인 것 같다. 오히려 그게 더 빼낼 수 있는 방법이다. 한 사람의 진짜 모습을 뽑아내려면 그 사람의 자유로운 마음속 깊은 것을 빼내야 하지 않나.

장: 그래서 그동안 한국에서 작업할 때, 저쪽의 요구와 부합하지 않는 것들은 잘라 없애버렸는데, 뭐 하러 그랬나 싶다. 앞으로는 그렇게 하고 싶지 않다. 최소한의 정보 속에서 서로 소통하며 있는 그대로의 상대방의 것을 끄집어내는 작업 방식이 맘에 든다. 그동안 한국에서의 작업에서 한계를 느꼈던 것이, 바로

잘라 없애가며 하는 방식에 길들여져 있어서 그랬던 것 같은 생각이 든다.

방: 말을 하지 말아야 한다(웃음).

성: 준석 씨는 어떤가. 지금의 한국 음악을 어떻게 생각하나.

방: 한국 음악이 내가 음악 하는 '터'라고 생각한다. 나쁘게 이야기하면 여기 돌아가는 방식에 맞춰줘야 하긴 하는데, 처음에는 여기의 방식에 눌려 제대로 일을 못 한 면도 있다. 물론 한국에서 음악하며 물질적인 어려움도 없지는 않다. 또한 너무 획일적으로 음악가들을 규정 짓는 풍토도 힘들다. 그러나 복숭아 같은 네트워크 속에서 활동하는 지금은 맞추면서도 자유롭게 내 식대로 풀어가는 방식이 점점 생기는 것 같다.

달: 우리나라의 음악 자체에 대해서는 그리 많은 할 말이 없다. 그러나 '음악'을 어떻게 다루느냐의 차원에서는 문제가 있는 듯하다. 음악적으로는 어느 정도 깊이가 생긴 것도 사실이다. 여기서 안 되는 음악은 밖에서도 안 되고, 여기서 되는 음악은 밖에서도 가능성이 있는 정도의 단계는 된 것 같다. 그러나 음악이 만들어지고 유통되고 소비되는 과정, 음악을 소비하는 사람의 태도나 취향, 이런 것들은 뒤죽박죽이고 혼란스럽다. 역시 구조적인 문제라 할 수 있다. 지금은 매체가 바뀌어가는 과도기적인 시기인데, 그런 시기와 원래의 혼란스러운 구조가 겹쳐지니까 혼란이 가중된다. 이런 혼란이 정리되어야 할 것 같다. 뭔가 자연스러운 구조가 생겼으면 하는 바람이 크다.

성: '모조소년'의 앨범을 '히어(Here)'라는 인디 레이블을 스스로 만들어 발매했는데…….

달: 이번에 어어부 프로젝트도 독일 가서 반응이 괜찮았다는 이야기를 들었다. 이 땅에서 만들어지는 음악도 국제적인 감성에서 소통 가능한 것으로 본다. 국제적인 교류의 시도가 필요한데, 메이저 차원에서의 대규모 상업적인 교류 가지고는 안 된다. 그런 것은 껍데기에 불과하다.

성: 그렇다면 메이저 차원에서는 잘 보이지 않으나 개성을 지닌 소규모 인디적인 네트워크가 외국과 연결이 되어야 하지 않나.

달: 한국이 온라인은 잘 되어 있는데, 실제적인 소규모 네트워크는 약하다. 밖에서 보면 아직 제3세계적이고 동떨어져 있는 듯이 보인다. 소규모의 연결을 개인적으로 시도하고 있다. 작은 인디 레이블끼리 서로 네트워킹을 하고 서로 유통을 시켜주고 하는 국제적인 연결관계 속에서 활동을 해보려 노력하고 있다. 지금은 음악을 만들기가 예전보다 많이 쉬워졌다. 디지털 기기들과 컴퓨터의 발전 결과다. 뮤지션들도, 음악 만드는 노력을 예전보다 덜 해도 되니까 연결관계에 관해 더 많이 생각할 수 있지 않을까 싶다. 이런 현실을 보다 깊이 생각해봤으면 한다. 아까 〈씨네 21〉 광고를 보니까 '10년 안에 매트릭스 같은 영화를 만들 수 있을까' 하는 질문이 있었다. 이제는 그런 식이 아니라 '매트릭스와 다른 영화를 만들려면 어떻게 해야 할까'라는 식으로 질문해야 한다. 이제는 따라가는 식으로만 생각하지

말고 그와는 다르게 하기 위해 어떻게 해야 하나, 하는 방식으로 생각하는 게 중요하다.

한국 영화음악계의 현실

성: 한국 영화음악계의 현실은 어떤가. 그간의 경험에 비추어보면 아쉬운 점도 좀 있을 듯 싶은데.

장: 예를 들어 영화음악계에서 음악가에게 돈을 지불하는 방식도 참 비합리적이다. 음악감독의 작업비가 따로 있는 것이 아니라 그냥 음악 관련 버짓 전체가 정해지고 그것을 알아서 음악 하는 사람들이 나눠야 한다. 비체계적이다. 이런 불합리하고 비체계적인 방식이 영화음악계 전체의 현실을 규정하고 있다. 전체 예산 속에서 음악이 차지하는 비율이 어느 정도인지가 좀 가시화되었으면 좋겠다.

달: 100억짜리 영화나 10억짜리 영화나 음악 예산은 똑같다. 그러니 결국 음악에 관한 제작자들의 생각은 아직도 분화되어 있지 않다.

방: 이제는 우리 영화음악 예산으로 나올 수 있는 음악이 거의 소진되었다고 생각한다. 이 이상의 어떤 분위기를 원한다면 음악 하는 사람들에게도 어느 정도 여유를 주는 것이 필요하다고 생각한다.

성: 내년에 할 영화들도 잡혀 있나. 앞으로의 계획은.

장민승: 그동안 장단편 합쳐 30편에 가까운 영화음악을 해왔는데, 내년에도 몇 개의 영화를 하기로 벌써 이야기가 되고 있다. 바쁜 한 해가 될 것 같다.

달: 개인적으로는 음반 활동을 한동안 쉬었는데, 음반 활동에 주력하며 해외의 소규모 레이블, 뮤지션, 인디적인 사람들과 네트워킹도 하고 페스티벌 참여하면서 조금 활발하게 움직여볼 생각이다.

장: 기다리고 있는 일들이 조금 있다. 우선은 그 음악들을 해나가면서 피나 바우슈와의 프로젝트 등 개인적인 것들도 함께 생각해보려고 한다.

방: 공연을 더 많이 하고 싶다. 그 속에서 새로운 음악의 줄거리들을 끄집어낼 수도 있고.

성: 다양성 속의 하나라고 할까, 다양한 하나라고 할까, 인간관계의 측면에서만 보아도 보다 '쿨' 한 관계를 추구하는 복숭아의 모습, 음악을 보고 듣는 일이 즐겁다. 내년에도 열심히 음악들 하시기 바란다.

편의점 DJ 아르바이트

어떤 편의점에는 점원들이 음악을 틀어놓는 것이 금지되어 있다. 또 어떤 편의점에서는 점원 마음대로 음악을 튼다. 개인적으로는 후자가 단연 좋다. 어느 날 어떤 편의점에 들어갔는데, 최신 하우스 테크노 리믹스 음악들이 흘러나왔다. 쿨했다. 알고 보니 DJ 지망하는 친구가 편의점에서 아르바이트를 하고 있는데, 그 친구가 다음에 클럽에서 틀 음악들을 편의점에서 미리 리믹스하고 있었다.

"삐끼 삐끼" (DJing 하는 소리)

Q: (멀리서 오며) 주인이 놓고 간

신발들

빈집을 녹인다

긴 겨울밤(박형준, 〈빈집〉)

크, 좋아. 박형준 시 좋아.

순: ……(삐끼 삐끼) 누구?

Q: 박형준. 현대문학 12월호.

순: 주인이 없군.

Q: 어디에도 문화의 주인은 없지. 그게 요새 문화의 특징.

순: 김용옥이 텔레비전 나와서 떠드는 거 봤나?

Q: 봤어. 철학자와 광대의 퓨전이더군.

순: 삐끼 삐끼

Q: 어, 좋은데. 로니 사이즈 풍. 드럼 앤 베이스? 그런데 그 아쟁 소리는?

순: 드럼 앤 베이스의 분할, 아쟁의 흐름.

Q: 호…….

순: 주인이 없어.

테크노는 DJ의 음악이다. DJ란 뭐 하는 사람이냐면 한마디로 '판 트는 사람' 이다. DJ라고 하면 1960~70년대에 젊은 시절을 보낸 사람들은 '음악다방 DJ' 를 떠올리겠으나, 부스에 앉아서 감상용 음악을 틀며 몇 마디 구수한 말시중을 드는 그 DJ와 테크노 음악과 관련된 DJ는 약간 개념이 다르다. 오히려 테크노 음악의 DJ는 디스코텍 DJ와 비슷하다. 디스코텍 DJ라는 직업이 생기기 시작한

건 1970년대의 일이다. DJ는 어떤 면에서는 석유 파동과 경제 침체의 시절인 1970년대 서구의 산물이다. 나이트클럽에서 더 이상 실제로 연주하는 밴드에 돈을 지불하기가 힘들어지자 궁여지책으로 마련한 것이 '판을 트는' 사람들을 고용하는 일이었는데, 이러한 방식이 DJ 컬처의 대중화를 낳았다. DJ는 처음에는 소극적으로 '판을 트는' 사람에 지나지 않았는데, 점차 적극적으로 자기 임무를 활용하는 사람들이 생겨났다. 그들은 판을 트는 데 그치지 않고 두 대의 턴테이블을 통해 판들을 '리믹스' 하는 역할을 하게 된 것이다. 또 어떤 DJ들은 음반을 앞, 뒤로 움직이면서 '끼끽' 하는 소리를 내는 방식, 다시 말해 '스크레치' 라는 걸 시작했다. 스크레치는 다른 어떤 연주가도 낼 수 없고 오직 DJ만이 낼 수 있는 소리를 내도록 해준다.

이런 방식으로 DJ는 남의 음악을 트는 사람에서부터 점차 '남의 음악을 가지고 놀면서 독특한 자기만의 색깔을 내는' 예술가로 거듭나면서 사실상 테크노 음악, 혹은 테크노 문화의 창시자가 된다. 1980년대 시카고의 유명한 '하우스' DJ들, 예를 들어 프랭키 너클스 같은 전설적인 DJ들을 통해 DJ 컬처가 본격적으로 자리잡게 되는데, 이들은 앞서 말한 전자 기기나 샘플러 등을 사용하여 만들어진 반복적인 비트의 음악이 담긴 이른바 '비닐(Vinyl)' 판들, 다시 말해 LP 레코드판들을 두 대의 턴테이블에 걸어 오랜 시간 동안 틀어주는 독특한 임무의 예술가들이다. 음악은 더 이상 감상되는 것이 아니라 몸으로 느껴진다. DJ들은 턴테이블이라는 익명의 기기를 매개로 클럽에 모인 이른바 '클러버(clubber)' 들을 새로운 세계로 인도하는 무당들이다.

테크노 뮤지션들은 새로운 방식으로 시인의 지위를 얻게 된다. 새로운 시인들은 더 이상 세상을 있는 그대로의 세상으로, 예술을 있는 그대로의 예술로 보지 않는다. 그들은 세상의 핵심에 존재하는 것들 자체에 대해 고민하기보다는 세상을 뒤덮고 있는 베일의 조건들을 사색한다. 그 조건이 결국은 사물의 본질이고 문명의 본질이다. 그러나 남는 것들은 있다. 그들의 목숨이 따라가는 그 텍스트로서의 소리, 또 음악, 비음악의 경계가 무너진 소리들이 갖는 깊이가 도대체 뭐냐는 것이다. 그 깊이를 그들은 '반복' 이라는 방식 속에서 도달하고자 한다. 같은 리듬이나 소리, 소음의 반복은 사람들을 어떤 깊이 있는 세계, 아니, 깊이 있다기보다는 원형적인 세계로 인도한다. 그들은 그래서 원시적인 제의의 사제들이기도 한데, 그러나 결국 생각해봐야 할 것은 그 깊이가 우리를 의식의 질의 차원에서 어떤 다른 곳으로 인도하냐는 것이다. 사실 테크노는 패턴화된 일상의 재현이다.

Q: 학교 다닌 적 있나?

순: 삐끼 삐끼…….

Q: 내 생각엔 오히려 기회일 듯.

순: 풀어놓은 말처럼 길길이 뛰는 인문학의 시대가 온 거지.

Q: 아, 아직은 안 왔어.

순: 삐끼 삐끼…….

Q: 새로운 백가쟁명의 시대군.

순: 모두들 떠들어라. 아니, 짖어라.

Q: 그중에 되는 것들은 남는다.

섞어라,

새로운 기준을 세워라,

과거의 것들을 맘대로 인용해.

순: 하긴 글쟁이나 예술가들은 세상 바깥에서 살아왔어.

Q: 세상 바깥?

순: 제도 바깥.

Q: 이제 알고 싶어 하는 사람은 떠돌 거야.

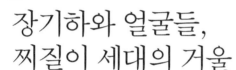

장기하와 얼굴들, 찌질이 세대의 거울

1.

이 친구를 그전에도 몇 번 본 적이 있는데. 눈뜨고 코베인과 3호선버터플라이가 함께 공연한 적도 있으니 그때 드럼을 쳤던 이 친구를 먼발치서 봤을 거구. 또, 〈기상시간은 정해져 있다〉로 알려진 청년실업이라는 밴드를 할 때는, 직접 보지는 못했지만 음반으로 들었고. 여기저기서 이리저리 마주친 것 같은데 큰 기억이 없다. 2008년 여름이었나, 킹스턴 루디스카 공연 뒤풀이할 때 장기하와 한 테이블에 앉았었다. 그때 장기하는 장기하와 얼굴들을 소개했다. 장기하와 얼굴들의 '얼굴들' 인 미미 시스터즈를 하는 N양과는 오히려 예전부터 안면이 있었다.

2008년 가을 아프리카에 다녀왔더니 한국은 겨울이었다. 장기하와 얼굴들은 하늘 높이 떠 있었다. 예전에 알던 그가 아니라고 해야 할 만큼, 장기하와 얼굴들의 대중적 인지도는 대단했다. 사실, 뜻밖이었다. 장기하와 얼굴들이 이렇게 뜨다니. 그때 달랑 싱글 앨범 형식으로 세 곡을 발표했던 신예 밴드가 인디 신을 대표하는 밴드가 되어 있었다. 그들이 최근 새 앨범 《별일 없이 산다》를 발표했다. 전형적인 그들만의 제목이지만, 그들은 참 일들이 많다. 아마 홍대 인디 신에서 요즘에 장기하와 얼굴들처럼 일들이 많은 친구들은 없을 것이다. 별일 없이 사는 수많은 아이들은 장기하와 얼굴들이 내뿜는 그 '별일 없음'의 기운을 즐긴다. 그래서 그들은 별일도 많고 가십거리까지 있는 유명한 밴드다. 급기야 '인디계의 서태지'라는, 본인도 다소 역겨울 별명이 그들에게 붙고 말았다. 그렇다. 가히 이들 때문에 다시 '인디'라는 말이 10여 년 만에 부상하고 있는 것이다.

2.

장기하와 얼굴들이 소속된 '붕가붕가 레코드'는 '지속가능한 딴따라질'이라는 표어를 내걸고 활동하고 있는데, 사실 나 역시 10여 년 전, '강아지문화예술'이라는 인디 레이블을 후배들과 할 때도 그와 비슷한 전망을 가지고 있었다. 나는 지금으로부터 거의 10년 전인 2000년 벽두에 '인디 레이블에 관한 보고서'라는 글을 썼는데, 지금 와서 새삼 훑어보니 이런 대목이 보인다. 조금 길게 인용

 하는 것이 뭣하지만, 하여튼, 인용해보자면,

지속성? 그렇다 지속성. 얼마나 뜨느냐보다 얼마나 지속하느냐가 더 중요하다. 여러 평자들이 1999년의 인디판을 보고 적어도 외형상으로는 그 이전보다 확실히 침체된 모습을 보여주고 말았다고 말한다. (……) 재작년, 1998년에 어느 인터뷰에서 나는 인디판에 '돈이 보인다' 고까지 말했다. 그 말은 틀린 말이었다. 그렇게 말한 것은, 대략 다음과 같은 일종의 '해피엔딩 스토리' 를 상상했기 때문이다. "메이저판의 음악이 새로운 장르와 스타일들을 수혈받지 못하고 댄스 일색으로 자기 유지를 하다가 팬들의 외면을 당하게 되어 급기야 팬들이 인디 쪽의 신선한 음악에 관심을 갖게 된다." (……) 저쪽에서 봐도, 이쪽에서 봐도 정확하게 분간이 가지 않는 미묘한 자세를 취하는 것이 살아남는 길이다. '살아남아서 뭐하냐?' 고 물으신다면, 눈물과 쾌락이 분간 안 가는 사랑의 씨앗이라도 뿌리겠어요, 라고 말하겠다. 살아남는 것이 죄라도 살아남아야 한다. (……)

지금 보면 10년 전 나의 글은 자못 처절하기까지 하다. 그러면서 나는 인디를 '공룡 틈에서 노는 쥐' 라고 결론지었었다.

고상한 놈 대 장사아치의 이분법이 누구한테 유리하냐면, 결국은 크게 장사해 처먹는 놈들한테 유리하다. 고상한 놈하고 큰 장사꾼 놈들하고가 다 한통속 아닌가. 저열한 장사아치가 되면서 고상한 놈들

'인디-공룡 틈에서 노는 쥐' 라는 당시 나의 주장이 크게 반향을 일으키지는 못했지만, 지금 일고 있는 '제2의 인디 파도' 를 이끄는 어떤 힘을 이해하는 데 도움이 될 만한 비유 아닐까 싶다. 그때하고 지금하고 다른 점이 있다면, 그때는 처절한 구호였고 지금은 현실적이고 유머러스한 '카피' 라는 점이 아닐까. 한마디로 인디도 '디자인' 개념을 도입하여 충분히 활용할 만한 시점이 된 것이다. '지속가능한' 이라는 약간은 정치적인 수사와 '딴따라질' 이라는 시장판 어휘를 리믹스할 수 있는 유연함과 시스템을 가지고 움직이는 것이 지금의 인디다. 구호가 디자인이 될 때, 그 개념은 대중적인 것이 되고 대중은 거기에서 자신들의 감수성을 발견한다. 옛날식으로 표현하자면, 바로 그때 전위는 대중과 결합하게 된다.

장기하와 얼굴들, 그리고 붕가붕가가 보여주는 프로모션 방식은 대중적인 태도와 대중과 선을 긋는 태도라는 모순을 잘 구사하고 있다. 디자인은 참신하면서도 간단해야 하고 도발적이면서 눈에 잘 띄어야 한다. 이들의 방식 역시 마찬가지다. 클럽 공연을 꾸준히 개최하여 홍대 근처 인디 출신이라는 걸 안팎으로 각인시킨다. 뿐만 아니라 다른 인디 밴드의 게스트 역할도 마다 않는다. 동시에 TV나 라디오 같은 대중 매체에 얼굴을 내미는 일도 게을리하지 않는다. 각종 굵직한 메이저 문화 행사에도 참여한다. 그러면서도 메이저라는 인상을 주지 않는 것은, 이들의 로파이적인 성향 때문이다. 앨범의 제작-생산 과정에서 그 로파이는 핵심적인 원리로 작용한다. 이른바 '자가생산방식' 이 이들의 인디성을 알리는 데 큰 몫을 차지했다. 한마디로 집에서 CD 구워서 판매하는 것이다. 공장에서 생산하여 몇 만 장을 팔 수도 있는 상황이었지만, 이들은 그 짭짤한 돈맛에 항복하지 않고 자가생산방식을 고집했다. 아이러니컬한 것은, 바로 그 자가생산방식이라는 것 역시 꾸준히 프로모션된다는 점이다. 자가생산방식의 폐쇄성과 대중적 프로모션의 개방성을 결합함으로써 장기하와 얼굴들은 '대중적 인디 밴드' 의 전형이 되었다. 이들은 자가생산을 하지만, 동시에 그 자가생산을 프로모션하기도 한다. '공룡 틈에서 노는 쥐' 로서의 인디꾼이라고나 할까.

어쨌든, 제2의 인디 파도를 이끌고 있는 또 하나의 중요한 인디 레이블인 루비 살롱의 여러 뮤지션들, 그리고 붕가붕가, 게다가 '전통적 인디' 라고 할 수 있는 중견 뮤지션들이 힘을 합해 새로운 인디의 시대를 열어가고 있는 요즘이다.

3.

이들에 대한 여러 세대의 반응이 일단 흥미롭다. 먼저 1970년대에 젊은 시절을 보낸, 이른바 '그룹 사운드' 세대는 가사도 가사지만 일단 장기하의 '사운드' 에서 공감대를 발견한다. 한국적 구어체 가사의 가능성을 발견해낸 산울림이나 송골매 초기 시절 배철수의 보컬이 보여주었던 사설을 늘어놓는 듯한 창법, 그리고 신중

현과 엽전들의 리프에서 보이는 한국적 펜타토닉 화성 같은 것들이 장기하의 사운드에서 전면에 부각되어 있다. 게다가 젊고 활력 있는 록 뮤지션들이 주로 사용하는 '불을 뿜는 듯한' 전기기타 사운드를 자제하고 대신 약간 매가리 없어 보이는 통기타 사운드를 리프 플레이의 중심에 놓고 있다. 1970년대 통기타 시대의 포크 사운드가 그 배경에 있다는 것을 알 수 있다. 장기하의 사운드는 한국말로 빚어낸 록 음악의 어떤 잊힌 전통에 몸을 기대고 있다.

인디 신에서 이러한 '복고풍' 사운드를 참고하는 경우는 그동안 꽤 있어왔다. 3호선버터플라이도 3집 《타임 테이블(Time Table)》을 통해서 산울림이나 신중현과 같은 1970년대 사이키델릭 사운드를 되살리려는 시도를 했으며 피들 밤비 같은 경우는 아예 스트레이트하게 1970년대를 모방한 키치적 사운드를 구사한 바 있다. 또한 장기하가 드러머로 몸담고 있는 눈뜨고 코베인 역시 그러한 사운드를 전면에 내세운다.

젊은 세대 밴드들이 이러한 사운드에 접근할 수 있었던 또 다른 배경은 '한국 대중문화의 데이터베이스화'에서 찾을 수 있다. 이 역시 굉장히 중요한 대목인데, 1990년대 이후가 되어서야 비로소 1960~70년대에 나왔던 고전적인 대중음악의 데이터베이스가 전문가나 애호가, 사이버 공간의 활동가들의 노력으로 정리되기 시작한 것이다. 그 데이터베이스들은 인터넷을 통해 급속도로 전체 세대에게 하이퍼링크된다. 젊은 세대들은 바로 그 데이터베이스를 활용할 수 있었다. 그런 점에서는 장기하 세대의 복고풍은 퇴행적이라고만 할 수 없다. 오히려 한국 대중문화가 조금은 성숙하고 정리되었다는 점을 반증한다.

사실 젊은 세대는 그런 복고풍 사운드에서 오히려 이질감을 느끼지 않을까 싶다. 장기하와 얼굴들이 보여주는 로파이 사운드는 동시대의 기계적이고 첨단적인 컴퓨터 음악 사운드와 전혀 질감이 다르다. 그것이 거꾸로 참신하게 다가올 수도 있다. 하지만 장기하와 얼굴들에 열광하는 젊은 세대가 주목하는 것은 뭐니 뭐니 해도 능청스럽게 쏟아내는 가사가 아닐까 싶다. 코믹하지만 톡 쏘는 데가 있고 자조적이면서도 남들 상관 안 하는 그 가사 속에 담긴 태도가, 이건 내 이야기다, 또는 내 상황이다, 하는 반응을 자아낸다.

4.

늘 그래왔듯 록 음악은 특정한 세대의 감수성과 찰떡으로 붙어 있다. 예를 들어 1960년대의 도어스는 미국 베이비붐 세대의 낭만적이고 반사회적인 감수성을, 또 1970년대 영국의 섹스 피스톨스는 불황을 살아가는 젊은이들의 절망감을, 한국에서 1990년대의 크라잉넛은 이른바 'X 세대' 이후의 신세대에게서 찾아볼 수 있는 자기주장을 발견할 수 있다. 그리고 이번에는, 그러니까 2010년이 다 되어가는 지금의 젊은 세대들은 장기하와 얼굴들이 자신들의 세대적 감수성을 집약하고 있다고 느낀다. 장기하와 함께 자주 언급되는 단어가 바로 '루저'라는 단어다. 젊은층이 잘 쓰는 우리말로 번역하자면 한마디로 '찌질이' 정서를 장기하와 얼굴들이 보여

 주고 있다는 거겠지. 지금 같은 불황의 시기에 찌질이들의 자기토로는 누구에게나 자기 이야기인 것처럼 들릴 가능성도 있다.

찌질이란 누구인가. 네이버 지식인에 보면 찌질이와 빠순이의 공통점을 알려달라는 질문이 올라와 있다. 거기에 누군가가 찌질이는 '잘나가지도 않으면서 깝치고 다니는 사람' 이라는 정의를 내놓고 있다. 물론 그것도 찌질이의 한 성향이다. 잘나가지 않는다는 건 찌질이의 중요한 특징이다. 장기하와 얼굴들의 첫 번째 정규 앨범 제목은 '별일 없이 산다' 로 되어 있다. 별일 없이 사는 놈들이 찌질이다. 그러나 찌질이들이 반드시 깝치고 다니는지는 따져봐야 한다. 상황에 따라 다를 수 있다. 깝치기라도 하면 그 친구는 벌써 찌질이를 넘어서려는 의지를 보이는 사람이다. 진짜 찌질이는 코를 찔찔 흘리면서 비닐장판 위에 딱 붙어 있는, 혼자 구시렁은 대지만 어디 나가면 한마디도 못하고 삭죽어 있는 그런 친구들이다.

> 눅눅한 비닐장판에~ 발바닥이
> 쩍하고 달라 붙었다가 떨어진다
> —〈싸구려 커피〉

이 뜨뜻미지근한 질감. 한 며칠 신은 양말에서 풍기는 끈기 비슷한 정감이 가사에 서려 있다. 찌질이들이 열광할 만하다. 또 찌질이는 '애들하고 잘 어울려 놀지 못하는 아이' 라고 정의되기도 한다. 네이버 오픈 백과사전에 적혀 있는 내용이다. 또한 찌질이는

'강자에겐 비굴하고 약자에겐 강한 모습을 하는 아이들', 또는 '학교생활에 적응하지 못하여 왕따를 당하는 아이들' 로 정의되기도 한다. 이런 걸 보면 찌질이는 사회에 적응하지 못하는 다양한 성향의 아이들을 총칭하는 개념이 아닌가 싶다. 그 말의 어감 때문에, 찌질이는 요즘 세대 아이들이 가장 듣기 싫어하는 단어가 되었다. 예전 세대의 '쫌팽이' 같은 단어하고 약간은 비슷하다. 찌질이는 비겁하고 겁 많으며 적응하지도 못하고 성공은 상상도 못하는 멍청이다.

그런 찌질이는 어느 세대에나 있게 마련인데, 보통은 찌질이들이 소수고 대다수 아이들은 찌질하지 않을 경우가 많다. 10여 년 전부터 청소년 문제의 하나로 취급되어온 '왕따' 는 보통 아이들에게 따돌림 당하는 소수의 찌질이를 가리킨다. 그러나 지금의 찌질이 현상, 루저 현상은 그것이 소수가 아니라는 데 중요한 특징이 있다. 젊은 세대 전체가 스스로를 찌질하다고 느끼게 되는 시대적 흐름이 분명히 존재한다.

이런 시대적 흐름의 배경에는 한국 사회의 큰 변화가 놓여 있다. IMF 이후의 한국 사회를 특징 짓는 중요한 흐름 가운데 하나가 '사회적 구분' 이 단단해졌다는 점이다. 성공할 가능성이 있는 소수 정예 엘리트들은 나온 학교도 다르고(민족사관학교), 사는 곳도 다르다(타워 팰리스). 그들은 그들만의 네트워크가 있고 어려서부터 미국을 제집 드나들듯이 한 결과로 영어를 자기 언어처럼 씨부린다. 그들은 그들만이 다니는 대학을 나와(서울대학교, 심지어는 하버드 대학교), 그들만의 시험을 통과하고 그들만의 사교계로 골인한다. 옛날과 다른 점은, 그들이 성공한 부모의 자식들이라는 점이다. 그들과 나머지 대다수를 가르는 벽은 대단히 높다. 아무리 맨땅에 헤딩을 해도 그 벽을 넘기란 쉬운 일이 아니다. 대다수 젊은 이들은 객관적으로 볼 때 그들 부모 세대의 대다수처럼 가난과 기아에 허덕이지는 않지만 자기 부모들보다 훨씬 절망적이다. 평생 찌질하게 원룸 생활을 할 수밖에 없다는 자조감이 그 높은 '벽' 앞에서 용솟음친다. 사실 지난해의 촛불시위는 그 '찌질이들'의 반란이었다. 88만원 세대를 언급하지 않더라도, 그 찌질이들은 지금 젊은 친구들 대다수를 아우른다. 찌질이들은 굶어죽지 않는다. 그러나 찌질이들은 사회 구성원을 구분하는 움직일 수 없는 선 앞에서, 스스로를 천민이라고 생각하고 분노한다.

장기하와 얼굴들은 다양한 방식으로 그 찌질이들의 삶을 음악 속에 녹인다. 사운드에서부터 그것은 관철된다. 앞서 말했던 통기타 사운드는 어떤 의미로는 무기력하기까지 하다. 폭발하는 일이 없다. 단선율로 진행되는 것이 보통인 신시나 가끔씩 등장하는 전기기타는 조롱하는 듯한 톤이다. 또한 장기하는 '한글 가사'에 대한 자의식을 지니고 있다. 그는 좀처럼 가사에 영어를 쓰는 일이 없다. 찌질이들의 영어 콤플렉스를 장기하의 노래는 달래준다.

그러나, 그렇다고 해서 찌질이들에게 놀거리가 없는 건 아니다. 찌질이들도 잘 논다. 그걸 주의하시길! 디시인사이드에서, 편의점에서, 싸구려 주점에서 찌질이들은 저마다의 아이템을 사고 팔며 논다. 그 점도 색다른 점이라 할 수 있다. 장기하와 얼굴들은 그냥 낙담하고 절망하지 않는다. 자신의 찌질한 처지를 가지고 논다. 사이버 공간을 자기 집처럼 누비는 찌질이 세대는 자기 세대의 찌질함을 프로모션하고, 무료함을 달래기 위해 만든, 별일 없음의 결과인 수많은 합성사진들을 걸어놓고 퍼나르고 하여 그것들을 하루아침에 공유한다. 문화적으로 자기 자신의 찌질함을 스스로 견인할 줄 아는 세대가 바로 찌질이 세대다. 장기하와 얼굴들 역시 미미시스터즈의 약간은 단순하면서도 찌질한 춤이나, 〈달이 차오른다 가자〉에서 보여주는 불황의 늪을 헤엄치는 듯한 상징적인 팔동작 등을 통해 자신들이 대변하는 그 정서를 가지고 논다. 또한 앞서 말했듯, 자기들의 로파이적인 감수성이나 찌질이스러운 애환을 그냥 놔두지 않고 스스로 프로모션한다. 〈달이 차오른다 가자〉 같은 노래의 경우는, 왠지 시적이면서도 이태백이가 놀던 그 달을 조금 조롱하는 듯한 방식으로 동경하는 새 세대의 웃기는 짬봉 달놀이의 경지를 보여주고 있다.

하루밖에 남질 않았어
달은 내일이면 다 차올라
이번이 마지막 기회야
그걸 놓치면 영영 못 가

달이 차오른다 가자

달이 차오른다 가자

—〈달이 차오른다 가자〉

이건 달로 상징되는 어떤 존재에 대한 그리움, 사랑과 동경의 노래이기도 하지만, 동시에 그 상황을 다양한 암시를 통해 화자의 '사회적 조건'과 결합시키는 일종의 뒤집기 놀이이기도 하다. 화자는 주요 정보를 생략함으로써 그 놀이에 신기함을 부여한다. 달이 차오르면 무엇 때문에 무얼 놓치게 되는지, 달이 차오르면 어디를 가자는 것인지, 왜 그 여행길을 '달이 맨 처음 뜨기 시작할 때부터' 준비했는지 이 노래는 알려주지 않는다. 그러나 왠지 절박하다. 면접날 지각을 하면 영영 취직할 가능성이 없어지는 바로 그 아이들의 절박함이기도 하다. 그러나 어쨌든 이 노래를 부르는 소년은 달을 보면 떨리고, 서슴없이 새벽에 일어나서 어딘가로 가야 한다. 가서 놀아야 하고, 가서 만나야 한다. 찌질이 세대에게 결혼은 취직과 마찬가지로 사랑과 무관한 사회적 장치다. 그들은 면접 보듯 결혼정보회사에 원서를 내고 자기 등급이 매겨지는 걸 허용한다. 장기하는 그 절박한 상황에 놓인 젊은이들의 마음을 전통적인 이미지인 '달'과 결합시키면서 유쾌하게 가지고 논다.

장기하와 얼굴들이 하는 놀이의 가장 중요한 부분은 '말놀이' 아닐까 싶다. 장기하의 이른바 '구시렁 랩'은 그가 음악적으로 성취한 중요한 새로운 대목이다. 힙합 진영에서 그동안 진화해온 랩은 영어스러운 라임을 너무 중시한다든가 조금은 생경한 단어들을 조합한다든가 하여 전형적으로 굳어버린 감이 없지 않았다. 그건 한국말이라기보다는 어딘지 그냥 '힙합스러운' 말이었다. 미국에서 살다가 온 한국계 힙합 뮤지션들의 영향력이 강한 한국 힙합 신의 사정을 고려한다면 이런 현상이 우연만은 아니다 싶다. 요컨대 힙합의 사설이 한국적 랩이 되기보다는 한국어를 힙합스럽게 끌어내는 경향이 더 강했다.

그러나 〈싸구려 커피〉에서 장기하는 그러한 '한국적 랩'의 문제를 간단하게 넘어서서, 새로운 가능성을 지닌 말-멜로디-리듬 복합체의 사설을 써내는 데 성공했다. 말하듯이 하는 그의 랩은 힙합적 전통보다는 산울림의 김창완이 보여준 읊조리는 듯한 멜로디나 송골매의 배철수가 보여준 산문적인 주절거림과 비슷한 전통에서 있다. 그와 동시에 리듬감 있게 라임을 구사하여 말을 씹어 뱉는 힙합의 성과를 끌어내는 일도 간과하지 않았다.

뭐 한 몇 년간 세숫대야에
고여 있는 물 마냥 그냥 완전히 썩어가지고
이거는 뭐 감각이 없어
비가 내리면 처마 밑에서 쭈그리고 앉아서
멍하니 그냥 가만히 보다보면은
이거는 뭔가 아니다 싶어
—〈싸구려 커피〉

내용도 내용이지만 이 구시렁 랩에서 중요한 낱말들은 오히려 '뭐' 라든가, '~가지고' 라든가 '이거는' 이라든가 '뭔가' 라든가 하는 간투사들이다. 그 말들의 사용은 젊은 세대의 머뭇거림, 쭈뼛거림을 잘 드러내고 있으며 계속 반복되면서 라임처럼 작용하여 절묘한 구시렁 리듬감을 부여한다. 20년 전, 산울림은 〈아마 늦은 여름이었을 거야〉에서 '꼭 그렇진 않았지만' 이라는 불필요한 구어체를 도입하여 오히려 말의 리듬감을 극대화시킨 바 있다. 장기하의 구시렁 랩은 그러한 구어체적 가사의 전통을 되살리고 있다. 장기하는 자연스럽게 내뱉는 말에 약간의 리듬감을 부여하기만 하면 훌륭한 랩이 된다는 것을 잘 보여준다. 랩이라는 게 원래 그렇듯, 그것은 대화의 한 형태다. 장기하의 구시렁 랩을 듣다 보면 오히려 우리가 그 점을 등한시하고 있었다는 생각이 들게 된다.

결국 장기하와 얼굴들은 '찌질이 세대의 시대적 송가' 를 만들어 내는 데 성공했다고 봐야 할 것이다. 그것이 그들의 폭발적인 인기의 주요 근거다. 10년 전 〈말달리자〉로 활화산처럼 등장하는 새 세대 젊은이들의 기운을 표현했던 크라잉넛 이후로, 인디 신에서 그런 정도의 강도를 지닌 세대적 송가는 나오지 않았었다. 장기하와 얼굴들 이전엔 말이다.

5.

장기하와 얼굴들이 앞으로 얼마나 지속력을 가지고 음악적인 모색을 더해갈지는 지켜봐야 한다. 코믹하고 아이러니컬하게 다가

간 노래들은 '상황적' 이기 때문에 그 상황이 종료되면 추진력을 잃을 수도 있다. 그러나 장기하와 얼굴들은 날카로운 자의식을 가지고 있는 밴드다. 또한 독특하게 자기 자신을 표현할 줄 아는 밴드다. 그들은 자기들의 음악을 다양한 상황 속에 적응시킬 것이다. 상황 적응 능력과 그에 걸맞는 적절한 자기 연출이라는 것도 찌질이 세대의 필수 덕목의 하나 아닐까. 그들은 다른 어느 세대보다도 '면접' 의 스트레스를 많이 받는 세대인 것이다. 찌질하게 살면서도 가지고 놀고, 까대고, 깝치고, 비틀면서 익명성의 그늘 속에서 짜릿해 하는 이 세대가 늙어가면 어쩐지 공허할 것 같기도 하지만, 독설은 사라지지 않는다. 그들은 디드로나 루소가 살았던 계몽주의 시대의 불만에 가득 찬 혁명 세대 비슷한 면도 없지 않다. 인디도 더 이상 폐쇄적인 자기만족에 머물러 있을 수 없다. 스스로를 더 홍보하고 소수의 스펙트럼들을 다양화시키면서 더욱 많은 사회적 노이즈들을 생산할 때가 되었다. 물론 지금까지도 그래왔지만, 앞으로는 더욱, 자기만의 스펙트럼으로 작게 작게 다가가면서 수많은 자력선들을 회전시켜야 할 것이다.

당신/달콤함의 이름

당신은 1.7인칭입니다.	쌍쌍바
당신은 21세기 무렵 발명되었습니다.	설레임
당신은 떠돌아다닙니다.	누가바
당신은 당신의 페이지에서 늘 1인칭을 사용합니다.	요맘때
당신은 그런 당신을 사용합니다.	바밤바
나는 당신을 사용합니다.	투게더
수많은 당신이 존재하는 시대인 것 같습니다.	싸만코
당신은 2인칭 복수이기도 합니다.	치즈케익
당신은 당신의 블로그에 내 이야기를 퍼갑니다.	죠스
나는 내 블로그에다가 당신의 이야기를 퍼담습니다.	비비빅
수많은 당신은 링크되어 있습니다.	아시나요

나와 링크된 당신의 내 이야기는 수많은 당신들의 이야깁니다. 엄마의실수

당신과 나는 12시에 만납니다. 부라보콘(1970)

your text is my text 빠삐코

당신 當身 듣는 이를 가리키는 2인칭 대명사. 월드콘

이 당신은 하오할 자리에 씁니다. 구구콘

당시인은 누구십니까? 더위사냥

나는 당신의 시이이이인. 피리껌바

당신은 말할지 몰라요, 그 이름 한심하구나. 여름사냥

당신은 부부 사이에서, 상대편을 높여 이르는 2인칭 대명삽니다. 키위아삭

당신의 아내 보냄. 쮸쮸바

당신, 요즘 피곤하시죠? 스크류바

당신에게 좋은 남편이 되도록 노력하겠소. 젠장. 물총차

당신은 맞서 싸울 때 상대편을 낮잡아 이르는 2인칭 대명사이기도 하네요. 티코

당신이 뭔데 참견이야. 맘보콘

당신은 애초에 3인칭의 높여 부른 자기이기도 합니다. 해씨호씨

할아버지께서는 생전에 당신의 여러 부인 때문에 고생하셨다. 밀키스맛바

당신, 이라고 부릅니다. 대롱대롱

부르면서 가만히 당신이라는 말에 내 마음을 실어봅니다. 빙빙바

사랑해 당신을 정말로 사랑해 　　찰떡아이스

당신이 내 곁을 떠나간 뒤에 얼마나 눈물을
흘렸는지 몰라 　　더블비얀코

예 예 예 예예예 예 예 예 예예예 예 예 예 예예예
예—당신 당신 　　쿨한그대와

당신이라는 낱말을, 그리고 당신의 몸과 마음을
사용합니다. 　　빙하시대

당신에게 들어갑니다. 　　고드름

당신은 나의 집입니다. 　　에너보틀

당신에게 체크인 합니다. 　　일품찰떡와플

당신은 좁습니다. 주물러

당신은 넓습니다. 녹차프레소

당신이 없을 때 당신의 집을 청소하기도 했습니다. 아하콘

나는 당신 집에 내 땀방울을 떨어뜨리고 갑니다. 군옥수수

나는 당신의 텅 빈 침대에 누워 있습니다. 베리베리

당신은 대답 없습니다. 초키초키

때로 당신은 달콤한 대답을 합니다. 쿨레이디

나는 당신 집에서 쉽니다. 위즐

그러면 세상 속의 나는 당신과 함께 비워집니다. 조안나

이미 당신에게 체크인 하는 순간, 나는 비워졌습니다. 누니조아

당신이라는 말은 내 존재의 집입니다. 더블파워

당신이라는 방을 비워놓기 위해 체크인 합니다. 보석바

당신이라고 쓰는 순간 당신의 예쁜 얼굴은 지워집니다. 회오리

그래요 나는 당신 방을 비워두기 위해 체크인 했어요. 뷰티스타일

시란 무엇인가, 시도 역시, 비워두기 위해 체크인하는 당신/의미의 방인 거죠. 젤루조아

살아 있는 언어의 세계로 체크인, 하기 위해 당신과 내가 쓰는 말을 버리는 것. 파시통통

그러나 그 방의 진정한 의미는, 늘 당신이라는 대상처럼 유보되죠. 오!션블루

당신은 모니터 위에 있나요? 후레쉬메론

당신은 아고라에 있나요? 소년,소녀를만나다

당신은 박태환 미니 홈피에 있나요? 탱크보이

당신은 미니 홈피가 있나요? 폴라포

미니 홈피의 당신 사진은 퍼가도 되나요? 색색크런치

그처럼 당신은 여러 곳에 있고 동시에 아무 데도 없어요. 아네모니

당신은 비어 있어요. 여유복분자

앞서 말했던, '당신' 이라는 인칭대명사처럼요. 아이스가이

구체적인 나의 당신 로마의휴일II

당신이라는 사람의 얼굴을 떠올리며 입에서 중얼거려봅니다. 쵸코칭크바

'당신' 이라는 2인칭, 당신이라는 문법적 요소 말이에요. 솜처럼

우리 시대는 그 '당신' 이라는 새로운 사용법을 발견해가고 있는 거 같아요. 러브러브

당신은 철저한 익명성의 '너' 와 달라요. 오메가

당신은 1인칭의 입술을 살짝 갖다 댄 1인칭의 직접성을 흐릿하게 숨긴 꿀호떡

당신은 나도 아니고 너도 아닌 그 사이 어딘가에 있는 인칭 팽이팽이

당신은 비인칭도 아니고 그렇다고 딱 지정된 것도 아니고 호두마루

당신은 아이콘이죠. 호두마을

당신은 촛불 소녀죠. 돼지바

당신은 고양이죠. 토마토마

당신은 키티죠. 나하나

당신이 메신저에서 톡 튀어나옵니다. 내안에녹아든차

당신은 반갑습니다. 블랙&화이트

당신이 발견돼요. 빵또아

'당신' 이라는 인칭은 우리가 편안하게 숨는 하나의 방이죠. 왕밤바

나의 진정한 당신 색색바

당신도 알아요, 딱히 비밀스러운, 숨겨둔 공간을 말하는 것만은 아니라는 걸. 두팡

빨간 이불 깔려 있는 당신의 내 방. 여유청국장

당신. 아맛나

라디오를 하면서 알았는데, 당신은 여러분입니다. 거북이

마이크 앞에서 여러분께 당신이라고 합니다. 거북알

당신은 영어의 you, 프랑스어의 tu, vous, 독일어의 du, sie 하고 다릅니다. 빵빠레

내가 전혀 본 적 없는 당신의 몰카를 봅니다. 백상아리죠스

의사소통 모델에서 1인칭과 2인칭, 나와 당신은 구분됩니다. 국화빵

당신과 나의 구분은 의사소통 모델의 성립 근겁니다. 메가톤

당신은 내게 메시지를 보내고 나는 그 메시지를 받습니다. 리틀텐

그러나 21세기 형 '당신' 모델에서는 그 구분이

어느 정도 함몰됩니다. 셀렉션
당신은 나를 훔칩니다. 풀피리
나는 당신을 훔칩니다. 빙빙
수많은 당신-내가 서로를 훔치며 이야기는
증식되어가고 링크는 늘어갑니다. 별난바
링크된 URL에서 자위하는 그 당신은
나의 당신일지도 모릅니다. 데이트고구마케익
당신 앞에서 자위합니다. 와일드바디
당신은 도와줌으로써, 내 손이 됩니다. 누크바
당신의 쾌감이 내 쾌감이 될 때까지 서로 노력합니다. 쌕쌕바
당신은 나를 닦아줍니다. 더블콘
당신은 내 앞에서 웁니다. 팥빙수
당신은 나를, 나는 당신을 잘 모릅니다. 아이싱
나와 당신은 잘 압니다. 베스트원
심지어 나와 당신은 사랑하기까지 합니다. 아이스까페
당신의 노래는 나의 그림 석빙고
나의 그림은 당신의 노래 인절미바
당신의 별은 나의 눈동자 찰떡와플
나의 저 달은 당신의 손톱 꿀호떡
당신의 하늘은 나의 침대 쿠엔크
나의 침대는 당신의 궁전 크런치킹
당신의 호수는 나의 캔버스 시모나

나의 베이스 나의 기타는 당신의 붓 키위아작
당신의 그림자는 나의 뒷모습 알초코바
당신의 몸은 나의 몸 엑설런트
나의 마음은 당신의 마음 비엔나
당신의 심장은 나의 흥분 나의 북 메타콘
나의 리듬은 당신의 호흡 캔디바
당신의 꿈은 나의 멜로디 메로나
나의 빛은 당신의 스트링 파워캡
당신의 스타킹은 내 마음의 모기장 찹쌀떡아이스
포옹한 당신과 나는 둥그런 우주 뽕따
달콤한 키스 나의 혀는 당신의 혀 참붕어싸만코
당신의 기쁨은 나의 기쁨 카카오퍼지
나의 행복은 당신의 행복 天슈팅스타콘
당신의 찰나는 나의 영원 끌레도르
나의 추억은 당신의 미래 우유속에빠진통팥
당신의 아이는 나의 아이 햇살가득찰옥수수
나의 검은 머리는 당신의 파뿌리 빠샤~레몬
나와 당신의 버추얼 백년해로 화롯불에구운군고구마
당신의 나는 나의 당신 롱비빅
나의 뜨거움은 너의 뜨거움 훼밀리
당신의 모든 것은 리듬 빵뚜르
당신의 모든 것은 음악 원샷

당신의 모든 것은 색깔 희한한고구마
당신의 모든 것은 사랑 메론바
당신 안에 살어리 살어리랏다 자연가득포도마을
아이스크림이랑 초콜릿이랑 버섯 먹고
술 마시고 당신과 살어리 살어리랏다 아임파인바
당신은 나를 보며 왜 그런지 환하게 웃습니다. 생귤탱귤

휘루, 넌 날았구나 넌 살겠구나

나는 지금 비행기 안에서 휘루의 음악을 듣고 있다. 휘루. 휘루 휘루 휘리리 휘익~ 난 날아가고 있다. 이 비행기는 파리를 향하고 있다. 고도 10,615미터 상공에서 시속 852킬로미터의 속도로 달리면서 너의 음악을 듣는 기분을 너는 알까? 도착지까지는 아직 6,847킬로미터가 남아 있다. 출발지 시간은 17:24, 도착지 시간은 10:24. 도착 예정 시간은 18:43. 그때가 되면 휘루와 나는 다른 시간대에 있겠지. 비행기에 몸을 싣기 3일 전, 나는 공연을 했다. 늘 그렇듯 사람들은 별로 없었고 한산하고 적적한 분위기를 견디며 애써 그렇지 않은 듯 슬픈 미소를 지으며 그 공연을 치렀지. 공연이 끝난 후, 휘루가 '공연 잘 봤어요' 하며 밝게 웃었다. 휘루는 웃음을 터뜨릴 때 참 귀엽다. 많은 슬픔들을 그 순간만은 일시에 날려 보내는 것 같은 느낌이 든다. 휘루는 그럴 때 어린아이 시절로 돌아간다.

한 아이 있었지 넌 알고 있니
꼭 작은 민들레처럼 서 있었지
―〈민들레〉

나는 바로 그 순수한 휘루를, 마음속에 간직된 슬픔에 예쁜 미소의 옷을 입힐 줄 아는 휘루를 만난다. '그녀에게' 이 음반을 통해 말을 건다. 휘루의 첫 음반, 새 음반, 멋진 음반《민들레 코러스》를 통해 말이다. 민들레처럼 하늘하늘한 휘루야. 축하해. 비행기 안에서 앨범을 들으며 행복해 하고 있다. 아주 오래전에 니가 했던 말이 기억난다. 넌 바퀴벌레인가? 하여튼 조금 징그럽고 못난 벌레에다가 분홍색 파란색 분필가루를 뿌려줬던 적이 있었다고 말했어. 기억나니? 그랬더니 그 벌레들에게서 오색영롱한 빛이 뿜어져 나왔다고.

푸른 새벽에 핀 꽃을 쫓아 왔니
하얀 달빛에 핀 그림자 쫓아 왔니
내 손가락 사이로 작은 거미 한 마리 들어왔네
아침에 눈을 떠보니 글쎄 햇살을 타고
춤을 추고 있잖아
―〈작은 거미〉

그렇게 말하던 때의 너, 그리고 그렇게 분필가루를 뿌리던 때의 너로 내려가는 계단은 딱 하나지. 바로 이 노래들이야. 만일 노래가 없다면 우리는 어떻게 그 시간들을 다시 만나겠니. 아마 불가능할 거야.

휘루야. 김포에서 3호선버터플라이 3집 만들 때 그 추운 마룻바닥에 우리는 여기저기 널브러져 있었어. 추위를 많이 타는 너는 담요로 몸을 둘둘 말고 새벽에 깨어 있었지. 악기나 마이크, 케이블, 그런 것들과 우리의 몸이 구별되지 않았던 그때, 아마도 우리 음악 시절의 여러 마디 중에서 잊을 수 없는 한 마디일 거야. 넌 〈안녕 나의 눈부신 비행기〉라는 노래를 만들었지. 또 넌 수줍은 듯이 〈그녀에게〉라는 노래의 데모를 우리에게 들려줬어. 니 목소리가 진지하게 노래 부르는 걸 처음 들었던 게 그때였던 것 같애. 넌 가냘프고 여린, 흔들리는 촛불 같은 목소리를 우리에게 들려줬지. 그래. 그것은 작은 송곳이 내는 소리였어. 날카롭기도 했지.

작은 송곳으로 내는 소리 같아
가끔 나무들이 내는 소리 같아
—〈송곳〉

넌 불안해 했지만 노래에 대한 확신이 있었어. 그런데도 니 불안한 눈빛이 그리고 있는 노래의 완성된 그림이 왠지 나에게 왔어. 난 그걸 봤어. 그래서 거기가 어딘지 모르겠지만 애써서, 깜깜한 밤을

 헤매듯 편곡하면서 니 눈을 봤지. 점점 넌 안심하는 눈빛이었어.

> 어제에 지쳐서
>
> —〈오늘밤〉

넌 지친 어제를 가지고 있는 아이니? 넌 왠지 지쳐 있었지. 그러나 더 많이 먹고 더 힘을 내서 미래로 날아가려고 안간힘을 썼어. 난 왠지 너를 부축하거나 팔을 붙들어 함께 내달리고 싶었지만 나는 행글라이더를 타는 아인 아니었으니…… 그냥 먼발치서 지켜보는 수밖에 없었지.

그래. 종이비행기를 날리는 아이. 그게 바로 너의 이미지야. 그래서 그런지 휘루와 비행기는 왠지 어울린다. 이번에도 〈행글라이더 요정들〉이라는 노래가 들어 있다. 노래라기보다는 상아가 낭송한 일종의 시 비슷한 노래.

> 바다를 건너고 대륙을 건너고 무지개를 넘으면
>
> 작은 행글라이더들이 춤을 춘다
>
> 그중 누구 하나가 내게 내밀던 어느 손처럼
>
> 너무 행복한 기분, 너무 행복한 기분
>
> —〈행글라이더 요정들〉

상면이의 기타나 상혁이의 드럼. 샘플들. 음악들은 오버드라이

브 살짝 먹인 아르페지오 기타가 이끄는 브릿팝 스타일에서 조용조용 세심하게 말하는 내면적인 포크 스타일을 자유롭게 비행해. 때로는 속삭이는 프렌치 팝의 옛 정서들을 담아내서 현대적으로 인용하기도 하고. 또 우울한 슈게이저의 정서를, 아팠던 시절의 상처를 드러내는 노이즈들을, 너는 사용해서 우리를 니 기억의 세계로 안내하는구나. 너의 음악은 참 옛날과 앞으로의 일들, 소리들을 잘 버무려놓았어. 옛날로 달려가다가 다시 미래로, 너무 행복한 기분이 우리를 기다리고 있을 어떤 시간으로 기수를 꺾으며 니 노래들은 어여쁜 소리들의 에어쇼를 해. 그래. 이 소리들의 에어쇼.

그 먼 날들의 새벽. 기억하니. 밤새 술을 마시고 당인리 발전소에서 퍼져 나오는 보라색 연기를 함께 바라보던 때 말야. 너의 집과 우리집, 연남동에 함께 살 때의 어느 오후…… 햇살이 좋았는데 너는 힘들어 했지.

어디에서 길을 잃고 헤매니
요쉬카~
요긴 네가 살 곳이 아니란다
—〈요쉬카〉

그때의 너. 지금의 너. 노래들이 연결해주고 있어. 방금 〈작은 거미〉의 하이 부분이 지나가. 목소리가 비행기 꼬리에서 나오는 예쁜 연기 같아. 니가 내게 보낸 이메일을 인용하는 게 괜찮다면, 너의 이 작업은 그동안 니가 몸 안에서 길러온 모든 소리들의 결정체야.

이번 앨범은 3년 전쯤 시작했던 작업을 다시 일으켜 세운 것이나 다름없는데, 모든 것은 의도적인/계획적인 것보다는 약간은 저절로, 혹은 본능적인 방식을 따랐던 것 같다……. 시간은 번갯불에 콩 구워먹듯 흐르고(제가 요즘 종종 쓰는 말투) 그에 따라 사람들도 번갯불에 콩 구워먹듯이 스쳐 지나가곤 하는데, 어느 날 그것들이 형상화되기 시작했다고 해야 하나…… 그것 또한 본능적으로(?)…….

그래. 넌 본능적으로 일으켜 세웠어. 그리고 이 노래들과 함께 너도 일어서고 있다는 걸 확신한다. 넌 이제 오히려, 이 음악들로 우리를 유혹해!

오늘밤 그대 내게 유혹하나요
오늘밤 부는 바람은
왠지 차가운 유리잔 같아
어디로 가려 하나요
어디를 바라보나요
어디로 데려가나요
—〈오늘밤〉

휘루야. 바람이 부는구나. 통기타 소리가 차분하게 우리를 유혹

 하는 〈바람 부는 날〉을 들으며 난 창가를 내려다본다. 비행기가 시베리아를 지나 어느덧 유럽 쪽으로 넘어왔어.

따스한 바람이 실은
커다란 솜사탕 같은
그런 꿈같은 얼굴로
그런 꿈같은 겨울이야
—〈바람 부는 날〉

우리는 그런 꿈같은 겨울이 되면 다시 만나겠지. 난 갑자기, 아프리카의 태양을 뒤로하고 서울의 겨울바람을 음미할 수 있겠지. 너와 함께.

하늘을 날면서 휘루의 노래를 듣고 있는데, 갑자기 비행기 동체가 투명해지면서 없어져버려. 또 의자는 녹아 없어지고. 그렇게 됐는데도 우리는 계속 그 자세를 유지하면서 하늘을 날고 있어. 착각일까? 지금 이 무료한 자세를 유지하면서 말이야. 그래. 휘루야. 노래는 그런 비현실의 순간을 체험하도록 하지. 껍데기를 벗겨서 속살을 드러내면서도 우리는 계속 껍질의 따스함을 느껴. 아무 두려움 없이 구름 곁을 날아가게 하는 노래의 날개에 드디어 니가 몸을 실었구나. 너의 비행기를 날렸구나. 넌 날았구나. 넌 살겠구나. 축하해. 잘했어.

사진 강희갑

24, 43, 54, 70, 83, 98, 105, 115, 122, 130, 138, 153, 160, 165, 177, 206, 219, 238쪽